Kathrin Corda
Amore Macchiato

PIPER

Zu diesem Buch

Annika, PR-Managerin für den Autobauer GID Germany, soll auf Sardinien an der Costa Smeralda ein Großprojekt zum Erfolg führen. Der neue Dakar, ein Geländewagen für das gehobene Publikum, soll in adäquatem Rahmen der Öffentlichkeit vorgestellt werden. Doch als Annika wenige Tage vor dem Launch auf der traumhaft schönen, beim Jetset beliebten Mittelmeerinsel eintrifft, wartet eine böse Überraschung auf sie: Wo eigentlich schon längst Partyzelte und eine Bühne stehen sollten, grast nur eine Schafherde, und die nötigen Genehmigungen hat die eigens dafür engagierte Eventagentur auch noch nicht eingeholt. Die pompöse Party droht im Chaos zu versinken, und Annika ist verzweifelt.

Zum Glück erweisen sich Einheimische vor Ort als Retter in der Not und bringen ihr bei, wie man Behördengänge auf die italienische Art regelt. Als Annika sich eine Pause von dem Stress gönnt und im kristallklaren türkisfarbenen Meer schwimmen geht, lernt sie Riccardo kennen und macht eine unglaubliche Entdeckung …

Kathrin Corda

Amore Macchiato

Roman

Piper München Zürich

Mehr über unsere Autoren und Bücher:
www.piper.de

Von Kathrin Corda liegt bei Piper vor:

Cappuccino fatale

FSC
www.fsc.org
MIX
Papier aus verantwortungsvollen Quellen
FSC® C014496

Originalausgabe
Juni 2013

Umschlaggestaltung: bürosüd°, München
Umschlagmotiv: plainpicture (Wohnwagen mit Pärchen), bürosüd° (Rest)
Satz: Kösel, Krugzell
Gesetzt aus der Rotis
Papier: Munken Print von Arctic Paper Munkedals AB, Schweden
Druck und Bindung: GGP Media GmbH, Pößneck
Printed in Germany ISBN 978-3-492-30323-1

1.

»*Excuse me*, sind die Liegen neben dir noch frei?«

Ich ruckele meine Gucci-Sonnenbrille zurecht, mit der ich aussehe wie Puck die Stubenfliege, und schaue hoch. Vor mir stehen zwei Mädels. Die eine blond, die andere brünett. Sie tragen Sonnenhüte, verboten kurze Shorts und Sandalen.

Bestimmt Amerikanerinnen.

»Sure«, antworte ich lässig, ganz Kosmopolitin, klappe mein Buch zu und richte mich auf. »Legt euch gerne neben mich.«

»Great, thank you«, freut sich die Brünette, als hätte ich ihr die Teakholzliege vom Hotelpool soeben geschenkt, und setzt ihre Strandtasche ab. »Ich bin Maggie, und das ist meine Freundin Lynn«, stellt sie sich vor.

»Angenehm«, erwidere ich, »ich bin Annika.«

Interessiert beobachte ich die beiden, während sie es sich auf den Sonnenstühlen neben mir gemütlich machen, und stelle zufrieden fest, dass ich mit ihrem Look durchaus mithalten kann. Es hat sich also doch gelohnt, vor meiner Anreise mein Konto dem Erdboden gleichzumachen, um angemessen gestylt an der Costa Smeralda aufzuschlagen.

Lynn hat Shorts und T-Shirt abgelegt und trägt darunter einen ähnlichen Armani-Bikini wie ich. Maggie hat ein seidenes Strandoberteil an und sich dazu passend ein turbanartiges Tuch um den Kopf geschlungen.

»Also, Annika, was machst du hier?« Maggie mustert mich mit ebenso unverhohlener Neugierde wie ich sie. *»Are you on vacation?«*

Urlaub! Ich doch nicht.

»Nein, ich bin *beruflich* hier«, kläre ich sie auf. »Ich arbeite als Public-Relations-Managerin bei GID Germany und bin für ein Launch-Projekt eines Neuwagens auf der Insel.«

Für das Projekt meines Lebens, wie ich finde. Ich soll auf Sardinien das Event zur Präsentation des sensationellen Geländewagens Dakar organisieren und darf dafür die nächsten Wochen in einem Luxushotel vor Ort verbringen.

»Oh, that sounds great.«

Lynn und Maggie nicken bewundernd, erklären mir ihre eigenen beruflichen Positionen und en passant auch die ihrer Eltern. Sie tun dies mit einer Nonchalance, als hätte es sich im Gespräch einfach so ergeben. Aber jetzt weiß ich wenigstens, wer den beiden die Ferien in einem der teuersten Hotels der Insel spendiert. Und die passenden Klamotten dazu.

Bei mir sieht die Sache etwas anders aus. Okay, meine Firma zahlt mir die Unterkunft. Für einen standesgemäßen Auftritt jedoch habe ich meinen gesamten Jahresbonus und ein halbes Monatsgehalt obendrauf auf den Kopf gehauen. Sollte ich hier nämlich zufällig auf Naomi Campbell, Elton John oder Flavio Briatore treffen, will ich diesen Leuten in Modefragen auf Augenhöhe gegenübertreten. Zumindest ein bisschen.

Ein umwerfend gut aussehender Kellner kommt auf uns zu und fragt mit einer leicht demütigen Verbeugung, ob es »etwas sein darf«.

Hm, mit feschen Kerlen wie ihm dürfte es notfalls eine ganze Menge sein, denke ich, aber vorerst bin ich mit einem schlichten Gläschen Champagner zufrieden. Zur Feier des Tages.

Gut gelaunt gebe ich meine Bestellung auf, da mustern mich Lynn und Maggie abwartend.

»Eh«, beeile ich mich zu sagen, »darf ich euch auch etwas anbieten?« Die beiden sind es offenbar nicht gewohnt, für sich selbst zu sorgen.

»Yeah, thank you«, reagiert Lynn prompt und bedeutet dem Kellner, ihr das zu bringen, was ich gerade bestellt habe.

Der Schönling schaut fragend auf Maggie, die ebenfalls nickt, und wendet sich dann erneut an mich. »Darf es dann vielleicht gleich eine ganze Flasche sein?«

Zwar fröstelt es mich bei diesem Vorschlag und den finanziellen Folgen kurz, ich will mir jedoch vor dem schönsten Kellner meines Lebens keine geizige Blöße geben.

»Ja, danke, gute Idee.« bestätige ich daher übertrieben begeistert. »Ich habe«, füge ich übermütig hinzu, »schon so viel von den berühmten sardischen Austern gehört – ein Dutzend davon, bitte.«

Was lacostet die Welt …

Der Kellner nickt und zieht sich zurück.

Maggie starrt ihm versonnen hinterher und errät meine Gedanken. *»Isn't he cute?«,* fragt sie.

»Sehr süß«, nicke ich.

»Do you have a boyfriend?«, fragt Maggie überraschend direkt.

»Nee, vor Kurzem beendet«, gebe ich zurück. »Und ihr?«

Die beiden sehen sich an und grinsen.

»Nichts, was uns abhalten könnte«, antwortet Lynn dann. »So oft im Leben kommen wir schließlich nicht nach *Italia.*«

»Ich verstehe«, sage ich verschwörerisch.

Zu dritt beobachten wir unseren zurückgekehrten schönen Kellner, der unserem illustren Gelage ehrerbietig eine Flasche Champagner auf einem kleinen Silbertablett serviert, zusammen mit einem Schälchen Erdbeeren und einem mit Kräckern.

»Die Austern folgen sofort«, haucht er, reicht uns je einen gefüllten Champagnerkelch und eilt erneut davon – unsere Blicke auf seinem wohlgeformten Po ruhend.

Sobald der arme Mann außer Hörweite ist, erhebe ich mein Glas und proste Lynn und Maggie zu. »Auf einen tollen Nachmittag zusammen«, rufe ich.

»Yeah«, rufen die Mädels zurück, »let's have a great time!«

Ich nippe an dem Champagner, knabbere an einem Kräcker und seufze zufrieden. Erst vor drei Stunden gelandet und schon mittendrin im Hautevolee-Geschehen. Genau so habe ich mir Sardinien vorgestellt.

Bereits am Flughafen in Olbia bestätigten sich sämtliche Klischeevorstellungen, die ich von Sardinien hatte. Die Gepäckausgabe spuckte fast ausschließlich Markenkoffer in allen Größen und Formen aus. Überspannte Touristen, ganz in Weiß und Gold gekleidet, luden Berge von Taschen auf ihre Gepäckwagen, während sie mit der freien Hand eifrig telefonierten oder kleine Schoßhunde im Arm warm hielten.

Draußen vor dem Gate standen dann eine Horde Reisebegleiter, Taxifahrer und ähnlich motivierte Personen herum, die irgendjemanden erwarteten oder in Empfang nahmen. Es gab ein lautstarkes Hallo und Gewinke um mich herum, Küsse und Befehle wurden verteilt, Gepäck wurde erleichtert dem nun endlich verfügbaren Personal übergeben.

Nur für mich war weit und breit niemand da. Ein super Start für die Shuttle-Service-Agentur, die wir für unser bevorstehendes Mega-Event gebucht hatten.

Ich wühlte in meiner Tasche nach den Kontaktdaten der Agentur ohne Service und zückte mein Handy. Es war werktags, zwei Uhr am Nachmittag, und niemand nahm ab.

»Zurzeit ist niemand zu erreichen. Bitte versuchen Sie es später noch einmal«, informierte mich eine weibliche Stimme auf zärtlichem Italienisch.

Toll!

Das fing ja gut an.

Mit zwei Koffern, einer Reisetasche und meiner Handtasche beladen, stolperte ich irgendwie vor das Terminal ins Freie. Dort setzte ich mich in eine Bar und beobachtete das Treiben der Menschen um mich herum.

Am Tisch neben mir hatte sich soeben eine Gruppe russischer Touristen niedergelassen, die sich zur Stärkung erst einmal eine Flasche Hochprozentiges bestellt und ein paar teure Zigarillos angezündet hatten. Das

Grüppchen aus Männern und Frauen in zäpfchenförmigen Markenslippern, mit klobigen Handtaschen und – sofern weiblich – prall gespritzten Brüsten in viel zu engen, glitzernden Shirts hatte ohne Zweifel das gleiche Reiseziel wie ich: die Costa Smeralda.

Weshalb die Reisegruppe neben mir nicht gleich in einem Mietwagen gehobener Klasse in ihr Urlaubsziel abrauschte, sondern neben ihren Gepäckbergen noch ein paar Gläschen zischte, wusste ich nicht. Ich hingegen konnte nicht anders, als herumzusitzen und auf einen Fahrer zu warten, der weder in Erscheinung trat noch telefonisch erreichbar war.

Ich beschloss also, das Beste daraus zu machen und die ersten Eindrücke der Insel bei einem kleinen Drink auf mich wirken zu lassen. Dazu brauchte ich nur noch einen Drink.

»*Scusi* – Entschuldigung –, eine Cola bitte«, rief ich einem vorbeieilenden Kellner zu, froh, nach zehn Minuten endlich mal jemanden vom Service zu entdecken.

»Hier keine Bedienung am Tisch«, unterrichtete er mich, ohne mich dabei eines Blickes zu würdigen, und stapelte gelassen ein paar Tassen auf einem Wägelchen aufeinander, »dafür müssen Sie an den Tresen gehen.«

Mussten die Russen für ihren Wodka etwa auch am Tresen anstehen oder hatte er bei denen eine lohnenswerte Ausnahme gemacht?

Mit dem Rücken zur Wand, um erstens mein Gepäck und zweitens die vorbeifahrenden Wagen auf der Anfahrtsstraße vor dem *Arrivi*-Terminal im Auge zu behalten, trippelte ich zur Bar und gab meine Bestellung auf.

Just in diesem Moment bog eine silberne Limousine um die Ecke. Das musste für mich sein. Mit der Cola in der Hand sprang ich an den Straßenrand und versuchte winkend, den Mann am Steuer auf mich aufmerksam zu machen. Die russische Reisegruppe hinter mir kicherte leise.

Der Wagen hielt, und ein kleiner, schmächtiger Mensch in einem billigen Anzug und mit ungeputzten schwarzen Schuhen stieg aus.

»Signorina Errmaane?«, fragte er zögernd.

»Annika Herrmann, ja das bin ich«, antwortete ich.

»*Buon giorno, signorina*, und herzlich willkommen auf Sardinien«, begrüßte er mich freundlich. »Ich bin Enzo, Ihr Fahrer.«

Ich nickte bemüht freundlich und wartete auf eine Entschuldigung oder zumindest eine Erklärung ob seiner Verspätung. Nichts dergleichen geschah.

Schließlich zuckte er fragend mit den Schultern. »Wollen Sie nicht einsteigen?«

»Wollen *Sie* mir nicht sagen, warum Sie erst jetzt kommen und noch dazu Ihr Mobiltelefon ausgeschaltet haben?«, erwiderte ich streng, ohne mich vom Fleck zu rühren.

Mein Fahrer schaute mich an wie eine verblüffte Kuh im Stall. Dann hob er im Zeitlupentempo den linken Arm und blickte unendlich lange auf seine Armbanduhr. »Ich sollte Sie gegen zwei hier abholen«, gab er schließlich zurück.

Ich konnte die Zahnräder in seinem Gehirn beim angestrengten Denken förmlich rattern und quietschen hören.

»Ja, aber jetzt ist es fast drei«, antwortete ich unfreundlich und musterte ihn auffordernd.

Enzo hielt meinem Blick ausdruckslos und ungerührt stand. »Das ist doch nur eine Stunde her«, sagte er dann.

Ich war baff. Knapp eine Stunde Verspätung war ihm offenbar noch nicht mal einen Gedanken oder gar eine Erklärung wert.

»Mein Gepäck steht dort drüben«, erklärte ich ihm also und wies auf den Stapel Koffer hinter mir. Es war offenbar sinnlos, diesen Vorfall mit ihm weiter zu diskutieren.

»Okay«, sagte Enzo gleichmütig, drehte sich auf dem Absatz um, öffnete die Kofferraumklappe seines Wagens und sah mich mit einem Hier-kannste-deinen-Kram-reinpacken-Blick an.

Ein paar Sekunden lang überlegte ich, ob das Spiel Wer-gibt-eher-nach endlos weitergehen sollte. Doch dafür schien mir dieser Enzo schlichtweg zu einfältig zu sein. Er checkte rein gar nichts.

»Würden Sie meine Koffer bitte zum Auto tragen und einladen? Ich möchte das Gepäck nicht länger selbst schleppen«, erklärte ich ihm daher in lehrerhaftem Tonfall und deutete in den großen, dunklen Schlund des Wagenhecks.

Diesem Heini würde ich die Welt erklären müssen, wie eine Mutter ihrem zweijährigen Sohn die Sinnhaftigkeit eines Toilettengangs. Vielleicht hätte ich bei GID doch um einen eigenen Mietwagen bitten sollen, statt mir einen Fahrer aufschwatzen zu lassen. Letzteren bekommen unsere Projektleiter nämlich bei großen Aufgaben regelmäßig zugeteilt, um sie auf den Arbeitswegen zu entlasten. Ich finde es zwar unnötig, aber wer wählt schon Holzklasse, während die Kollegen VIP-Manier genießen?

Unterdessen war erschrockene Bewegung in Enzo gekommen. Umständlich trug er ein Gepäckstück nach dem nächsten herbei und versuchte, diese noch viel umständlicher im Kofferraum zu verstauen.

Da er beschäftigt war, öffnete ich die Fondtür des Wagens selbst und ließ mich auf die Rückbank plumpsen. Dabei beobachtete ich Enzo amüsiert im Rückspiegel, bis er plötzlich wieder den Kopf durch das dummerweise offen stehende Fenster schob.

»Die Tasche hier passt hinten nicht mehr rein«, informierte er mich, »könnten Sie die bitte nehmen?« Ohne eine Antwort abzuwarten, öffnete er die Tür und stellte die Reisetasche direkt auf meinem Schoß ab.

»Ich mache dich hinten rein gleich passend«, dachte ich und schob die Tasche seufzend auf den freien Platz neben mir, sagte aber nichts mehr.

Er meinte seine Frechheiten offenbar noch nicht einmal böse.

»*Dunque* – also«, begann Enzo und drehte den Rückspiegel so, dass wir uns in die Augen sehen konnten. Oder mussten. »Ich fahre Sie jetzt ins Hotel Bella Vista, okay?«

»Ja, so müsste es in Ihren Unterlagen stehen«, entgegnete ich knapp.

Enzo nickte, startete den Motor und fuhr, ohne den Blinker zu setzen, aus der Parklücke auf die Straße. Dabei lächelte er mich weiterhin fröhlich über seinen Fahrerspiegel an und überhörte das laute Bremsen und

Hupen eines Wagens, dem er soeben die Vorfahrt genommen hatte.

»Darüber hinaus«, fuhr ich fort, »würde ich mich sicherer fühlen, wenn Sie auf die Straße schauen würden.«

»*Sì, signorina, certo* – natürlich.« Enzo zuckte zusammen und wandte den Blick hastig nach vorne.

Ich überlegte, meinen Laptop hochzufahren, um für den Rest der Fahrt besonders unansprechbar zu wirken, beschloss dann aber, dass ein demonstratives Zum-Fenster-Rausschauen ausreichen müsste. Daher ließ ich mich in die Polster sinken und guckte hinaus.

Sardinien.

Wir hatten das Flughafengelände verlassen, waren über eine Schnellstraße an einer schmucklosen Stadt vorbeigeprescht, die ich für Olbia hielt, und kurvten nun durch die sattgrüne Frühlingslandschaft der Insel. Am Straßenrand blühten Wildblumen in allen Farben, und ganz weit rechts von uns lag das kristallklare Meer. Ein Postkartenpanorama. Für so etwas flogen andere bis an den letzten Rand Asiens in den Urlaub, während ich vor wenigen Stunden noch entspannt am heimischen Küchentisch gefrühstückt hatte. Herrlich!

Oh, stopp. Leider war ich nicht zum Spaß hier! Ich war auf dieser Insel, um zu arbeiten.

Ich kramte in meiner Handtasche nach der Projektmappe, überflog zur Einstimmung ein paar Pläne und dachte an meine Aufgaben für die nächsten Wochen.

Ich verantworte ein auf drei Monate angelegtes Großevent für »Multiplikatoren«, wie wir sie nennen. Menschen, von denen wir uns erhoffen, dass sie dazu beitragen, unseren innovativen Geländewagen zu einem Welterfolg werden zu lassen. Wie auf einem Großbahnhof werden bald rund fünftausend GID-Autoverkäufer, noch mal so viele Endkunden und Hunderte Journalisten Tag für Tag über das Präsentationsgelände geschleust und bespaßt.

Natürlich stemme ich das alles nicht ganz alleine. Es gibt ein Heer von Eventagenturleuten, Hostessen und Lieferanten, die für diesen Job engagiert sind. Ich jedoch bin als Referentin von Unternehmensseite der Wachhund vor Ort. Die letzten Monate habe ich ausschließlich damit verbracht, die hochtrabenden Ideen vom Vorstand und von sämtlichen anderen Abteilungsleitern, die meinten, mitreden zu müssen, in Zahlen und Entwürfe umzusetzen, die erst zigmal verworfen, dann freigegeben und kurz vor Toresschluss immer wieder komplett über den Haufen geworfen wurden. Zeit und Geld spielten dabei keine Rolle. Davon haben wir bei GID genug – zumindest was die Wünsche der obersten Heeresleitung anbetrifft.

Irgendwann stand endlich das Konzept. Die Einladungen an VIPs, Kunden und Autoverkäufer, die die Karre toll finden und je nachdem kaufen oder verkaufen sollen, waren verschickt. Daher müsste ich eher von Konzept*en* sprechen. Zwar werden alle Zielgruppen nach und nach auf dasselbe Präsentationsgelände eingeladen, aber die Programme werden andere sein. Beispielsweise wird es für die VIPs Champagner geben, für die stets ausgehungerten Journalisten nur Prosecco und für die Autoverkäufer Bier. Deutsches Bier ist dem gemeinen Autoverkäufer am liebsten, egal in welchem Weinparadies er sich gerade befindet. Abgesehen davon ist es um Bier auch nicht ganz so schade, wenn es literweise auf kurzärmeligen, bügelfreien Oberhemden verschüttet wird. Ja, Events mit Autoverkäufern sind legendär und in unserer Unternehmenszentrale allseits gefürchtet.

Enzo bremste hart, und ich flog mit der Nase gegen die Kopfstütze des Vordersitzes. Verdammter Depp.

»Was ist los?«, fragte ich ärgerlich.

»Ich weiß nicht, wo ich langfahren muss.« Enzo kratzte sich gedankenverloren am Kopf und tippte ratlos auf seinem Navi herum, als sähe er das Gerät heute zum ersten Mal.

»Aber Sie sind doch von hier«, tadelte ich ihn ungeduldig. »Sie werden ja wohl wissen, wie man nach Porto Cervo kommt.«

»*Signorina,* was soll ich bitte in Porto Cervo?« Enzo drehte sich zu mir um. »Ein Sarde fährt nicht dorthin.«

»Und warum nicht?«, fragte ich blöd.

Putin und Berlusconi waren schließlich auch da.

»Weil dieser Ort für uns gar nicht zu Sardinien gehört«, informierte mich Enzo, plötzlich hellwach. »Bis vor dreißig, vierzig Jahren gab es in dieser Gegend höchstens ein paar Schäferhütten. Dann haben wir unseren Grund und Boden an den Aga Khan verkauft und uns gewundert, was er mit dem öden Land anfangen will. Bald wussten wir es – ein Urlaubsparadies. Das ist ihm ja auch geglückt, aber wir Sarden haben dort nichts verloren.«

»Aha.« Ich nickte. So war das also.

»Ist allerdings etwas schwierig, wenn Sie mein Fahrer sein wollen und die Gegend nicht kennen, in der ich mich in den nächsten Monaten bewegen werde«, kam ich zurück zum Kern der Sache.

»Och, mit der Zeit werde ich die Gegend schon kennenlernen«, entgegnete Enzo gutmütig.

»Wie schön für Sie«, erwiderte ich trocken. Ich gab auf. »Dann will ich mal auf meinem Handy nachsehen«, schlug ich vor, »ob ich Aga Khans Städtchen für uns finden kann.«

Etwa eine halbe Stunde später erreichten wir den Hafen von Porto Cervo, einen hübschen, kleinen Ort mit bunt getünchten, flachen Häusern, die sich dezent in die grüne, bergige Landschaft schmiegten. Trotz Nebensaison – auf Sardinien, so hatte ich mir sagen lassen, war bis auf ein paar Wochen im Hochsommer praktisch immer Nebensaison – war die Bucht gerammelt voll mit Luxusjachten jeglicher Couleur. So viele Millionen Dollar hatte ich vermutlich noch nie auf so wenigen Quadratmetern gesehen. Ich lotste Enzo links und rechts ein paar Hügel hinauf und wieder herunter in Richtung einer der offenbar unzähligen Buchten der Insel, und schon bald hielten wir vor einem verwinkelten, flachen Hotel, welches für die nächsten Wochen meine Bleibe sein sollte.

Nachdem ich Enzo gleich für morgen früh um neun Uhr herbestellt hatte, betrat ich eine sonnige Eingangshalle mit dunklen Holzmöbeln, Korbgeflechtstühlen und in die Wand gemauerten Sitzbänken, beladen mit einfarbig bestickten Kissen. Eine geradezu rustikale Lobby für ein Luxushotel dieser Preisklasse.

Am Rezeptionstresen empfing mich eine nette junge Dame, die meine Daten aufnahm, während Enzo ohne fremde Hilfe auf die Idee gekommen war, mein Gepäck auszuladen. Ich gab ihm zehn Euro Trinkgeld, in der Hoffnung, dass das hier in der Gegend für einen Espresso reichte, und marschierte zum Fahrstuhl und in die Richtung, in der ich mein Hotelzimmer vermutete.

Dort angekommen, fuhr ich als Erstes meinen Laptop hoch, um die eingegangenen E-Mails abzurufen. Neben einer Reihe an administrativem Kleinkram war auch eine Nachricht von meinem Chef darunter. Er hatte geschrieben, ich solle ihn *dringend* anrufen, sobald ich gelandet sei.

Den Chef darf man nicht warten lassen. Daher wählte ich seine Nummer, aber wie so oft nahm er nicht ab. Kein Wunder, mittlerweile war es fast fünf. Überstunden sind nicht seine Sache – egal wie beschäftigt er den Tag über auch tun mag.

Also beantwortete ich ein paar Fragen unserer Eventagentur in München, rief meinen nervigen Kollegen aus der Presseabteilung zurück, der wieder mal Fragen im Stile von »Warum ist die Banane krumm?« an mich hatte, und beschloss dann, es meinem Chef gleichzutun und für heute Feierabend zu machen.

Keine halbe Stunde später lag ich frisch gestylt am Pool, um den Tag so unverhofft amüsant mit den beiden Amerikanerinnen ausklingen zu lassen.

2.

Am nächsten Morgen weckt mich eine Mischung aus läutendem Wecker und Hämmern im Kopf. Ächzend richte ich mich auf, um zu mir zu kommen. Wo bin ich? Ach ja, auf Sardinien. Geschäftsreise sozusagen. Geschäft war aber bisher nicht viel, erinnere ich mich mühsam.

Ich stehe auf und wanke ins Bad.

Nach dem Champagnergelage bin ich direkt auf meiner Liege am Pool eingeschlafen. Irgendwann hat mich besagter wunderschöner Kellner geweckt, indem er mich gar nicht schön an der Schulter schüttelte und mit einem Mäppchen winkte, in dem er diskret meine Rechnung versteckt hielt. Von Lynn und Maggie natürlich keine Spur mehr – echte Freunde sind etwas Feines.

Ich drücke Zahnpasta auf meine Zahnbürste und betrachte mein wirres Erscheinungsbild im Spiegel.

Was für ein lustiger Nachmittag gestern. Selten so gelacht. Und die Austern waren auch wunderbar. Habe ich es eigentlich bei einer Portion belassen oder noch eine nachbestellt? Und wie viele Flaschen Champagner waren es am Ende eigentlich?

Zähneputzend gehe ich zurück ins Zimmer und wühle in meiner Strandtasche, die auf dem Tisch steht. Da ist sie ja, die Rechnung.

Dreihundertfünfundachtzig Euro. Mit der handschriftlichen Notiz des Kellners, dass der Betrag »aufs Zimmer« geht.

Mir wird ganz flau im Magen, ich muss mich setzen.

Für ein paar glitschige Happen Meeresfrüchte und zwei Flaschen Perlwein. Zwar alles vom Feinsten, aber trotzdem.

Etwas unter Schock gehe ich duschen, ziehe mich an und setze mich an den kleinen Hotelzimmerschreibtisch, um meine Unterlagen zu ordnen. Austern am Pool war gestern, nun ist es Zeit für *back to business*. Höchste Zeit sogar.

Zunächst ist da immer noch die Aufforderung meines Chefs, ihn dringend anzurufen. Doch in diesem Moment zum Hörer zu greifen, wäre strategisch alles andere als günstig. Erstens merkt man sofort, dass ich gerade erst aufgestanden bin, zweitens hört mir jeder an, dass ich einen schlimmen, schlimmen Kater habe, und drittens ist es jetzt am angebrachtesten, so zu tun, als wäre er dran. Immerhin habe ich es gestern bei ihm versucht und eine Nachricht auf Band hinterlassen. Er wird das anders sehen, weil er der Boss ist und ich sein Taschenträger, aber ich bleibe dabei.

Schließlich gehöre ich zumindest gefühlt inzwischen zum sardischen Jetset. Und bei dem kommt nicht der Knochen zum Hund, sondern umgekehrt.

Kurz darauf stehe ich frisch frisiert und schick geschminkt mit meinen Projektunterlagen unterm Arm in der Hotellobby. Zeit zum Frühstücken habe ich nicht mehr, dazu habe ich zu lange in meinem edlen Hotelbadezimmer mit den Tuben und Cremes des Hauses herumhantiert. Zu meinem Erstaunen steht Enzo bereits in der Einfahrt vor seinem Wagen und starrt Löcher in die Luft. Als er mich sieht, erhellt sich seine Miene. Er kommt freudig auf mich zu und begrüßt mich ähnlich begeistert wie der stets schwanzwedelnde Cockerspaniel meiner kürzlich verstorbenen Nachbarin. Zur Feier des Tages hält er mir sogar die Wagentür auf. Geradezu gerührt steige ich ein.

Die Location-Besichtigung steht an.

Um kein Risiko einzugehen, hacke ich höchstpersönlich den Zielort in Enzos Navigationsgerät und lehne mich dann im Wagenfond zurück. Wir werden gut zwanzig Minuten zu dem Gelände unterwegs sein, auf dem die GID-Veranstaltung stattfinden soll. Ein verträumt gelegenes Terrain, umrahmt von felsigen Steilhängen und Olivenhainen. Eine wunderbare Kulisse für unser Vorhaben und der perfekte Ort für die Weltpremiere unseres Neuwagens. Anhand der Fotos, die mir unsere Eventagentur vorgelegt hatte, haben wir uns – im wahrsten Sinne des Wortes – ein gutes Bild machen können und diese Location ausgewählt.

Ich blättere durch die Papiere und betrachte die Lagepläne, Entwürfe und Zeichnungen, die ich ganz vorne in meiner Mappe abgeheftet habe. Die Eventagentur hat in Zusammenarbeit mit Messebauern, Tontechnikern und Dekorateuren ein Eventspot konzipiert, das meines Erachtens seinesgleichen sucht: Ein Zelt auf einem Hügel, höher gelegen als die anderen, ein weiteres Zelt zwischen Kübeln mit knorrigen Oliven- und Zitrusbäumen platziert und zwei noch größere vor der Felskulisse sollen die Welt unseres allradgetriebenen, allwetter- und überallgeländetauglichen Sportwagens für die Besucher geradezu *spürbar* machen. Eine Autopräsentation zum Anfassen eben.

Dazu wird in jedem Zelt sowohl mindestens ein Modell unseres Dakar ausgestellt, als auch eine Bar für Erfrischungsgetränke aufgebaut. Im größten der vier runden weißen Festzelte wird eine Showbühne installiert, auf der durchgehend verschiedene Aktionen von Gewinnspielen bis Livemusik abgehalten werden. Dazu alle paar Meter eine gut aussehende, langhaarige Hostess in einem eleganten weißen Einteiler, die Snacks, Give-aways oder allradgetriebenen Sachverstand verteilt. Unsere Erfahrung zeigt: Die Hostessen sind ebenfalls zum Anfassen. Die Armen. Aber welcher Pkw-ambitionierte Mann reist schon zu einer Wagenpräsentation an, wenn es dort keine sexy Hostessen gibt?

Es ist nämlich nicht unser Ziel, ihnen allen den Wagen einfach nur *vorzustellen*, nein: Der neue Dakar soll *begeistern.*

Laut Timing der beauftragten Eventagentur hat der Messebauer letzte Woche alle vier Zelte aufgestellt. Derzeit sind die Techniker vor Ort, um mit dem Verlegen der ausgeklügelten Elektrik zu beginnen. Nächste Woche, kurz vor Eventbeginn, werden die Pkws für Shuttle-Service und Ausstellung geliefert, und in genau zwei Wochen geht es los.

Ich bin irgendetwas zwischen aufgeregt und stolz. Was für ein tolles Projekt ich hier aufgegabelt habe. Das war gar nicht so einfach in einem derart großen Unternehmen mit strengen Hierarchien und zig jungen High Potentials um mich herum, die alle zügig steile Karrieren machen wollen. Böse Kollegenzungen tuscheln mir nun hinterher, ich hätte den Zuschlag nur bekommen, weil ich seit Schulzeiten aus einer Laune heraus Italienisch lerne und die Sprache gut beherrsche. Ehrlich gesagt haben sie damit wohl recht, offiziell betone ich in Diskussionen jedoch stets meine überragende Kompetenz für komplexe Projekte, mein analytisches Denkvermögen und mein organisatorisches Geschick, was meine Kollegen murrend hinnehmen müssen.

Zufrieden klappe ich die Mappe zu und blicke aus dem Seitenfenster auf die bestechend schöne sardische Landschaft. Ich freue mich.

Enzo biegt von der Hauptstraße ab und lässt uns ein paar Meter über eine steinige Pistenstraße hoppeln. Dann verlangsamt er die Fahrt und stoppt den Wagen.

Stille.

Was ist?

Muss er mal?

»Da wären wir, *signorina*«, sagt Enzo stattdessen.

Wie angeschossen schaue ich mich um.

Dann ungläubig zurück auf den Bildschirm des Navis vorne bei Enzo. In der Tat, die Felsformation dort hinten erkenne ich von den Fotos wieder.

Mir bricht der Schweiß aus.

Vier große weiße Festzelte?

Groß und weiß ist hier nur eine Horde Schafe, die seelenruhig auf einer Weide grast, welche eher als unberührte Natur zu bezeichnen wäre denn als Partygelände.

Ich steige aus. Als gäbe es noch Hoffnung oder etwas zu entdecken, wandere ich vorsichtig den Pistenweg hinunter und stolziere langsam auf die wilde Wiese zu.

Die Stille um mich herum ist ohrenbetäubend. Nur der

Wind und ab und an das sanfte Läuten einer Schafglocke sind zu hören.

Ein weißer, arg in die Jahre gekommener Wachhund bummelt gemütlich auf mich zu und beschnüffelt mich kurz, um sich desinteressiert wieder abzuwenden. Ich atme tief durch. Dann tue ich es ihm nach und wende mich zum Gehen in Richtung Wagen. Nach drei Schritten höre ich ein matschendes Geräusch unter meinem Fuß und spähe hinunter. Schafscheiße suppt links und rechts unter meiner Prada-Sandale hervor und hat bereits ihren hindernisfreien Weg ins Schuhinnere zu meinen frisch pedikürten Füßen gefunden.

Ich starre auf das Desaster und dann zu Enzo hinüber, der soeben ausgestiegen ist und ein paar Schritte auf mich zu macht.

»*Tutto a posto, signorina* – alles okay bei Ihnen?«, brüllt er gut gelaunt zu mir herüber und winkt zum Gruß.

Ich kann es nicht fassen. In einer Mischung aus Schockstarre und Trance hebe ich die Hand und deute ihm mit von der Faust abgespreiztem Daumen an, wie toll die Situation hier ist.

Enzo nickt zufrieden und nimmt wieder im Auto Platz.

Ich hinke zu einem Stein und setze mich.

Zeit, meinen Chef *dringend* zurückzurufen.

»GID Germany, Bräunlich?«, ertönt es am anderen Ende der Leitung.

Selbst nach all den Jahren zucke ich ob dieses kopfkinoerzeugenden Nachnamens immer noch zusammen.

»Guten Morgen, Herr Bräunlich«, beeile ich mich dann artig zu sagen. »Hier spricht Annika Herrmann.«

»Frau Herrmann, guten Morgen«, antwortet er knapp. »Sind Sie gut angekommen?« Irgendwie klingt die Frage eher wie eine Feststellung als nach einer Erkundigung über mein Befinden.

»Ja, Herr Bräunlich, es ist nur …«

»Ich habe gestern Vormittag mehrfach versucht, Sie zu erreichen.«

Nicht das schon wieder, stöhne ich innerlich. Erstens saß ich gestern Vormittag im Flieger, und zweitens werden mir entgangene Anrufe angezeigt. Der Kerl spinnt und denkt, es würde niemand merken.

»Die Auflistung Ihrer Quartalszahlen stimmt nicht«, fährt Bräunlich unterdessen fort. Sein Ton klingt streng.

»Bitte entschuldigen Sie, aber ich habe ein Thema zu besprechen, das eventuell wichtiger …«

»Frau Herrmann, das geht so nicht«, unterbricht er mich, vermutlich ohne überhaupt wahrgenommen zu haben, dass ich mitten im Satz war. »Die korrekte Auflistung unserer Plan- versus Istzahlen …«

Bestimmt folgt jetzt: … ist Basis unserer Arbeit für den Monatsreport an die Shareholder blablabla …

»… ist *die* Basis unserer Arbeit für einen stichhaltigen Monatsreport an die Shareholder«, fährt mein Chef gewohnt stoisch fort, »und in Ihrer Auflistung ist ein Summenfehler passiert. Zum Glück ist Herrn Schrader der Lapsus aufgefallen, bevor die Liste an den Vorstand ging. Er war so freundlich, mich darauf aufmerksam zu machen.«

Herr Schrader.

Markus Schrader aus der Abteilung Controlling und interne Revision.

Wie nett von ihm. Wie nett, dass er auf meine Kalkulationen ein besonderes Augenmerk gelegt hat. Das hat er die letzten anderthalb Jahre schon getan. Beginnend mit dem Jahr, in dem wir Bett und Tisch geteilt haben, vor allem aber in den letzten sechs Monaten, seitdem ich ihn verlassen habe. Auf die banalsten Fehler in meinen Rechnungs- und Kostenunterlagen, die jedem passieren können, weist er mich seitdem per E-Mail hin. Stets mit meinem Chef in cc.

Schade, dass es Briefbomben nicht auch per E-Mail gibt. Ich würde ihm glatt eine senden.

»Das ist ja mal ein feiner Zug von Herrn Schrader«, entgegne ich daher nur.

»Ja, dieser Mitarbeiter ist ein Gewinn für unser Unternehmen«, stimmt Herr Bräunlich zu. Jetzt hat er mir tatsächlich mal kurz zugehört. »Ein ganz korrekter Mensch.«

Korrekt. Das mag Herr Bräunlich. Und ja, Markus ist so. Korrekt und langweilig. Ein Leben nach Schema F, gebügelte Handtücher, die Zeitung zum Morgenkaffee und dazu einen Bausparvertrag bei der örtlichen Sparkasse.

Zu diesem geordneten Leben wollte Markus dann ein Kind. Mit mir. Oder von mir. Dabei war mir bis dahin gar nicht aufgefallen, dass er Kinder besonders mag. Es ging ihm wohl eher darum, möglichst schnell den Status eines braven deutschen Familienvaters zu erreichen. Mit Karriereambitionen natürlich. Meine Karriere wäre damit vorbei gewesen. Natürlich.

Wenn Herr Schrader allerdings so weitermacht, ist meine Karriere bald auch ohne Kind im Eimer.

»Um welchen Summenfehler geht es denn?«, frage ich meinen Chef.

Herr Bräunlich faselt irgendetwas von Dollarzeichen, die ich in Excel-Formeln hätte einbauen müssen, damit sich nicht irgendwelche Werte verschieben. Ich kann ihm nicht ganz folgen, bin mir aber sicher, dass die Endergebnisse trotzdem stimmen. Die habe ich nämlich auf einer anderen Liste zusammengetragen.

Vor Wut klopft mir das Herz bis zum Hals, und ich bekomme heiße Wangen.

»Ich warne Sie«, höre ich Herrn Bräunlich sagen, »ich will, dass Sie in solchen Dingen gewissenhafter werden. Habe ich mich deutlich genug ausgedrückt?«

»Ja«, sage ich.

Stille.

»Und sonst so?«, fragt Herr Bräunlich. »Wie laufen die Vorbereitungen für den Dakar?«

»Alles bestens«, lüge ich. Jetzt bloß keine Schwäche zeigen.

»Na, wenigstens etwas«, mosert Herr Bräunlich, wünscht mir noch einen erfolgreichen Tag und legt auf.

Um mich herum immer noch die Stille der Landschaft. An das Heck des Wagens gelehnt steht Enzo und raucht gedankenverloren Kringel in die Luft. Eine gleichmütige Schafkuh zieht mit zwei weißen Lämmern an mir vorbei und beginnt direkt neben mir zu grasen. Die Schäfchen hoppeln stolpernd und meckernd hinter ihrer Mama her, um sich im nächsten Moment unter ihr Euter zu hängen und zufrieden zu saugen.

Die Situation ist so surreal, dass sie fast lustig wäre, wäre sie nicht so schlimm.

Ich ziehe die ruinierten Sandalen aus und wische meine Füße halbwegs im Gras ab. Dann greife ich wieder zum Handy und rufe die Eventagentur in München an, die regelmäßig Großevents für GID im In- und Ausland organisiert.

»Fireagency, Stahl. Was kann ich für Sie tun?«

Paula ist dran. Die Einzige, die mir jetzt noch helfen kann. Hoffentlich!

»Paula, hier ist Annika, guten Morgen.«

»Hey! Wie geht's. Wie läuft's?«

»Die Zelte sind nicht da.«

Erschrockenes Schweigen. Schließlich: »Wie bitte?«

»Paula, ich stehe hier vor einem leeren Partygelände. Es ist kein einziges Zelt aufgebaut. Hier ist niemand.«

Entsetztes Prusten. »Moment. Ganz ruhig.« Die pragmatische Paula tritt auf den Plan. »Hmmm. Bist du sicher, an der richtigen Adresse zu sein?«

»Wenn man hier von Adresse sprechen kann: ja«, antworte ich. »Ich habe sogar die Geländefotos dabei. Ich bin hier definitiv richtig. Leider«, füge ich hinzu.

»Stehen da keine Lieferwagen?«, fragt Paula leise.

»Nein.«

»Nicht mal ein paar Container?«

»Auch nicht.«

»Die Bühnenbauer?«, kommt die nächste absurde Frage.

»Nichts«, flüstere ich zurück.

»Ich drehe durch«, haucht Paula verzweifelt.

Ein paar Sekunden vergehen.

»Verdammt, ich habe von Anfang an gesagt, ein Event in *Italien* durchzuführen, ist nicht *handlebar*«, schimpft sie drauflos. »Ich habe doch gleich gesagt, in Mallorca wäre …«

»Nun sind wir aber hier«, unterbreche ich sie. Langsam steigt Panik in mir hoch. Ich merke, dass Paula auch nicht im Bilde darüber ist, was hier passiert. Oder vielmehr, was hier nicht passiert. »Wir haben noch vierzehn Tage Zeit und müssen versuchen zu retten, was zu retten ist. Also …« Ich denke nach. »Als Erstes müssen wir herausfinden, wo die Zelte abgeblieben sind«, sage ich. »Hast du mal eben die Kontaktdaten der Spedition für mich, ich möchte dort hinfahren.«

»Jaaa, Moment …« Ich höre Paula hastig durch Papiere wühlen. »Hier. *Trasporti Soru Sardegna*. Die haben ihren Sitz im Gewerbegebiet von Olbia.« Sie diktiert mir eine Adresse samt Telefonnummer.

»Ich versuche in der Zwischenzeit, unsere Partneragentur in Italien zu erreichen, die die Spedition beauftragt hat«, fährt Paula fort. »Als Nächstes spreche ich mit meinem Chef, damit ich so schnell wie möglich nach Sardinien fliegen kann, anstatt erst nächste Woche, okay?«

»Das wäre prima«, stimme ich schwach zu. »Hier gibt es doch ein bisschen mehr zu tun als erwartet.«

3.

Das Industriegebiet von Olbia ist ein riesiges, von kastenförmigen Lagerhallen gesäumtes Areal langgezogener, auf dem Reißbrett entworfener Straßenfluchten. Kein Mensch weit und breit, nur ein paar Lastwagen fahren hier und da entlang.

Enzo fingert wie gewohnt ratlos auf dem Display seines Navis herum und schaut aufgeregt nach links und rechts. Ich beobachte ihn dabei regungslos, unfähig, auch nur einen Finger zu heben. Wilde Gedanken schießen mir durch den Kopf. Wie kann es sein, dass der Aufbau noch nicht begonnen hat, und vor allem: Warum haben wir nichts davon gewusst? Hat die Fireagency oder konkret Paula die Abläufe bei ihren vielen Unteragenturen und Zulieferern etwa nicht kontrolliert? Mir hat man immer gesagt, die Arbeiten liefen genau nach Plan. Als Kundin muss ich mich doch auf meine Eventagentur verlassen könne, die von sich behauptet, alle Fäden in der Hand zu halten, oder nicht?

Enzo kommt vor einer grauen Halle zum Stehen, die aussieht wie alle anderen auch. Eine Handvoll Anhänger mit gelbem *Soru*-Logo parkt davor.

»Ich glaube, wir sind angekommen, *signorina*«, sagt er.

Schwerfällig steige ich aus. Die Maisonne steht hoch am Himmel, und der bereits heiße Asphalt brennt unter meinen blanken Füßen. Vielleicht hätten wir doch erst ins Hotel fahren und mir neue Schuhe holen sollen.

Vorsichtig, wie auf rohen Eiern, trippele ich zu dem Pförtnerhäuschen, das wie ein Tumor an die gigantisch große Lagerhalle gepappt ist. Drinnen sitzt ein gelangweilter, unrasierter Typ mit schlechten Zähnen und einem viel zu großen karierten Hemd, das ihm über die schmächtigen Schultern zu rutschen scheint. In Zeitlupentempo zieht er eine kleine Luke in der Scheibe auf, stützt sich auf die Unterarme und legt die Hände aneinander, um mir bereitwillig zu signalisieren, dass ich nun sprechen darf.

»Guten Tag«, sage ich so resolut wie möglich. »Ich erwarte eine dringende Lieferung für die GID Company von Ihrer Spedition.«

Mein Gegenüber zieht unmotiviert die Schultern hoch. »Da müssen Sie morgen wiederkommen.« sagt er.

»Morgen?« Will der mich veralbern? »Ich habe gerade gesagt, es sei *dringend.* Ich möchte bitte mit Ihrem Vorgesetzten sprechen.«

Wieder gelangweiltes Schulterzucken, garniert mit einem Gesichtsausdruck wie bei der Schafkuh von vorhin. »*Il tittolare* – der Chef – ist in der Mittagspause. Danach ist *siesta,* und heute Nachmittag ist keine Bürozeit.«

Der Kerl weiß schon, weshalb er sicher verschanzt nur ein Sprechfensterchen aufgezogen hat. Wenn ich könnte, würde ich ihn am Schlafittchen über den Tresen ziehen und ihm den Hintern versohlen.

»In der Mittagspause. Gut«, versuche ich stattdessen ruhig zu bleiben. »Wo?«

»*Come* – wie?« Mein gelangweilter Gesprächspartner ist verdattert. Ein Hauch von Emotionen zieht über sein Gesicht.

»Ich möchte bitte wissen, wo Ihr Chef zu Mittag isst.«

»*Signora*, das … das …« Er windet sich wie ein gefangener Aal, so sehr scheint ihm mein Anliegen zu missfallen. »Das ist *privacy*. Das *kann* ich Ihnen nicht sagen.«

Ich trete dicht an die Scheibe heran, stütze mich mit beiden Händen an das Glas und fixiere ihn so gebannt wie ein Pferdeflüsterer seinen zu kurierenden Gaul. »*Signore*«, sage ich ruhig, wobei ich ihm tief in die Augen schaue. »Es geht um so etwas wie Leben und Tod. Ich *muss* mit Ihrem Chef sprechen. Bitte sagen Sie mir jetzt, wo ich ihn finde.«

Die *Bar dello Sport* befindet sich an einer Straßenecke zwei Blöcke weiter. Ein geduckter, schäbiger ehemals weißer Pavillon mit gelben, leicht verwitterten Plastikstühlen und Tischen davor, an denen rund ein Dutzend grimmig dreinblickender Männer in Arbeiterkluft sitzen und rauchen, essen oder Kaffee trinken.

Enzo parkt die silberne Limousine am Straßenrand gegenüber, zwischen zerbeulten Lieferwagen, alten Kleinwagen und ein paar Motorrollern. Der Gestank von Fisch liegt in der Luft. Offenbar befindet sich die entsprechende Lagerhalle gleich nebenan. Die Gespräche der Männer verstummen, während ich immer noch barfuß in meinem dafür viel zu eleganten Etuikleid an der Gruppe vorbeitrippele.

Die Bar ist ein düsterer Raum mit einer langgezogenen Theke, hinter der ein Mann Mitte fünfzig mit einem schmuddeligen Lappen über die Arbeitsplatte wischt. Am Tresen stehen zwei Männer in orangefarbener Straßenarbeiterkluft, die in ihren Espressi herumrühren. Hinten an der Wand sitzt ein Kollege auf einem Barhocker, ebenfalls in Orange gekleidet, am Flipperautomat und lässt eintönige Dudelmusik durch den Raum schallen.

Ich wende mich an den *barista*, der mich neugierig, fast freundlich anguckt. »Entschuldigen Sie bitte«, sage ich höflich, »ich suche Herrn Pietro Soru. Der soll hier bei Ihnen zu Mittag essen.«

Der *barista* nickt wortlos und deutet mit dem Kopf zu einer Tür hinter der Theke. Die wird soeben geöffnet, und ein Mann mittleren Alters in abgewetzter Cordhose und blauem Baumwollhemd kommt heraus. Im Hintergrund hört man noch das Rauschen der Toilettenspülung.

Also keine Hände gewaschen.

»Pietro«, ruft der *barista* unterdessen, »die junge Dame hier sucht dich.«

Pietro wirkt erstaunt und kommt auf mich zu.

»Ich bin Annika Herrmann von GID«, stelle ich mich vor und verschränke die Arme auf dem Rücken, damit ich ihm bloß nicht die Hand reichen muss. »Bitte entschuldigen Sie, dass ich Sie hier störe, aber ich erwarte dringend eine Großlieferung von Ihnen für ein Event an der Costa Smeralda.«

Mein Gegenüber zieht die Stirn in Falten, mustert mich von Kopf bis zu meinen bloßen Füßen und zuckt verständnislos die Schultern.

»Es geht um eine Großlieferung der GID Company aus Deutschland«, nenne ich mein Unternehmen erneut.

»Aahh, sì!«, ruft Pietro nun laut aus. »GID *Germania.* Ja klar. *Senta* – hören Sie, *signorina.* Wir konnten die Ware nicht anliefern, da niemand da war, der sie annehmen wollte.«

»Nicht *annehmen* wollte?«, stammele ich. »Aber der Messebauer …«

»Prego, prego«, unterbricht mich Signor Soru und bedeutet mir, an einem wackeligen Bistrotisch in einer Ecke des Raumes Platz zu nehmen. »Was kann ich Ihnen anbieten? Einen *caffè?*«

Zum Kaffeetrinken bin ich eigentlich nicht hergekommen, trotzdem willige ich ein und bestelle einen Cappuccino und ein *cornetto* dazu, schließlich habe ich heute noch nichts gegessen.

Der Spediteur setzt sich mir gegenüber. »*Allora* – also, ich bin Pietro Soru, Mitinhaber der Spedition *Soru Trasporti*«, erklärt er geschäftig und reicht mir seine Hand über den Tisch, die ich nun doch zögernd drücke. Was soll's – nach der Schafscheiße an den Füßen kann ich es mit der Hygiene sowieso nicht mehr so genau nehmen.

»Ich weiß«, sage ich unterdessen. »Ich habe Sie hier aufgesucht, nachdem mir Ihr Mitarbeiter netterweise verraten hat, wo ich Sie finde.«

»Sehr gut, sehr gut«, nickt Herr Soru und reißt ein Zuckertütchen für seinen Kaffee auf, der uns soeben serviert wurde. »Es ist so, dass die Sachen von GID palettenweise in meiner Lagerhalle liegen. Wir sollten die Ware auf dem Veranstaltungsgelände eigentlich einem Messebauer aus Olbia übergeben. Der ist zum vereinbarten Liefertermin jedoch nicht erschienen, sondern hat uns ein Fax geschickt, in dem steht, dass er keinen *permesso* für den Aufbau der Zelte auf dem Gelände hat.«

»Eine Genehmigung für den Aufbau der Zelte?«, frage ich verständnislos.

»Ja natürlich, *signorina*, Sardinien ist voller Naturschutzgebiete. Sie können nicht einfach irgendwo Zelte aufbauen und eine große Veranstaltung abhalten.«

»Das ist mir klar«, beeile ich mich, ihm beizupflichten, und blättere hektisch in meinen Unterlagen, »aber unsere Eventagentur hat dieses Gelände von einem Privatmann gemietet. Einem gewissen … warten Sie … Der Mann heißt Natale Battore.«

Herr Soru zuckt mit den Schultern. »Der Name sagt mir nichts«, gibt er trocken zurück. »Wer weiß, was für ein Schäfer Ihnen da sein Land angedreht hat. Mir ist nur bekannt, dass der Messebauer … wie hieß er noch gleich …« Er stockt und denkt nach.

»Pierluigi Pittalis?«, frage ich triumphierend und ziehe ein weiteres Blatt aus meinem Notizstapel.

»Genau!«, stimmt Soru mir zu. »Messebauer Pittalis konnte die Ware nicht annehmen, da er angeblich keine Genehmigung zum Aufbau der Ware auf dem Gelände dieses … dieses Hirten hat. Details weiß ich nicht. Ich bin Spediteur, *signorina*. Ich transportiere Ware. Für alles andere bin ich nicht zuständig.«

Ich atme schockiert ein und aus und nehme einen kontemplativen Schluck Cappuccino.

»Aber … darum hat sich doch unsere Eventagentur gekümmert. Das dachte ich jedenfalls«, sage ich mehr zu mir selbst und blicke Soru Hilfe suchend an.

Der zieht die Mundwinkel herunter. »Das wissen Sie vermutlich besser als ich, was Ihre Agentur gemacht hat und was nicht«, antwortet er. »Mit den *permessi* ist das in Sardinien so eine Sache. Hier kann die eine Behörde etwas erlauben, das die andere verboten hat. Mein Cousin wollte neulich ein Grundstück kaufen, von dem drei verschiedene Familien behaupteten, es gehöre ihnen. In der Tat hatten sie alle irgendwelche Papiere und waren in verschiedenen Kommunen ins Grundbuch eingetragen – das Grundstück lag wohl auf der Gemeindegrenze. Es war nicht mal klar, zu welchem *Dorf* das Land gehörte …«

»Ihre Geschichten machen mir Mut«, grummele ich. »Vielleicht sollte ich zuerst mit dem Messebauer aus Olbia sprechen, der Ihnen das Fax geschickt hat.«

»Steht auf Ihrem Zettel auch die Adresse von Pittalis?«, fragt Soru.

Ich nicke. *»Via del Primo Maggio«,* lese ich umständlich vor.

»Ach, das liegt sogar auf meinem Weg. Kommen Sie, *signorina.*« Er erhebt sich von seinem Stuhl. »Ich fahre Sie hin.«

Dankend blicke ich ihn an, trinke meine Tasse aus und schiebe mir den letzten Zipfel des Hörnchens in den Mund. Dann springe ich auf und beeile mich, ihm zu folgen. Soru wartet bereits vor dem Barausgang auf mich und zündet sich eine Zigarette an.

Auf der anderen Straßenseite sitzt Enzo bei angelassenem Motor in seinem Wagen und genießt die Vorzüge einer Klimaanlage in Zeiten des Klimawandels. Als er mich sieht, lässt er die Scheibe herunter.

»Ich melde mich später bei Ihnen«, rufe ich ihm zu und mache eine Wir-telefonieren-dann-Geste.

Das scheint Enzo als Erklärung zu reichen. Er nickt gleichmütig, fährt die Fensterscheibe wieder hoch und macht es sich sichtlich auf seinem Sitz gemütlich.

»Dort drüben steht mein Wagen«, sagt Soru unterdessen. Er zeigt auf einen grauen Pick-up direkt neben der Bar, der definitiv schon bessere Zeiten erlebt hat, zieht seinen Schlüssel aus der Tasche und schließt auf.

Bevor er einsteigt, dreht er sich kurz zu mir um und mustert mit gerunzelter Stirn meine immer noch bloßen Füße. Ohne ein Wort greift er auf die Transportfläche und zieht unter einer Plane ein Paar dunkelgrüne, betagte Gummistiefel hervor.

»Ziehen Sie die an, *signorina*, die könnten Ihnen passen«, sagt er.

Es ist schon fast zwei Uhr, als wir in einem Wohngebiet von Olbia vor einem hell getünchten Neubau mit bunt bepflanzten Balkonen haltmachen. Alle Rollläden sind heruntergelassen. Aus einem dahinter geöffneten Fenster im Erdgeschoss dringt das Geplärre einer Mittags-Fernseh-Show auf die sonst totenstille, siestagelähmte Straße.

Genau bei dieser Wohnung klingelt Herr Soru.

Der Fernseher wird leiser gestellt.

»*Chi è* – wer ist da?«, ruft eine Männerstimme unwirsch nach draußen.

»Signor Pittalis«, ruft Soru zurück, »hier Pietro Soru. Es geht um die GID-Ware.«

»Ah!« Die Stimme im Inneren des Hauses klingt nun

etwas freundlicher. »*Venga, venga* – kommen Sie rein. Es ist offen.«

Bevor wir die Tür erreichen, wird diese schon aufgerissen. Ein leicht untersetzter Mann um die sechzig, steht in Unterhemd und alten Jeans, mit einem Handtuch über der Schulter, im Türrahmen. Er erschrickt, als er mich bemerkt, und sieht Herrn Soru tadelnd an.

»Ah, Sie sind in Begleitung einer *Dame*, ich …«

»Ja, das ist Frau Herrmann von GID«, unterbricht ihn Soru. »Sie will mit Ihnen besprechen, was wir mit den Zelten und Paletten machen, die bei mir in der Halle herumliegen und Lagerfläche blockieren.«

Lagerfläche blockieren! Als wenn das mein einziges Problem wäre.

Herr Pittalis wischt sich schnell die Hände an dem Handtuch ab und reicht mir seine große, warme Pranke. »*Piacere* – freut mich«, sagt er und winkt uns in die Küche.

»*Caffè?*«, fragt er und macht sich, ohne die Antwort abzuwarten, an einer Cafetiere zu schaffen, die im Waschbecken einer weißen Möbelmarktküchenzeile steht. In der Zwischenzeit macht Soru es sich an dem Küchentisch mit der bunten Plastiktischdecke gemütlich, als käme er jeden Tag hierher.

Kaffee. Nicht schon wieder!

Nervös bleibe ich im Türrahmen stehen. »Lassen Sie uns lieber über das Projekt sprechen, als einen Kaffee zu trinken«, bitte ich ihn.

Pittalis zuckt und schaut mich irritiert an. »Hier im Flur im Stehen, oder wie?«, fragt er und in seiner Stimme schwingt leichte Gereiztheit mit.

Offensichtlich habe ich mir den schweren kulturellen Fauxpas erlaubt, bei wichtigen Besprechungen nicht erst einmal ein Heißgetränk anzunehmen, als verhandele man auf einem marokkanischen Bazar über einen alten Korb.

»Nein, natürlich nicht. Für mich auch einen Espresso bitte«, stottere ich daher verwirrt und nehme hektisch neben Soru Platz, der sich bereits eine neue Zigarette anzündet und die Szene amüsiert verfolgt. Während Pittalis sich wieder zum Herd umdreht, blicke ich mich ein bisschen um.

Die Wohnung ist mit grauen Steinfliesen ausgelegt. In einer Ecke steht ein wild geblümtes Sofa, daneben ein Tischchen mit dem Fernseher darauf. Über der Küchentür hängen ein Abbild der Mutter Maria und ein paar Anhänger mit glückbringenden roten Peperoni. Daneben eine Schar gerahmter Fotos von kleinen Kindern – wahlweise völlig verschmiert beim Nudelessen oder spielend auf grellbunten Decken.

Signor Pittalis stellt weiße Tässchen und eine Zuckerschale auf den Tisch. »Sie sind also von GID aus *Germania?*«, fängt er überflüssigerweise an.

»Korrekt«, antworte ich. »Ich bin hergekommen, um die Aufbauten für unser Event zu koordinieren. Aber als ich heute früh zum Veranstaltungsgelände kam, auf dem noch nichts passiert ist, hat mich fast der Schlag getroffen. Was ist denn da los? Warum haben Sie die Zelte nicht aufbauen können?«, frage ich und knibbele an der Plastikdecke unter dem Tisch.

Pittalis zuckt mit den Achseln. »Wenn ich das wüsste, *signorina*. Es ist so …« Er zündet eine Gasflamme am

Herd an, stellt den Espressokocher aufs Feuer und setzt sich zu Soru und mir an den Tisch. »Mich hat«, fängt er noch mal an, »eine Eventagentur aus Livorno beauftragt, hier vor Ort die … sagen wir … Infrastruktur für eine Veranstaltung aufzubauen – Zelte, Elektrik, Wasser, mobile Toiletten und alles, was sonst noch dazugehört. So eine Arbeit mache ich oft für Agenturen vom *continente* – dem Festland. Ich bekomme die Ware geliefert und baue sie zusammen mit meinem Team auf. Das ist alles.«

Eine Agentur in Livorno. Ja, davon wusste ich. Halbwegs zumindest. Zwar vergeben wir die Organisation unserer Events praktisch immer an die Fireagency in München, allerdings erteilen die wiederum Unteraufträge und geben einzelne Aufgaben an ein Heer kleiner Agenturen, Spezialisten und Dienstleister. Für Events in Italien, so hatte man uns erklärt, übernehme einen Teil der Koordination eine Partneragentur in Livorno. Welche Aufgaben das genau sind, weiß ich bisher alles andere als genau. Als Kundin hat mich das eigentlich auch nicht zu interessieren, wie und mit wem die Fireagency ihre Arbeit verrichtet.

Bis heute früh zumindest.

»Warum hat das dieses Mal nicht geklappt?«, will ich daher wissen.

»Als ich letzten Montag«, Pittalis steht eilig auf und nimmt die sprudelnde Cafetiere vom Herd, »mit meinem Team losfahren wollte, um Sorus Lieferung entgegenzunehmen, rief mich jemand aus Livorno an, um mir zu sagen, dass sich die Arbeiten verzögern, weil noch keine Genehmigung für das Gelände vorliege. Daraufhin habe ich Soru Bescheid gegeben, dass ich nicht komme, womit das Thema für mich erst mal erledigt war. Seitdem warte ich darauf, dass die *Livornesi* mir Bescheid geben, wann und wie es weitergeht.«

»Am Montag war das?«, hake ich nach. Heute ist Donnerstag, und seitdem hat uns keiner gewarnt, dass die Arbeit nicht vorangeht. »Und die Agentur wollte sich um die Genehmigungen kümmern?«

»Na, ich jedenfalls nicht«, winkt Pittalis ab und schenkt uns dreien Espresso ein.

Ich hole mein Handy aus der Tasche und rufe Paula an.

»Fireagency, Stahl, Guten Tag?«

»Paula, ich bin's schon wieder. Hör mal, diese Agentur in Livorno, die du mit der Organisation hier vor Ort beauftragt hast, sollte sich doch auch um die Genehmigungen für den Veranstaltungsort kümmern, oder nicht?«

»*Agenzia Livorno Eventi?* Klar, das ist deren Aufgabe, plus die Orga zur Verschiffung der Ware vom Festland auf die Insel.«

»Haben die dir was davon gesagt, dass der Aufbau noch nicht begonnen hat, weil keine Genehmigung vorliegt?«, frage ich und streue Zucker in meinen Espresso.

Soru und Pittalis beobachten mich aufmerksam, als würden sie die deutsche Unterhaltung verstehen.

»Nein, das ist es ja!«, gibt Paula zurück. »Ich habe seit vorgestern nichts von denen gehört. Gerade habe ich wieder in Livorno angerufen, aber meine Ansprechpartnerin Sofia ist krank, und alle anderen Kollegen wissen offenbar nicht, worum es geht. Oder sie tun zumindest so. Dort scheint das reinste Chaos zu herrschen.«

»Gut zu wissen, dass Ihr GID-Jobs an Idioten vergebt«, maule ich. »Hast du denn jemals Unterlagen oder Kopien erhalten, aus denen hervorgeht, dass die Chaosagentur sich um die Aufbaugenehmigungen für das Veranstaltungsgelände gekümmert hat?«

»Annika, ich habe gefühlte tausend Unterlagen und einen Wust von Faxen von denen bekommen. Alles auf Italienisch. Ich beherrsche die Sprache zwar recht gut, aber geschriebene Amts- und Geschäftssprache ist doch noch mal eine andere Hausnummer. Ich habe mehrfach per Mail nachgefragt, ob die verschiedenen Aufgaben auf der Projektliste laufen, und habe eigentlich immer die gleiche Antwort gekriegt: *Non c'è problema.*«

»Ich würde es eher *grande problema* nennen, was hier gerade passiert«, sage ich sarkastisch.

Stille in der Leitung.

»Ich habe bereits Stefan Matzek eingeschaltet, meinen Chef, weil ich alleine nicht weiterkomme, und ich habe gerade einen Flug gebucht. Morgen bin ich in Olbia«, erwidert Paula leise, dann können wir vor Ort ...«

»Okay«, unterbreche ich sie schnell, obwohl gar nichts okay ist. Außerdem frage ich mich, was Paula hier so kurz vor dem Wochenende noch reißen will, aber nichts für ungut – ich will mit dem Problem lieber zu zweit sein als alleine. »Bis dahin sehe ich, was ich tun kann«, fahre ich fort.

Wir legen auf.

In meinem Kopf dreht sich alles. Ich habe mich blind auf die Fireagency verlassen und die Münchner sich zu sehr auf ihren Dienstleister in Livorno. Nun sitze ich vor dem Nichts in einer engen, funzelig beleuchteten Küche und trinke Kaffee.

In wenigen Tagen werden die Autos – rund hundert Stück – geliefert, kurz darauf treffen die Techniker und Bühnenbauer ein. Dann reisen auch schon die Hostessen an, die Paula briefen und einen Tag lang schulen wird, und bald darauf mehrere Hundert Gäste. Die Hotels sind gebucht, das sündhaft teure Catering ist fest geordert.

Panik steigt in mir auf, und ich merke, wie mein Kopf heiß wird.

Zitternd rühre ich in der Tasse und schaue Hilfe suchend die beiden Männer an.

Pittalis schaut mitleidig zurück. Dann steht er auf, geht zum Kühlschrank und kommt mit einer Flasche, gefüllt mit einem dunklen Inhalt, und drei kleinen Keramikbechern zurück an den Tisch.

»So«, sagt er. »Jetzt trinken wir erst mal ein Gläschen Mirto. Den Likör habe ich selbst gebraut. Und danach«, fährt er gedehnt fort, »fahren wir nach Arzachena in die *commune* –ins Rathaus.«

4.

Der Transporter von Pittalis ist nur wesentlich unklappriger als der von Signor Soru. Ich fege einen Stapel Zettel, leere Zigarettenschachteln und Coladosen vom Beifahrersitz, um mich neben den Messebauer zu setzen. Wir holpern los und sind kurz darauf auf der Umgehungsstraße Olbias, über die ich gestern schon mit Enzo zum Hotel gefahren bin.

Als die Welt für mich noch in Ordnung war.

Pittalis hat sich eine Zigarette angezündet und die Fensterscheibe heruntergekurbelt. Reste von Zigarettenrauch ziehen zu mir herüber, der Fahrtwind zerzaust mir die Haare. Ich spähe hinab zu meinen Füßen, die in geborgten schmuddeligen Gummistiefeln stecken, und versuche, die unzähligen Was-passiert-wenn-nicht-Fragen aus meinem Geiste zu verbannen.

»Wo fahren wir denn jetzt genau hin?«, unterbreche ich das Schweigen. Die Zeiten, in denen ich wenigstens noch ein paar Fäden in der Hand gehalten habe, sind offenbar endgültig vorbei.

»Nach Arzachena ins Rathaus«, brummt Pittalis. »Dort sitzt die Verwaltung von Nordsardinien und damit auch von der Costa Smeralda.«

»Und was wollen wir dort?«, frage ich und komme mir schulmädchenhaft dumm vor.

Das findet Pittalis wohl gerade auch.

»Na«, er zuckt ungeduldig die Schultern, »denen wollen Sie doch wohl sagen, dass Sie eine Aufbaugenehmigung für ein Fest auf einem Gelände brauchen, oder nicht?« Er hält den Arm aus dem Fenster, drückt die Zigarette außen an der Fahrertür ab und schnippt den hoffentlich erloschenen Stummel in die Landschaft.

»Das bedeutet ja, dass wir bei null anfangen«, stelle ich tonlos fest.

»Würde ich auch so sehen«, nickt Pittalis gutmütig und zündet sich eine neue Zigarette an. »Aber so ist es eben. Ab da«, er denkt angestrengt nach, »brauchen die Behörden ja immer ein paar Wochen für Verwaltungsangelegenheiten, und bis wir dann alles aufgebaut hätten …« Er seufzt tief. »Können Sie Ihr Fest nicht um ein paar Wochen verschieben?«

Statt einer Antwort gucke ich ihn mit offenem Mund entsetzt an. Meine Hände fangen erneut an zu zittern.

»Ah, offenbar nicht. *Ho capito* – ich habe verstanden«, antwortet Pittalis ruhig und versetzt mir einen beschwichtigenden Klaps auf die Schulter, als wollte er einen nervösen Hund tätscheln.

Ein bisschen wie in Trance und zu Pittalis sichtlichem Erstaunen greife ich nach seiner Hand und drücke sie dankbar.

Anderthalb Stunden später halten wir vor einem klobigen Mussolini-Bau in einer Kleinstadt der Insel, auf dem in großen Lettern MUNICIPIO – Rathaus – steht. Die Siesta ist gerade vorüber, zahlreiche Mitarbeiter und Besucher tummeln sich in der Eingangshalle, um die Aushänge zu studieren.

Auch Pittalis bleibt einen Moment stehen und überprüft auf den mit Klebestreifen an die Wand gehängten Listen, in welchen Raum wir zu gehen haben. Hungrig ziehe ich mir unterdessen einen Schokoriegel aus einem in der Halle aufgestellten Automaten.

Das Büro, in das wir gemäß Aushangnummer als Erstes gehen, entpuppt sich als Abstellkammer. Im Raum daneben schickt uns eine Angestellte ein Stockwerk höher, und schon nach drei weiteren Zimmern ziehen wir eine Nummer vor einem Büro mit der Betitelung *Commercio e Turismo*. Wir nehmen auf kippeligen Plastikstühlen im Gang Platz und warten. Außer uns ist niemand auf dem ganzen Korridor zu sehen, und mir ist schleierhaft, wie jemand in dem Büro wissen kann, dass wir hier draußen sind.

Hoffnungsvoll lasse ich mich neben dem gleichmütig dreinschauenden Pittalis nieder. Er wird schon wissen, wie das hier läuft. Und tatsächlich: Nach zehn Minuten öffnet sich die Bürotür, und eine winzig kleine Dame um die vierzig erscheint im Türrahmen.

»Der Nächste bitte«, sagt sie ganz im Stil einer Verwaltungsfachangestellten, als gäbe es außer uns sonst noch Wartende.

Sie dreht sich sofort wieder um, um zurück in ihr Büro zu trippeln. Wir folgen ihr artig.

In dem Behördenzimmer stapeln sich die Aktenberge bis zur Decke. Auch der Schreibtisch meiner Ansprechpartnerin und der ihres Kollegen gegenüber – ein drahtiger, alter Mann, offenbar kurz vor der Rente – sind völlig überladen mit Mappen und Blättern in allen Größen. Ein Computer steht auf keinem der beiden Schreibtische. Der Trend zum papierlosen Büro ist hier definitiv noch nicht angekommen.

»So«, sagt die Dame überraschend freundlich, nimmt an ihrem Schreibtisch Platz und deutet auf die beiden Besucherstühle schräg neben sich. »Setzen Sie sich doch. Was wünschen Sie?«

Ich richte mich geschäftsmäßig auf. Endlich kann ich etwas tun. In meinem besten Italienisch trage ich mein Anliegen vor, hole die Pläne und Zeichnungen aus der Mappe und kann sogar eine Kopie des Gelände-Mietvertrages mit dem vermeintlichen Schäfer Natale Battore vorweisen.

Die Dame nimmt die Unterlagen entgegen und blättert sie stirnrunzelnd durch.

Ein paar Minuten unerträglichen Schweigens vergehen. Nur ihr Blättern und das ihres Kollegen in meinen und anderleuts Unterlagen sind zu hören. Hin und wieder wird die Stille durch das knallende Geräusch der resoluten Benutzung eines Stempels durch den Fast-Pensionär unterbrochen, das mich jedes Mal erschrocken hochfahren lässt.

»Wann, sagten Sie, soll diese Veranstaltung stattfinden?«, reißt mich die fragende Stimme der Verwaltungsfachangestellten aus meiner Starre.

»In vierzehn Tagen«, antworte ich, um einen entschlossenen Tonfall bemüht.

Als Antwort ernte ich einen Blick, der irgendwo zwischen Besorgnis und Herabstufung zur Geisteskrankheit angesiedelt ist.

Unruhig rutsche ich auf meinem Stuhl hin und her. »Es ist ja nicht so«, füge ich tapfer hinzu, »dass wir hier sind, um die Genehmigung neu zu beantragen, sondern um uns nach dem Stand der Dinge zu erkundigen.« Ich blicke die Dame triumphierend an.

»Wie meinen Sie das?«, lautet die verwirrte Rückfrage.

»Wie ich Ihnen vorhin erklärt habe, obliegt die Organisation dieser Veranstaltung der *Agenzia Livorno Eventi*, die sämtliche Anträge auf Genehmigung schon vor Monaten bei Ihnen eingereicht haben muss.«

Die Verwaltungsfachangestellte presst die Lippen aufeinander. *»Signorina«,* sagt sie dann, »ich kann Ihnen versichern, ein solcher Antrag einer Agentur aus Livorno liegt uns nicht vor.«

Das Ameisennest in meinem Magen ist aus seiner Siesta erwacht. »Das kann nicht sein«, presse ich verkrampft hervor.

Die Dame richtet sich in ihrem Schreibtischstuhl auf. »Von einer Veranstaltung dieser Art und Größe in den nächsten zwei Wochen in unserer Region ist mir nichts bekannt. Dir etwa, Francesco?«, wendet sie sich von mir ab und ihrem Kollegen zu.

Der schüttelt nur wortlos den Kopf und rammt den nächsten Stempel auf einen Aktendeckel vor ihm auf dem Tisch.

»Signora«, ich presse beide Hände vor der Brust zusammen und blicke sie flehend an, »wir sprechen hier nicht von der Geburtstagsfeier meiner Oma, sondern von einer Neuwagenpräsentation mit einem Budget von rund vier Millionen Euro. Dieses Event wird unter anderem von besagter Agentur in Livorno koordiniert, die die entsprechenden Anträge bereits im Januar einge-

reicht haben müsste. Ich bitte Sie: Die Unterlagen *müssen* hier sein.«

»Aber Sie können sie mir nicht zeigen?«

»Nein«, gestehe ich. Verdammt, warum fordere ich nicht einfach eine Kopie von jedem Schritt an, den die Fireagency und ihre Partneragenturen für uns unternehmen? Allerdings könnte GID den Job dann auch selbst machen und bräuchte keine teuren Agenturen mehr …

Die Rathausdame schüttelt den Kopf. »*Signorina*, derartige Anfragen laufen für die gesamte Region über meinen Schreibtisch. So, wie Sie mir die Planung beschreiben, scheint das eine äußerst umfangreiche Angelegenheit zu sein. Das wäre ein Genehmigungsprozedere im ganz großen Stil.«

Schock, sie hat tatsächlich »wäre« gesagt.

»Vielleicht«, unternehme ich verzweifelt einen letzten Versuch, »ist die Akte nur gerade … verlegt.« Ich deute mit einer weitläufigen Geste auf die Fluten von Ordnern an den Wänden. »Womöglich liegt unser Vorgang hier irgendwo dazwischen.«

Fast-Rentner Francesco funkelt mich empört an. Soeben habe ich das Lebenswerk seiner persönlichen Archivierung und Ablage infrage gestellt. Auch seine Kollegin ist sichtlich verschnupft über meine Überlegungen.

»Hier hat alles seine Ordnung«, erwidert sie spitz. »Ich kann Ihnen versichern: Dieser Vorgang liegt in diesem Rathaus und damit für die gesamte Region nicht vor.« Sie lehnt sich in ihrem Stuhl zurück und verschränkt die Arme.

Sprachlos schnappe ich nach Luft.

»Wenn ich dazu auch mal etwas sagen dürfte«, mischt

sich nun Pittalis in unser Gespräch ein, der sich bisher dezent im Hintergrund gehalten hat. »Bitte geben Sie uns doch einfach die nötigen Formulare und Anträge, damit wir die Sache zügig vom Tisch bekommen.«

»Zügig vom Tisch bekommen?«, fragt Frau Rathaus weiterhin spitz und zieht die Augenbrauen hoch. Immerhin steht sie auf und zieht aus einigen Ablagekästen im Regal verschiedene Zettel vom Sexappeal des Vordruckes einer Einkommenssteuererklärung hervor. Sie reicht die Unterlagen Pittalis. »Die Formulare hier brauche ich komplett ausgefüllt und von sämtlichen Verantwortlichen unterschrieben zurück. Die Bearbeitungszeit liegt zwischen vier und sechs Wochen, bis wir alle Anträge geprüft und untersucht haben.«

Die Aktenordnerberge um mich herum beginnen sich zu drehen. Nur schemenhaft bekomme ich mit, wie Pittalis ein Danke herauspresst und mich am Arm nach draußen führt.

Die ersten zwanzig Kilometer der Rückfahrt sprechen wir kein Wort miteinander. Ich starre aus dem Fenster und versuche an gar nichts zu denken. Doch die Gedanken wirbeln nur so durch meinen Kopf und verschwimmen zu einer wirren, alles erschlagenden Masse. In meinen klammen Händen halte ich den Berg von Formularen, die schon vor Monaten ausgefüllt in Arzachena hätten liegen müssen.

»Pah, vier bis sechs Wochen Bearbeitungszeit«, dringt von Weitem die fast trotzige Stimme von Pierluigi Pittalis an mein Ohr. »Die Cousine meiner Frau arbeitet im Rathaus von Arzachena!«, ruft er dann heldenhaft aus.

Langsam drehe ich meinen schwirrenden Kopf in seine Richtung. »Was macht die Cousine Ihrer Frau denn dort?«, will ich wissen. »Ist sie zufällig Bürgermeisterin oder die Präsidentin der Region?«

»Nein, Peppa ist Verwaltungsfachangestellte«, erwidert Pittalis geradezu stolz. »*Ma molto in gamba* – aber die kann echt was! Außerdem arbeitet sie in einer leitenden Position.«

Liebe Verwaltungsfachangestellte Peppa, könnten Sie mir bitte ein verloren gegangenes Vier-Millionen-Projekt aus dem Schlamm ziehen, weil Sie ja offenbar ach so *in gamba* sind?

Sehr schön, danke.

»Unterschätzen Sie unsere *raccommandazioni* – die Wirkung von Vitamin B – nicht, *signorina*«, spricht Pittalis weiter, als habe er meine Gedanken erraten. »Ich weiß, wie das bei Ihnen in Deutschland läuft: Es gibt für ein Problem nur einen einzigen Lösungsweg, und den muss man gehen. Hier in Italien ist das etwas anders. Weil die Dinge bei uns immer kompliziert sind, egal was wir tun, suchen wir uns unsere Wege selbst. Dabei müssen wir uns helfen lassen und die richtigen Leute kennen. Da kommt eine Großfamilie gerade recht!«

Ich starre ihn abwartend an und konzentriere mich auf meine holprige Atmung. »Warum sind wir dann nicht gleich zu Ihrer Peppa gegangen?«, will ich wissen.

»Weil wir uns zunächst an die Stelle wenden mussten, die in erster Linie dafür zuständig ist«, erklärt Pittalis mir ruhig, während er auf der rechten Spur der Schnellstraße zu einem fröhlichen Überholmanöver an einem alten Ford Fiesta vorbei ansetzt. »Wenn das nicht den gewünschten Erfolg bringt, und das hat es in unserem Fall nicht«, fügt er hinzu, »müssen wir andere Wege einschlagen, wie ich Ihnen das eben erklärt habe. Peppa kann bei diesem Francesco und seiner schlecht gelaunten Kollegin ein gutes Wort für uns einlegen und damit die Prozesse, sagen wir, ein wenig vorantreiben …«

»Und das funktioniert?«

»Vielleicht!«, ruft Pittalis unbekümmert.

Ein Vielleicht ist mir im Land der unkonkreten Lösungswege definitiv zu wenig.

»Das klingt echt vielversprechend«, antworte ich sarkastisch.

»Warten Sie erst mal ab, Sie werden schon sehen.«

Nun soll ich auch noch abwarten!

Mir brummt der Schädel. Ich möchte jetzt gerne alleine sein und nachdenken.

»Hier in der Nähe muss mein Hotel sein, Herr Pittalis. Könnten Sie mich bitte irgendwo an einem Strand absetzen, und ich rufe später meinen Fahrer an, damit er mich abholt?«

Der Messebauer nickt zufrieden. »Genau so müssen Sie das machen, *signorina*: Nerven bewahren, Geduld haben, und in der Zwischenzeit schwimmen gehen. Sie haben heute schon viel gelernt.«

Stimmt. Würde Goethe nicht auch heute noch ein Apfelbäumchen pflanzen, wenn er wüsste, dass morgen die Welt untergeht?

»Vielen Dank für Ihre Hilfe«, sage ich also zu Pittalis, »ich weiß nicht, was ich ohne Sie getan hätte.«

5.

Vor mir liegt das kristallklare türkisfarbene Meer Sardiniens. Darüber der weite blaue Himmel, garniert mit ein paar Schäfchenwolken. Die winzige Bucht hat etwa die Größe dreier gutbürgerlicher Wohnzimmer. Schroffe Felsen, mit Macchiavegetation bewachsen, ragen bis weit ins Wasser hinein, wo sie untergehen wie müde Krokodile, hier und da wieder auftauchen, um wie Miniinseln im Meer zu treiben.

Ich setze mich in den Sand, ziehe die muffigen Gummistiefel aus und verbuddele meine Füße.

Die endlose Ruhe entwirrt das Gedankenknäuel zu einzelnen, düsteren Fäden, was die Sache auch nicht besser macht.

Das Stichwort *Haftung* schießt mir durch den Kopf. Bin ich mit schuld an diesem Desaster? Habe ich womöglich einen Fehler gemacht, für den ich nun aufkommen muss?

Bei mir ist nichts zu holen. Bei meinen Eltern womöglich? Vor meinem geistigen Auge sehe ich meine verzweifelten Eltern mit leeren Händen im Gerichtssaal unserer Kleinstadt stehen, während die grimmig dreinblickenden Staranwälte der GID in dunklen Anzügen verbal auf sie eindreschen.

Mich schaudert bei dieser Vorstellung.

Falls ich tatsächlich in hohem Bogen gefeuert werde,

kann man mir dann das Arbeitslosengeld pfänden? Einen Job würde ich nach so einem Fiasko bestimmt nicht mehr finden.

Eine kleine Welle schwappt ans Ufer, schwemmt ein paar Stöckchen und Muscheln an. Die Sonne tritt hinter einem vorbeiziehenden Wölkchen hervor und verbreitet strahlendes Spätnachmittagslicht über die gesamte Bucht. Um mich herum ist alles so friedlich, während in meinem Kopf nach wie vor Chaos herrscht.

Ich stehe auf und stapfe ein paar Schritte ins Wasser. Die Kühle tut mir gut.

Unsinn! Ich muss für das Desaster nicht haften. Das geht ja gar nicht. Die Agentur in Livorno war für die Anträge verantwortlich. Die wiederum war von der Fireagency beauftragt, die die GID, oder vielmehr mein Chef, unter Vertrag genommen hat. Dabei hatte ich nicht einmal mitzureden. Davon abgesehen hätte es mir gar nicht zugestanden, die Agentur zu kontrollieren. Da kann mir niemand etwas vorhalten. Nicht einmal Herr Bräunlich.

Bräunlich, genau! Der steckt doch mit drin. Er hat sich schließlich um nichts gekümmert.

Das kann ja nun wirklich jeder: einen Eventetat ausschreiben, sich von großen Agenturen einlullen, ausgiebig bewirten und von deren tollem »internationalem Netzwerk an Spezialisten und Partnern« beeindrucken lassen.

Wir an der Basis haben dann den Salat. Das internationale Netz der Fireagency ist zu einem vermüllten Gewirr geworden. Zumindest in Livorno.

Wenn man nicht gleich alles selbst macht!

Dieses Mal kann Bräunlich mich nicht einfach beschimpfen, wenn ihm meine Arbeit nicht passt, und darauf warten, dass ich es anders löse. Dieses Mal wird er zu mir halten *müssen*, wenn ich mich daranmache, das Knäuel zu entwirren, das *er* in Auftrag gegeben hat. Genau!

Ich für meinen Teil habe meinen Job bis ins letzte Detail erfüllt: Konzeptüberwachung, Gästelisten, Einladungen, Timings und Kostenpläne; jedes Logo auf jeder Broschüre und auf jeder Schirmmütze, die in den Kisten bei Soru auf ihren Auftritt warten, sitzt perfekt. Die Hostessen sind sorgfältig ausgewählt, haben alle etwa gleich lange Haare und ähnliche Körbchengrößen – ich habe wirklich an alles gedacht, was in meinem Kompetenzbereich liegt.

Dass ich nun für Aufgaben einspringe, die nicht die meinen sind, ist nur großzügig von mir!

Ich habe es immer gesagt: Als Public-Relations-Managerin bei GID kann ich eben rechts wie links. Alles kein Problem für mich.

Genau das werde ich Bräunlich sagen. Ich werde ihn anrufen.

Gleich jetzt.

Nein.

Gleich morgen.

Heute erreicht er sowieso nichts mehr. Wenn der faule Kerl überhaupt noch im Büro ist. Immerhin ist es bald sechs Uhr. Die Sesamstraße fängt jeden Moment an.

Um meine Füße plätschert das kühle Meer. Herrlich.

Hätte ich doch bloß einen Badezeug dabei und könnte mich vollends ins Wasser stürzen.

Verstohlen blicke ich mich um. Kein Mensch weit und breit. Ich könnte doch … Mich sieht ja keiner.

Ich ziehe meine Kleider aus und lasse sie hinter mir in den Sand fallen. Dann tauche ich unter.

Wunderbar.

Ich mache ein paar kräftige Kraulzüge und schwimme aufs offene Meer hinaus. Ein Stück weiter vorne bilden die Felsen einen Bogen im Wasser. Ich beschließe, bis an die Spitze des Kaps zu schwimmen, und fühle mich großartig. Mir war gar nicht klar, wie gut ich noch immer schwimmen kann. Das habe ich schon ewig nicht mehr getan, vor lauter Pilates, Zumba, Aerostep und was man heute so alles tut.

Am Ende des Bogens stoppe ich an einem hohen, runden Stein und klammere mich an dem Felsen fest, der sanft und halbrund ins Meer abtaucht. Ich spähe nach oben. Bestimmt springen die Kinder hier in ihren Sommerferien in haarsträubenden Formationen hinunter ins Wasser, während sich ihren besorgten Eltern von ferne der Magen umdreht.

Ich paddele um den Fels herum, bis ich einen Vorsprung entdecke, an dem ich mich heraufziehen kann. Mühelos klettere ich hoch und mache es mir auf dem Stein so gut es geht für eine kleine Verschnaufpause gemütlich.

Hingegossen wie die Loreley am Rhein blicke ich an mir herunter. Mein Bauch dürfte gerne etwas flacher sein und meiner Kosmetikerin nehme ich es übel, dass sie mir so kurz vor meiner Abreise den Waxing-Termin abgesagt hat. Nichtsdestotrotz, kann ich ganz zufrieden mit mir sein. Wenigstens etwas.

Meine Laune hebt sich umgekehrt zur langsam untergehenden Sonne.

Vielleicht ist das Leben ja doch ganz schön?

Ich aale mich in den seichten Sonnenstrahlen und entspanne mich ein wenig. Wie schön. Geht doch.

Ein plötzliches Prusten und Platschen lässt mich erschrocken zusammenzucken. Loch Ness? Hier? Ich fahre herum und schramme mir an einer Steinkante den Oberschenkel.

Drei Meter vor mir taucht ein muskulöser, braun gebrannter Mann mit Schwimmbrille und Schnorchel auf und klammert sich schwer atmend am Felsen fest.

Schockschwerenot.

Hilfe, ich habe doch nichts an!

Gebt mir ein Handtuch!

Oder ein Feigenblatt!

Nichts davon habe ich. Nur meine zwei Hände für mindestens drei zu verbergende Stellen.

Angstvoll und empört starre ich auf den Mann, der irgendwas zwischen zu mir hin und von mir weg guckt.

»Buona sera«, nuschelt er dem Felsen vor seiner Nase zu.

»Guten Abend«, erwidere ich düpiert, einen Arm vor die Brust, die freie Hand in den Schoß gepresst.

Der Fremde nimmt die Taucherbrille vom Gesicht und reibt sich über die Augen. Die andere Hand schießt aus dem Wasser hervor und legt eine Art riesige Rohrzange zusammen mit einem kleinen blauen, geschlossenen Plastikbehälter auf dem Stein vor ihm ab. Er atmet schwer, was mir Angst macht. Ich starre ihn wie gelähmt an. Hier brauche ich weder um Hilfe zu schreien noch zu versuchen wegzuschwimmen. Ich kann nur irgendwie möglichst cool bleiben und das Beste hoffen.

»Bitte entschuldigen Sie«, fängt der Fremde immer noch keuchend an zu reden. »Sie schwimmen hier seit Minuten vor meiner Nase herum. Ich habe mir Mühe gegeben, nicht aufzutauchen, um Sie nicht zu erschrecken, aber irgendwann war ich kurz davor, zu ersticken.« Er schnappt erneut nach Luft.

»Sie meinen …«, starte ich. »Sie sind die ganze Zeit an den Felsen herumgetaucht, während ich hier geschwommen bin?«

Nicht auszudenken …

»Ich schnorchele. Eigentlich«, korrigiert mich der Mann, hievt sich mit einem Arm ein Stück an dem Stein hoch, um mit der anderen Hand seine Taucherbrille auszuspülen. »Als Sie angeschwommen kamen, bin ich aus Rücksicht Ihnen gegenüber abgetaucht. Aber ich wollte es dann doch nicht mit dem Leben bezahlen, verstehen Sie?« Er lacht mir offen ins Gesicht und präsentiert blendend weiße Zähne wie aus der Fernsehwerbung, während sich auf seinen Wangen hübsche Grübchen bilden. »Das wäre in Ihrem Fall auch wirklich nicht nötig gewesen, oder?«, fährt er fort. Er nickt in meine Richtung und macht sich daran, seinen Schnorchel auszuspülen.

Gut zu wissen, wie genau er mich offenbar studiert hat.

Ich presse die Hände noch fester an mich und begutachte mein Gegenüber nun ebenfalls. Was ich von ihm sehe, gefällt mir: der sportliche Oberkörper eines geübten Schwimmers mit kurzen, dunklen Haaren. Eine Haarsträhne fällt ihm locker in die Stirn, und ganz kurz bin ich versucht, mich vorzubeugen und sie ihm aus dem Gesicht zu streichen. Aber das geht natürlich nicht.

»Warum schnorcheln Sie hier mit dieser riesigen Zange herum?«, frage ich, nun schon etwas beruhigter.

»Ich ... äh ... entnehme Gesteinsproben«, antwortet der Fremde zögernd und kneift seine schönen, dunklen Augen zusammen. Er sieht auf einmal fast ein bisschen schüchtern aus. Ob ich doch eben seine Haarsträhne ...?

»Wozu?«, frage ich schnell, um unsere Unterhaltung fortzuführen.

»Äh ... ich bin Geologe. Aus Siniscola«, erwidert er.

»Aha.« Ich nicke. Keine Ahnung, was ein Geologe so zu tun hat. Inzwischen weiß ich ja nicht mal mehr, was ein Eventmanager genau tut. Oder eine Verwaltungsfachangestellte.

»Na dann«, sagt der Fremde, streicht sich nun leider selbst die Haare zurück, reibt mit den Fingern auf der Scheibe seiner Taucherbrille herum und setzt sie sich wieder auf die Nase. »Es war nett, Sie kennenzulernen. Bitte entschuldigen Sie die Störung, und noch einen schönen Abend.« Er lächelt mich durch die Brille freundlich an.

Ich lächele zaghaft zurück. »Ist schon okay. Ihnen auch einen schönen Abend.«

Der Mann lässt sich ins Wasser zurückgleiten, umrundet den Fels, auf dem ich sitze, und paddelt auf der anderen Seite des Kaps davon.

Ich warte, bis ich ihn nicht mehr hören kann, dann springe ich ins Wasser und schwimme zurück zu meinem kleinen Privatstrand. Eilig ziehe ich mein Kleid über den klatschnassen Körper, stecke die Wäsche in meine Tasche und schleiche barfuß durch das Gebüsch aus der Bucht.

Wieso habe ich bei dieser Stille nicht mitbekommen, dass sich ganz in der Nähe ein Fremder aufhält? Ich bin einfach zu unvorsichtig.

Ein paar Meter weiter, noch vor dem sandigen Feldweg, der zurück zur Hauptstraße führt, höre ich Geräusche. Ich verschanze mich hinter einem Stein und luge vorsichtig hervor.

Da ist er wieder.

Circa zwanzig Meter weiter steht der halb erstickte Geologe vor einem Motorroller und verstaut seine Sachen. Er trägt eine rote Badeboxershorts, T-Shirt und Sneakers und hat sich eine Weste übergeworfen. Nun stellt er den blauen Kanister auf dem Fußbrett ab, steigt auf den Roller, wirft geräuschvoll den Motor an und kommt in meine Richtung angebraust. Schnell ducke ich mich hinter dem schützenden Stein, während er direkt an mir vorbei zur Hauptstraße fährt. Ein paar Sekunden später höre ich ein schlingerndes Geräusch und schaue wieder auf. Offenbar ist er auf dem Sandweg ins Rutschen gekommen und hat angehalten. Er bückt sich nach dem Kanister zu seinen Füßen, rückt seinen Helm zurecht. Dann fährt er weiter und ist weg.

Die Luft ist rein.

Ich schlüpfe in die Gummistiefel und stapfe immer noch vorsichtig hinterher. Gleich werde ich Enzo anrufen und ihm durchgeben, wo er mich abholen soll. Heute Abend werde ich dann in Ruhe meine Gedanken und

Unterlagen ordnen und morgen früh meinen Chef anrufen. Danach sehen wir weiter.

Der Miniausflug in die Natur hat mir gutgetan.

Auf einmal sehe ich ein paar Meter vor mir, ungefähr dort, wo der Fremde mit seinem Roller weggerutscht ist, einen kleinen Gegenstand im Sand liegen.

Es ist ein Klapptaschenmesser.

Ich hebe es auf.

Es ist eines dieser edlen sardischen Hirtenmesser, wie sie in meinem Reiseführer abgebildet sind. Der Griff ist aus echtem Horn gearbeitet, die Beschläge sind mit handgravierten Verzierungen versehen, die eingelassenen Schrauben sorgfältig poliert.

Auf der Klinge steht die Inschrift: »*Con affetto, nonno Antonio* – in Liebe, Opa Antonio.«

6.

»Herr Bräunlich ist den ganzen Freitag in Meetings und nicht zu sprechen«, säuselt Frau Weißensee am nächsten Morgen. Seine zickige Sekretärin ist eines der vielen unkündbaren Urgesteine des Unternehmens. »Tut mir leid«, fügt sie resolut hinzu.

Nichts tut ihr leid, dieser blöden Ziege.

Ich atme tief durch und wünsche mir in diesem Moment sehnsüchtig den so einfach aussehenden Job des Kellners, der gerade in weißer Livree zwischen den Frühstückstischen der wunderschönen Hotelterrasse mit Blick auf die Bucht hin und her eilt.

»Es ist aber dringend, Frau Weißensee«, versuche ich es erneut und blättere durch die Formularvordrucke, die man mir gestern in Arzachena mitgegeben hat.

»Dringend«, lacht Frau Weißensee künstlich. »Soll ich vielleicht das *Vorstandsmeeting*, in dem Herr Bräunlich zugegen ist, unterbrechen und ihm erklären, eine seiner Mitarbeite*rinnen* sei dringender?«

Mitarbeiter*innen* spricht sie aus, als sei die Rolle der Frau bei GID ungefähr die einer vermummten Afghanin an der heimischen Feuerstelle. Mich wundert das, da sie selbst eine Frau ist. Oder zumindest ein Rest davon. Aber ohne diese Einstellung kann man vermutlich keine vierzig Jahre lang als Sekretärin arbeiten, denke ich mir.

»Checkt Herr Bräunlich vielleicht in den Kaffeepausen seine Mails?«, will ich wissen.

Eine verpatzte Neuwagenpräsentation im siebenstelligen Bereich sollte ihm durchaus dringend erscheinen. Vielleicht sollte ich ihm einfach schreiben, was passiert ist?

»Er hat sein *Schmartfon* dabei«, lautet die knappe Antwort.

Ach so.

Das bedeutet in GID-Sprache: Mein Chef liest nicht nur in den Pausen seine Post, sondern fummelt die ganze Sitzung über an seinem Handy herum, wie ein kleiner Junge beim Nintendo-Spielen im Matheunterricht.

Damit wird er nicht alleine dastehen. Während wichtiger Konferenzen E-Mails zu lesen und gegebenenfalls sogar zu beantworten, stellt in unserem Hause keinen Widerspruch dar. Im Gegenteil, Multitasking wird vorausgesetzt, und wer das nicht kann – was ich von einem Großteil meiner Kollegen vermute –, der tut zumindest so. So dient beispielsweise die Teilnahme an einem Meeting eher der Selbstdarstellung, als echte Arbeit an der Sache zu sein. Daher fällt es auch nicht weiter auf, wenn jemand eine gesamte Konferenz lang wichtig geguckt hat, dass er unter dem Tisch mit seinem Telefon hantiert.

»Gut«, sage ich daher zu Frau Weißensee, »dann weiß ich Bescheid. Falls Sie Herrn Bräunlich sehen, richten Sie ihm doch bitte aus, dass ich ihn in einer extrem wichtigen Angelegenheit sprechen muss.«

»*Falls* ich ihn spreche, sage ich ihm das. Auf Wiederhören«, betont Frau Weißensee gewohnt unkollegial und legt auf.

Danke auch.

Ich bin von allen verlassen.

Nur ich und mein neues Klappmesser. Und Paula, die heute Vormittag in Olbia landen wird.

Ich schaue auf die Uhr. In einer Stunde muss ich mit Enzo losfahren, um sie abzuholen. Damit bleibt mir noch etwas Zeit, um die ersten Genehmigungsanträge zu sichten und vielleicht schon mal mit den Basisdaten auszufüllen. Außerdem eine gute Gelegenheit für einen zweiten Espresso. Und ein *cornetto* dazu.

Paula hat ganz offensichtlich das gleiche elitäre Sardinien-Verständnis wie ich noch vor zwei Tagen, bevor ich auf dem Boden der Tatsachen gelandet bin. Bekleidet mit einem eleganten Strohhut, einem engen weißen Leinenkleid und Riemchensandaletten mit hohem Absatz stöckelt sie aus dem Terminal. Ich bezweifle, dass sie in ihrem silbernen Hartschalenkoffer auf vier Rädern ein paar robuste Schuhe für die Arbeit in der Prärie bereithält. In dieser Hinsicht bin ich ihr mittlerweile überlegen. Gummistiefel habe ich nun. Dafür allerdings ein Paar Riemchensandalen weniger.

»Hi«, begrüßt sie mich hoffnungsvoll, als sie vor mir steht. »Na, wie sieht's aus?«

»Schlecht«, gebe ich zurück. »Und bei dir?«

»Ich habe heute Nacht praktisch nicht geschlafen«, informiert mich Paula.

»Oh, da bin ich ja sogar besser dran als du, ich konnte beide Augen zumachen. Gibt's schon was Neues von deinem Chef?«, wechsele ich das Thema.

»Noch nicht. Stefan hat gestern spontan einen Flieger

nach Livorno genommen, um mit dem Geschäftsführer unserer Partneragentur direkt vor Ort zu sprechen«, informiert mich Paula über die Aktion ihres Vorgesetzten.

»Ich verstehe. Wenn Großkopferte etwas zu besprechen haben, jetten sie schnell zueinander, um die Telefonkosten nicht unnütz in die Höhe zu treiben«, lästere ich. »GID zahlt der Agentur schließlich alle Spesen, und die gesammelten Meilen gehen aufs Konto für den nächsten Privaturlaub.«

Zum ersten Mal sehe ich Paula heute lachen – wenn auch mit leicht verbittertem Unterton. »Das kommentiere ich jetzt nicht«, sagt sie, »schließlich bist du meine Kundin. Nichtsdestotrotz«, fährt sie fort, »ist uns ein solcher GAU noch nie passiert. Ich kann verstehen, dass Stefan denen ganz genau auf die Finger gucken will. Wir setzen an allen Enden an: er auf dem Festland und ich hier bei dir in Sardinien.«

»Okay, dann lassen wir uns mal überraschen.« Ich nehme ihr die kleine Reisetasche ab und schiebe sie am Arm Richtung Ausgang. »Lass uns erst mal ins Hotel fahren und dort eine Lagebesprechung abhalten.«

Später sitzen wir am Hotelpool und haben unsere Laptops und Akten vor uns ausgebreitet.

»Ich bin die komplette Korrespondenz durchgegangen«, berichtet Paula. »Hier sind die Mails aus Livorno, in denen die mir auf Nachfrage versichert haben, dass die Genehmigungsprozesse laufen und alles in Ordnung ist.«

»Hast du Scans von den Anträgen dabei, die Livorno hierfür eingereicht hat?«, will ich wissen.

»Nein«, Paula schüttelt den Kopf, »die Arbeitsdokumente tauschen wir nie untereinander aus. Jeder kennt seine Aufgaben und informiert den anderen über das Endergebnis.«

»Das habe ich mir schon gedacht«, stimme ich zu. »Weißt du, auch ich mache mir seit gestern durchgehend Gedanken darüber, wo mein Fehler liegen könnte, aber ich muss mich auf euch verlassen können. Ich kann doch nicht Dokumente zu jedem Arbeitsschritt von euch einfordern, um zu kontrollieren, ob ihr auch wirklich tut, was ihr mir sagt.«

»Eben«, stimmt Paula zu, »mir geht es ganz genauso. Unser wievieltes Projekt ist das nun zusammen, Annika? Das vierte oder fünfte? Es hat bisher immer geklappt. Ich überwache unsere Partneragenturen im Ausland genauso wenig auf Schritt und Tritt wie du mich. Das wäre gar nicht machbar. Mit Livorno arbeiten wir zum ersten Mal zusammen, und dass der Laden so chaotisch ist, konnten wir nicht ahnen.«

»Das wird ein Nachspiel haben«, überlege ich.

»Das denke ich auch«, antwortet Paula. »Wenn die Sache hier in die Grütze geht, werden die sich auf hoher Ebene gegenseitig die Schuld zuschieben wollen. Aber bis dahin«, fügt sie energisch hinzu, »lass uns versuchen, was wir beide noch aus dem Schlamm ziehen können.«

So kenne und liebe ich Paula. Immer professionell, immer optimistisch und meistens guter Laune. Dazu spricht sie fünf Fremdsprachen fließend und sieht auch noch gut aus. Keine Ahnung, warum eine Powerfrau wie sie an diesem bestimmt schlecht bezahlten Knochenjob festhält.

Inzwischen kennen wir uns seit vielen Jahren. Für jedes Event, dass ich bei GID zu organisieren habe, ist sie meine Kontaktperson bei unserer Eventagentur. Wir haben längst kein Kunden-Dienstleister-Verhältnis mehr, sondern sind so etwas wie Freundinnen geworden. Wir spielen uns gegenseitig die Aufgaben und Ergebnisse zu und arbeiten perfekt zusammen wie nahezu perfekt aufeinander eingespielte Eheleute.

»Sieh mal«, sagt sie unterdessen und reicht mir einen eng beschriebenen DIN-A3-Farbausdruck. »Dies ist die Statusliste, die ich mir mit Livorno wöchentlich hin- und hergemailt habe«, fährt sie fort. Hier ist der Stand von letzter Woche.«

Ich rücke meine Sonnenbrille zurecht und beuge mich über das Papier.

Jede Zeile ist ein To-do, also eine zu erledigende Aufgabe. Davon gibt es auf dieser Liste ungefähr dreißig, geschrieben in Schriftgröße acht. Die Relevanz der verschiedenen Aufgaben geht von der Personalschürzenbestellung und der Reservierung von Klohäuschen über die Bereitstellung der Bühnentechnik im hohen sechsstelligen Eurobereich bis hin zu diversen Formalitäten. Natürlich kenne ich solche Listen. Mit Paula habe ich eine ähnliche Aufstellung, die wir uns regelmäßig hin- und herschicken. Unsere Aufgaben betrafen bisher jedoch eher die Eventkonzeption, das Einladungsmanagement und die Kostenübersichten statt schlichte Materialbeschaffung, wie wir es in guten Zeiten mal spöttisch genannt haben.

»Wo kann ich denn sehen, welche Aufgabe bereits erledigt ist und was noch zu tun ist?«, frage ich.

»An den Farben. Gelb bedeutet *ongoing,* grün heißt erledigt und rot bedeutet ›muss dringend gemacht werden‹.«

Ich beuge mich wieder über die Liste. Dabei entdecke ich den Punkt »Mietvertrag Gelände mit Privatbesitzer«, der grün markiert ist, und die schlichte Zeile »Genehmigung Behörden« in Gelb.

Genehmigung Behörden: *ongoing!*

»Wie?«, frage ich entsetzt. »Ihr habt euch letzte Woche noch darauf ausgeruht, dass dieser Punkt noch nicht abgeschlossen ist?«

»Mir hat man immer wieder gesagt, dass die Sache läuft«, sagt Paula kleinlaut.

»Ihr macht so was doch nicht zum ersten Mal«, beharre ich aufgeregt.

Paula zuckt mit den Schultern. »Es hat noch nie Probleme bei so etwas gegeben«, antwortet sie hilflos.

Ich lehne mich zurück und drücke mir beide Hände vors Gesicht. »Wir stolpern also schlicht und einfach über Zeile dreiundvierzig«, stöhne ich. Was für eine kleine, unauffällige Zeile mit einer solchen Sprengkraft. Ich fange an, Statuslisten zu hassen; einzelne Fallstricke kommen so unschuldig daher.

»Nun warte doch erst mal ab, was mein Chef heute in Livorno erreicht«, versucht Paula mich zu beschwichtigen. »Die machen so etwas schließlich nicht zum ersten Mal und müssen irgendein Prozedere in der Hinterhand haben.«

»Die Frau im Rathaus gestern klang da anders«, gebe ich zurück. »Laut der laufen solche Anträge ausschließlich über ihren Tisch. Umwege gibt es keine.«

»Dann sollten wir den Kram schnellstmöglich auf ihren Tisch bringen«, schlägt Paula vor.

Ich nicke. »Genau damit habe ich schon angefangen.« Ich zeige ihr die Formulare für das Genehmigungsprozedere. »Es ist nur«, fahre ich fort, »manche Punkte in den Anträgen verstehe ich gar nicht. Da weiß ich schlichtweg nicht, was ich einzutragen habe, und selbst wenn: Der Genehmigungsprozess dauert mehrere Wochen, und aufgebaut ist auch noch nichts.«

Wieder verlässt mich der Mut.

»Wir müssen es zumindest versuchen«, flüstert Paula eindringlich, »wir haben nichts mehr zu verlieren. Geschweige denn, dass wir gerade irgendetwas anderes zu tun hätten. Die Zelte schmücken können wir jedenfalls noch nicht«, fügt sie sarkastisch hinzu.

»Versuchen wir's«, seufze ich ergeben. »Lass uns das Übel mal zusammen sichten«, willige ich ein und breite jedes einzelne Formular vor uns auf dem Tisch aus.

»Autorizzazione sanitaria«, liest Paula vor, »das kenne ich. So was muss man auch in Spanien …«

Sie wird von dem Läuten meines Handys unterbrochen.

Es ist Pittalis, wie ich auf dem Display lesen kann.

»Pronto?«, sage ich freundlich. Dabei merke ich jetzt erst, wie sympathisch mir der betagte Messebauer nach unserem gemeinsamen Nachmittag gestern bereits ist.

»Ah, *signorina*, ich hoffe, ich störe Sie nicht. Ich habe mir etwas überlegt.«

»Sie stören überhaupt nicht, im Gegenteil«, antworte ich. »Was haben Sie denn für eine Idee?«

»Wir machen die Sache auf italienische Art: Wir fangen einfach an.«

»Was meinen Sie damit?«

»Wissen Sie, wie viele Häuser die Menschen hier jedes Jahr ohne Baugenehmigungen bauen, die dann nachträglich irgendwann eintreffen? Lassen Sie uns das auch mit Ihren Zelten versuchen. Die Ware ist da – ich brauche sie nur bei Soru abzuholen.«

»Wie jetzt? Sie wollen vor dem Antragsverfahren mit dem Aufbau beginnen?«, frage ich blöd.

»Ja, meine Leute haben gerade sowieso nichts anderes zu tun.«

»Mitten in ein Naturschutzgebiet, ohne Genehmigungen? Am Wochenende?«, hake ich ungläubig nach.

»Natur wird manchmal überschätzt«, wehrt Pittalis fröhlich ab. »Gras wächst schließlich nach …«

»Aber damit gehen Sie ein enormes Risiko für uns ein«, hauche ich gerührt. Mit einem Mal habe ich einen Kloß im Hals und muss schlucken.

»Na ja, *signorina* … für *Sie* …« Er hüstelt. »Für Sie auch, aber für uns genauso. Wissen Sie, das ist mein einziger Auftrag diesen Sommer, auf den ich gebucht bin. Meine Firma braucht diesen Job …«

»Und die Anträge?«, frage ich. »Die fülle ich trotzdem aus?«

»Klar«, gibt Pittalis zurück. »Auch dazu habe ich Neuigkeiten. Ich habe vorhin mit meiner Cousine Peppa telefoniert. Sie kann Ihnen bei den Formalitäten helfen. Zwar gehen die Anträge trotzdem an die Behörde, bei der wir gestern waren, aber Peppa wird sich dafür einsetzen, dass Ihre Anfrage bevorzugt und wohlwollend bearbeitet wird. Wenn Sie verstehen, was ich meine.«

Pittalis' simple Logik ist bestechend. Geradezu mitreißend. Sieht er die Dinge zu einfach oder ich zu kompliziert? Vielleicht liegt die Wahrheit irgendwo dazwischen.

»Geben Sie mir doch bitte die Telefonnummer Ihrer Cousine«, sage ich also. »Ich möchte sie fragen, ob ich vielleicht heute noch vorbeikommen kann.«

Am Spätnachmittag sitzen wir tatsächlich bei Peppa Alberti, einer freundlichen, schlanken Mittvierzigerin, in ihrem kleinen Büro im Rathaus von Arzachena. Signora Alberti hat soeben die Lesebrille auf ihrer Nase zurechtgerückt und blättert geschäftig in den Unterlagen, die Paula und ich den ganzen Vormittag lang nach bestem Wissen und Gewissen mit Leben und Daten gefüllt sowie um Lagepläne und Zeichnungen ergänzt haben. Dann nickt sie, klappt die Mappe zu und sieht uns an.

»Also«, sagt sie, »*ascolti* – hören Sie. Für Projekte dieser Art brauchen Sie drei Dinge: Erstens *la presentazione della costruzione della struttura fisica* – die Präsentation der geplanten Konstruktion samt Planungszeichnungen. Das haben Sie bereits vorgelegt. Zweitens«, sie hebt die Hand mit zwei ausgestreckten Fingern und mustert uns streng, um sich zu vergewissern, ob wir ihren Ausführungen folgen, »zweitens brauchen Sie die *autorizzazione sanitaria* – die Genehmigung der *ASL* –, des hiesigen Wasserbeschaffungsinstituts, für das Aufstellen von Wassertanks und mobilen sanitären Einrichtungen. Und drittens müssen Sie einen Antrag für die Stromversorgung bei der *ENEL* stellen.«

»Aha«, antworte ich ruhig. »Das sind ja nur drei Dinge auf einmal. Kein Problem für uns.«

Das klingt wirklich machbar.

»*Attenzione* – Achtung, das ist noch nicht alles«, fährt Lehrmeisterin Alberti fort. »Wenn Sie diese drei Anträge für die *struttura ferma* – die statische Planung – beisammen haben, die wir hier benötigen, bilden diese die Basis für den Antrag beim örtlichen Amt für Handelsaktivitäten. Verstehen Sie?«

Ich schüttele den Kopf. »Wie jetzt? Müssen wir hier in der Kommune mit den gleichen Anträgen zu zwei verschiedenen Stellen gehen?«, wundere ich mich.

Diese Effizienz ist bestechend.

Signora Alberti nickt. »Die Abteilung von Signora Spanu für Tourismus, Handel und Geländefragen kann ihnen Aufbau und Planung des gesamten Projekts freigeben. Das *dipartimento di attivitá produttive e commercio* hingegen bewertet das Projekt nach wirtschaftlichen Fragen und prüft, ob und wie interessant die Sache in Handelsfragen für die Region ist. Aber keine Sorge«, winkt sie ab, als sie unsere entsetzten Gesichter bemerkt, »das ist das geringste Problem. Eine solche Neuwagenpräsentation schwemmt dermaßen viele kaufkräftige Besucher auf die Insel, die rollen Ihnen den roten Teppich aus, wenn Sie damit ankommen. Nur müssen Sie diesen Schritt unbedingt einhalten«, endet sie.

»Hm«, murmele ich nachdenklich.

Unterdessen nutzt Paula die Stille und hackt eifrig

eine Nachricht an ihren Chef ins Handy. Die beiden sind im regen Worüber-auch-immer-Austausch, während ich immer noch nicht den Mumm gefunden habe, Bräunlich eine E-Mail zu schicken und zu berichten, was hier los ist. Stattdessen habe ich lediglich eine kurze Notiz mit der Bitte um Rückruf abgesetzt. Eine Aufforderung, der er sicherlich so schnell nicht nachkommen wird, da er heute, wie ich von Frau Weißensee weiß, vor dem Vorstand das geschäftige Stehaufmännchen mimt.

Wenn er sich bis heute Abend nicht meldet, schreibe ich ihm ausführlicher, beschließe ich.

»*Dunque* – also«, bricht Signora Alberti unser Schweigen. »Sie lassen mir die Blätter mit den Angaben zu Ihrem Unternehmen und zu der geplanten Veranstaltung, die Sie bereits fertig ausgefüllt haben, schon mal hier. Ich werde sie an die Abteilung weiterleiten, bei der Sie gestern vorstellig waren. In der Zwischenzeit kümmern Sie sich um die fehlenden Antragsbestandteile, die ich Ihnen soeben erklärt habe. Wenn Sie Fragen zu Umweltauflagen, technischen Richtlinien oder was auch immer haben, rufen Sie mich an«, schlägt Signora Alberti vor.

»Das ist wirklich sehr freundlich von Ihnen«, danke ich ihr. »Aber wird Ihre Kollegin nicht verärgert sein, weil ich mit dieser Sache nun zu Ihnen gekommen bin?«, will ich wissen.

Das hätte mir gerade noch gefehlt, an dieser Stelle über weibliche Verschnupftheiten zu stolpern.

»Nein, ganz und gar nicht, das ist völlig normal bei uns«, beschwichtigt mich Signora Alberti. »Ich habe

Nicolina auch schon mehrfach geholfen, wenn ein Familienmitglied schnell einen Pass gebraucht hat oder eine Aushilfe bei denen zu Hause auf dem Hof nicht ordnungsgemäß angemeldet war, verstehen Sie?«

Ich nicke. Auf italienische Art eben.

»Ich habe den Eindruck, da geht was. Oder was meinst du?« Paula schaut mich erwartungsvoll an, während wir das Rathaus von Arzachena verlassen und über den schmalen Bürgersteig zurück zum Auto spazieren.

»Den Eindruck habe ich auch«, stimme ich fröhlich zu. Ich schöpfe wieder Hoffnung. »Nun haben wir am Wochenende erst mal einen Haufen Schreibarbeit mit den Restanträgen, die wir Signora Alberti zurückbringen müssen, und dann sehen wir weiter.«

Wir haben den Wagen erreicht.

Paula klopft an die Scheibe der Fahrertür, um Enzo zu wecken, der mal wieder eingeschlafen ist. Er schreckt auf und entriegelt das Auto. Wir steigen ein.

»Was ist das eigentlich für ein Päckchen?«, fragt Paula, greift zur Fußmatte und zieht, ehe ich sie aufhalten kann, ein halb unter den Vordersitz gerutschtes, in Zeitungspapier eingewickeltes Bündel hervor. »Ihh!«, schreit sie, als ihr eine meiner schafverdreckten Sandalen von gestern auf den Schoß fällt. »Sind das deine? Was hast du denn mit denen gemacht?«, fragt sie angewidert.

»Das ist Schafkacke, und ich möchte nicht darüber reden«, sage ich bestimmt, nehme ihr das Päckchen aus der Hand und wickele die Sandale wieder in das Papier ein. »Das ist ein Erinnerungsstück an den schrecklichsten Moment in meinem Leben. Aber damit meine ich nicht die Schuhe.«

»Ach, das war gestern, als du auf das leere Gelände gekommen bist?«, fragt Paula.

Ich nicke.

»Das würde ich übrigens gerne mal live sehen. Könnten wir da eben hinfahren?«

Ich blicke auf die Uhr. Es ist kurz vor fünf.

»Jaaa«, antworte ich zögernd, »könnten wir. Oder aber …« Ich habe noch eine andere Idee und wende mich nach vorne an unseren Fahrer, der ungerührt dreinblickend und mit beiden Händen am Lenkrad auf unsere Marschrichtungsangabe wartet. »Wie lange fährt man von hier nach Siniscola, Enzo?«, frage ich.

»Nach Siniscola? Oh, *signora*, da brauchen wir von hier oben fast zwei Stunden.«

»Ach so, das ist für heute zu spät«, antwortet ich. »Okay, dann fahren Sie uns jetzt bitte zu dem Gelände, wo wir beide gestern früh waren.«

»Siniscola?«, fragt Paula. «Was ist das?«

»Ein Ort weiter im Süden«, sage ich ausweichend.

»Und was willst du da?«

»Ich möchte im Rathaus etwas fragen.«

»Noch ein Rathaus? Wozu?«

»Nichts, was mit dem Projekt zu tun hat«, weiche ich aus. »Es ist eher … privat.«

»Ein privater Rathausbesuch in einem sardischen Kaff. Wie nett«, spottet Paula und nestelt an ihrem Sicherheitsgurt herum. »Als wenn du nicht gerade Besseres zu tun hättest.« Sie mustert mich auffordernd.

»Es ist mir eben wichtig«, beharre ich.

»Ein *wichtiger privater* Rathausbesuch auch noch«, bohrt Paula fröhlich weiter, und ich merke, dass ich rot werde.

»Ist ja schon gut«, lässt sie endlich von mir ab. »Jetzt zeig mir erst mal unsere Neuwagen-Schafweide.«

7.

Siniscola ist ein kleiner, geschäftiger Ort im Herzen der Baronia, einer Landschaft in der oberen Nordhälfte der Insel. Eigentlich kein wirklich schönes Städtchen, trotzdem fühle ich mich inmitten des montagmorgendlichen Trubels auf den Straßen sofort wie zu Hause.

»Wir sind jeden Moment da, *signorina*«, informiert mich Enzo.

Er konzentriert sich mal wieder gefährlich lange auf die Anzeige seines elektronischen Wegweisers und überfährt zu meinem grenzenlosen Erstaunen einen Zebrastreifen, an dem eine Mutter mit Kinderwagen steht und wartet.

»Ist schon gut, schon gut«, rufe ich eilig. »Ich möchte den Rest des Weges gerne laufen. Bitte lassen Sie mich hier am Straßenrand raus.«

Erstens kann Enzo dann keinen Schaden anrichten, und zweitens möchte ich in diesem ehrlichen Arbeiterort nicht in einer Limousine samt Chauffeur eintrudeln. Lieber mische ich mich für einen Moment unter das Treiben der Kleinstadt.

Zu Fuß schlendere ich also zum Rathaus oder eher in die Richtung, in der Enzo das Rathaus vermutet hat, und denke über die letzten beiden Tage nach. Den ganzen Samstag über haben Paula und ich auf Hochtouren über den Anträgen gebrütet. Am Spätnachmittag rief dann Bräunlich an, der endlich meine Mail vom Vorabend gelesen hatte. Fast wäre ich über sein Portiönchen Wochenendarbeit beeindruckt gewesen, wäre das Telefonat nicht so schauderhaft verlaufen.

»Was hat Ihre Mail zu bedeuten?«, motzte er zur Begrüßung, wie gewohnt leicht cholerisch, wenn ihm der Hintern auf Grundeis zu gehen droht.

Etwas konkreter als in meiner vagen Nachricht schilderte ich ihm die Sachlage.

»Das bringen Sie mir wieder in Ordnuuung!«, unterbrach er mich lautstark mitten im Satz, als ich gerade zur Beschreibung der Lösungswege ansetzte. »Ja, Herr Bräunlich, ich versuche es«, antwortete ich, darum bemüht, Ruhe zu bewahren. Seine Ausbrüche bringen mich jedes Mal einerseits aus der Fassung und geben mir andererseits Oberwasser, wenn ich sehe, wie unprofessionell er sich aufführt. »Das liegt jedoch nicht alleine in meiner Macht«, redete ich tapfer weiter. »Die Partneragentur der Fireagency in Livorno hätte die Anträge schon vor Monaten stellen müssen. Ich bin durch deren Prozesse noch nicht ganz durchgestiegen, aber offenbar haben die das verbaselt.«

»Darum hätten Sie sich rechtzeitig kümmern müssen«, brüllte Bräunlich weiter. »Das kann doch wohl nicht Ihr Ernst sein!«

Auch das kenne ich von ihm. Wie ein Verdurstender auf der panischen Suche nach Wasser, macht mein Chef bei Problemen stets als Erstes einen Schuldigen aus, bei dem er den Druck abladen kann. »Warum haben Sie sich denn nicht darum gekümmert?«, entgegnete ich also frech. Immerhin hatte ich zwei Tage Zeit, mir meine Argumente zurechtzulegen. »*Sie* haben die Agentur schließlich beauftragt und mit dieser Aufgabe betraut.«

Bräunlich keuchte in Rage. »Was fällt Ihnen eigentlich ein? Das ist *Ihr* Projekt! Wir hatten wöchentlich Statusmeetings dazu. Diese Dinge vorzulegen, war ganz klar Ihre Aufgabe. Das wird Sie teuer zu stehen kommen!«, beendete er seinen Ausbruch mit den ebenfalls gewohnten Drohungen eines Menschen, dem nach weit über zwanzig Jahren im Betrieb nichts mehr passieren kann.

»Ich habe meinen Job gemacht. Wenn von der Agentur falsche Angaben kommen, kann ich nichts dafür«, erkläre ich, und es gelingt mir tatsächlich, bei seinem Ausbruch die Fassung zu wahren. »Stefan Matzek von der Fireagency ist derzeit in Livorno, um den Stand der Dinge zu klären und die Angelegenheit voranzutreiben. Ich denke, am Montag werde ich mehr Informationen dazu haben«, erklärte ich, wobei ich meine aktuellen Bemühungen um eine Lösung auf »italienische Art« wohlweislich verschwieg. Was dabei herauskommt, weiß ich schließlich noch nicht.

»Aber es wäre Ihre Aufgabe gewesen, zu *bemerken*, dass Livorno die Formalitäten verbockt!«, wollte mein Chef sich beim Küren eines Sündenbocks nicht geschlagen geben.

»Nein, wäre es nicht, Herr Bräunlich. Dafür war die Fireagency zuständig«, antwortete ich ruhig und souverän. »Abgesehen davon bringen uns solche Diskussionen nun auch nicht weiter. Es wäre schöner, Sie würden mit mir an einem Strang ziehen. Nun lassen Sie uns bitte die Ergebnisse von Herrn Matzek abwarten, dann melde ich mich wieder bei Ihnen.«

Ich erntete noch zwei bis drei Vorwürfe über Verantwortungsgefühl, mangelndes Organisationsvermögen und allgemeine Kopflosigkeit, dann gab sich Bräunlich zum einen aus Ermangelung eigenen Wissens zur Sachlage und zum anderen wegen einer Verabredung zum Preisskat geschlagen und legte auf.

Nichtsdestotrotz ging ich aus dem Gespräch mit meinem Chef so erschöpft heraus wie aus einer zu heißen Sauna. Mein ganzer Körper stürzte sich praktisch auf die »Auflegen«-Taste, und wie immer musste ich ein paar Mal nach Luft schnappen, um mich zu beruhigen.

Auch jetzt, während ich die Hauptstraße von Siniscola hinaufschlendere, läuft es mir wieder kalt den Rücken herunter, wenn ich nur an Bräunlich und seine unfairen, selbstgerechten Frechheiten denke. Durch Korinthen- und Zahlenkackerei auf den Chefposten gekommen. Wegbefördert wurde er, damit ihn andere Kollegen nicht länger ertragen mussten. Nur schlimm für die zehn Leute und mich, die ihn jetzt als Abteilungsleiter haben. Aber so ist das wohl im Berufsleben.

Auf meine düsteren Überlegungen brauche ich erst mal einen Espresso.

Die nächste Bar ist zum Glück nur ein paar Meter weiter an einer Straßenecke, und ich trete ein.

Es handelt sich um den üblichen gefliesten Raum mit blank polierter Theke, wie man sie wahrscheinlich millionenfach in Italien und Sardinien findet. Hinten in der Ecke flimmert auf einem Bord ein Fernseher, der versucht, sich gegen die laute Radiomusik durchzusetzen. Vier betagte Barbesucher in grauen Maurerhosen, verbeulten Sicherheitsschuhen und schmuddeligen T-Shirts lümmeln nebeneinander am Tresen und trinken – und das um diese Zeit – ein Bier.

Alle vier beäugen mich argwöhnisch, als ich den Raum betrete, so als wäre ich ein bewaffneter Cowboy. Nach der sekundenschnellen Einstufung, ob ich zu den Bösen oder zu den Guten gehöre, verändern sich ihre Gesichtszüge, sie lächeln mich freundlich an und nicken mir wortlos zu. Einer macht sogar bereitwillig am Tresen Platz, ohne mich dabei weiter zu beachten.

Der Barista, der bis eben im Hintergrund Getränke sortiert hat, kommt auf mich zu. *»Prego?«,* fragt er schnörkellos.

»Un caffè, grazie«, antworte ich ebenso einsilbig.

Der Barista dreht sich zu dem Kaffeeautomaten um.

Die vier Männer, die eben noch über einen Witz des offenbar Ältesten im Bunde gelacht haben, verstummen und wenden sich mir interessiert zu.

»Hey«, sagt der Mann direkt neben mir und lächelt mich durch zwei Zahnlücken an, »wo kommen Sie denn her? Sinse teusch?«

Habe ich richtig gehört?

»Haben Sie gerade gefragt, ob ich Deutsche bin?«, hake ich in meiner Landessprache nach.

Der Maurer nickt und strahlt mich an. »Ja, Fräulein, ausse Deutscheland kommense?« Er deutet auf seine drei Kumpanen. »Wir alle ware inne Deutscheland bei Dortemund fur Arrbeit. Iste uber dreissige Jahre her. Jetzte Rente.«

»In Dortmund waren Sie?«

»Ja, sardisch Arbeiter alle bei Dortemund gearbeit. Isste sehr schon Deutscheland. Aber isste noch mehr schon Sardegna«, endet er glücklich und nickt seinen Freunden zu. Alle nehmen einen Schluck Bier und freuen sich offenbar, dem Ruhrpott entkommen zu sein.

»Was Sie machen hier?«, fragt der Mann nun weiter.

»Ich bin auf dem Weg zum Rathaus«, erkläre ich, »zum Umweltamt oder zu der Abteilung, wo die Geologen arbeiten.«

»Was Sie wolle von Geologe?«

»Och«, stottere ich, »äh ... Trinkwasserproben?«

Machen die so etwas überhaupt?

Der Mann nickt, als wäre mein Anliegen das Normalste von der Welt.

»Isste *ufficio tecnico* inne Rathaus, wo Geologe arbeit. Geologe von Siniscola kommen, wenn wir baue neue Haus, um gucken, ob *terreno buono* und kann tragen Haus.«

»Ah, interessant«, freue ich mich und schlürfe den letzten Rest Espresso aus meiner Tasse. »Dann werde ich da jetzt mal hingehen, ins *ufficio tecnico.*« Ich wühle nach meinem Portemonnaie, doch der Ex-Dortmunder neben mir zupft mich am Ärmel.

»Nein, *signorina*, ich bezahlen *caffè* fur Sie.«

Das *ufficio tecnico* ist eine Abteilung im zweiten Stock des Rathauses, einem bulligen grauen Bau in einer schattigen Seitenstraße. Hier oben gibt es offenbar nur wenig Bürgerverkehr. Es gibt weder Wartestühle noch Halter zum Ziehen einer Nummer an der Wand. Daher klopfe ich einfach an die Tür des erstbesten Büros, warte auf ein lautes *»Avanti!«* und trete ein.

In dem Büro, das von der Aktenmenge her den mir bekannten Räumen in Arzachena sehr ähnlich ist, sitzt ein Mann Ende dreißig im kurzärmeligen Hemd an seinem Computer und beäugt mich neugierig.

»Guten Morgen«, sage ich und stocke einen Moment. Wie um alles in der Welt soll ich jetzt weitermachen? Für eine Sekunde wundere ich mich über mich selbst, dass ich mir keinen Plan zurechtgelegt habe, was ich hier sagen will. Ist doch sonst nicht meine Art.

»Prego«, sagt der Mann mir gegenüber nun verständlicherweise. Er wundert sich offenbar auch über mich.

»Ich suche ... ähm«, stottere ich, »ich bin auf der Suche nach einem Ihrer Kollegen, der zuständig ist für die Wasserproben an der Küste der Costa Smeralda.«

Ohne lange zu überlegen, schüttelt der Mann den Kopf. »*No, signora*, das ist nicht unser Zuständigkeitsbereich. Da müssten Sie sich bitte an das Amt der Region wenden.«

Arzachena. Stimmt, müsste ich eigentlich wissen, aber *er* hat mir doch gesagt...

»*Senta* – hören Sie«, stammele ich erneut, »ich suche einen Kollegen von Ihnen, der hier in Siniscola als Geologe arbeitet und vorgestern in der Gegend von Golfo Aranci Meerwasserproben entnommen hat.«

Der Mann schüttelt erneut den Kopf. »Es muss sich um ein Missverständnis handeln, *signora*, in dieser *zona* sind wir definitiv nicht tätig.«

»Hmm«, setze ich etwas hilflos erneut an und mache einen Schritt auf den Schreibtisch des Mannes zu. Ich muss meine Deckung wohl jetzt aufgeben, was ich gerne vermieden hätte. »Der Herr, von dem ich spreche, hatte kurze, dunkle Haare …«

Einen sehr sexy braungebrannten, muskulösen Oberkörper, etwas Brustbehaarung und einen Leberfleck auf der linken Schulter.

Verdammt.

»… und trug … eine blaue Weste.«

Der Mann mir gegenüber stützt sich amüsiert mit den Unterarmen auf dem Tisch ab. »Diese exakte Beschreibung trifft ungefähr auf dreißig meiner Kollegen hier im Rathaus zu.« Er grinst mich an und beginnt, sichtlich Spaß an der Sache zu haben.

»Er fuhr einen dunklen Motorroller.«

»Mit zwei Rädern?«, lacht er. »Vielleicht kann ich den Kreis nun auf zwanzig Personen eingrenzen.«

Jetzt werde ich ungeduldig.

»Und die wollen alle Geologen sein? *Dunque* – also, es ist so«, schlage ich einen verbindlicheren Ton an, »ich habe vorgestern am Spätnachmittag einen Ihrer Kollegen am Strand von Golfo Aranci getroffen. Er hat dort Wasserproben entnommen und mir gesagt, dass er Geologe in Siniscola sei. Er hat dort etwas verloren, das ich ihm gerne wiedergeben möchte.«

»*Ho capito* – ich verstehe«, nickt mein Gegenüber und blickt mich nun einen Hauch verständnisvoller an. »Was hat er denn verloren?«

»Sein Taschenmesser.«

Der Mann greift zum Hörer und drückt drei Tasten. »*Salve*, Massimo hier, kannst du bitte mal bei dir im Büro rumfragen, ob jemand von euch vorgestern sein

Taschenmesser am Strand von Golfo Aranci verloren hat? … Ja, ich warte …«

Der Mann presst den Hörer ans Ohr und lächelt mich aufmunternd an. Vielleicht findet er mich jetzt nicht mehr total doof.

»Ah, Riccardo? Ach ja? Okay, komm rüber. Hier ist eine Dame, die es offenbar gefunden hat.« Er legt auf. »Da scheint sich aber gerade jemand zu freuen«, sagt er.

Da wird auch schon die Bürotür aufgerissen. Der halb ertrunkene Taucher steht im Türrahmen.

Mir geht unwillkürlich ein Blitz durch den Bauch. Himmel, sieht der Kerl gut aus.

»Guten Morgen, *signorina*. Wie schön, Sie … *so* wiederzusehen.«

So voll angezogen, würde ich am liebsten sagen, verkneife es mir aber. Stattdessen wühle ich in meiner Tasche, hole das Klappmesser hervor und reiche es ihm.

»Gehört das Ihnen?«

Als würde man einem frischgebackenen Vater sein Neugeborenes in den Arm legen, nimmt er das Messer mit beiden Händen entgegen und klappt es gerührt auf und zu.

»Ja, das ist meins.« Er klingt geradezu erlöst. »Wo lag es denn?«

»Mitten auf dem Sandweg auf der Strecke zur Hauptstraße.«

Ich habe dich wie ein Spion beobachtet und daher gesehen, wie du mit dem Roller auf der Stelle ins Rutschen gekommen bist, füge ich in Gedanken hinzu.

»Ich habe es auf dem Weg nach Hause dort liegen

sehen und mir gedacht, es könnte vielleicht Ihnen gehören«, sage ich.

»Warum entnimmst du bei Golfo Aranci Meerwasserproben?«, mischt sich Massimo in unser Gespräch ein.

»Was mache ich?«, fragt Riccardo zurück.

»Die Dame sagte, sie habe dich getroffen, als du dort Wasserproben entnommen hast.«

»Ach so!« Riccardo schaut zu mir rüber wie ein aufgeschrecktes Huhn. »Das war ... das war *roba privata* – eine private Angelegenheit ...« Seine Wangen röten sich etwas.

Süß sieht er aus.

»Hm, Wasserproben. Eine private Angelegenheit. Du machst echt komische Sachen in deiner Freizeit«, gibt sich sein Kollege offenbar geschlagen.

Schnell wendet sich Riccardo nun mir zu. »*Signorina*, darf ich Sie zum Dank auf einen Espresso einladen?«, fragt er.

»Gerne«, freue ich mich.

»*Torno subito* – bin gleich wieder da«, informiert er Massimo und hält mir die Tür auf.

Was die Kollegen bei mir im Unternehmen wohl sagen würden, wenn ich einfach mal auf einen Kaffee aus der Firma ginge? Anscheinend ist das hier die normalste Sache der Welt.

Massimo winkt nur zum Abschied und wendet sich wieder seinem Rechner zu.

Nun stehen wir beide alleine auf dem Gang.

»Übrigens«, beginnt er, »darf ich mich vorstellen? Ich heiße Riccardo Pittu.«

»Annika Herrmann, *piacere* – angenehm.«

Ebenso angenehm warm ist seine Hand, die er mir hinhält.

»Annika, ich freue mich sehr. Steht Ihnen gut, Ihre Kleidung.«

Ich gucke ihn tadelnd an und verziehe den Mund. »Haha«, sage ich.

Zehn Minuten später bin ich wieder in der Bar, in der ich bereits vor einer halben Stunde mit den pensionierten Handwerkern stand. Dieses Mal sitze ich jedoch an einem Plastiktischchen vor der Tür und blicke auf eine zubetonierte dreieckige Piazza, auf deren Minibeet ein paar Frühlingsblumen versuchen, der prallen Sonne zu trotzen.

Riccardo kommt aus der Bar und balanciert ein Tablett vor sich.

»Ich dachte mir, auf einen Espresso ist es schon zu spät und wir nehmen einen *aperitivo*, so kurz vor dem Mittagessen«, sagt er.

Er stellt zwei Fläschchen mit knallig rotem Sanbitter, dazu Chips und Oliven vor mir ab. Er setzt sich neben mich und schenkt uns ein. Dann reicht er mir ein Glas.

»Auf mein Taschenmesser, Annika. Ich bin dir unendlich dankbar.« Ganz unauffällig ist er zum Du übergegangen. »Dieses Messer ist etwas ganz Besonderes für mich. Mein Opa hat es mir geschenkt, als ich neun war. Vielen Dank, dass du es mir gebracht hast.«

»Gerne«, ich versinke für eine kurze Sekunde in seinem strahlenden Lächeln, schüttele mich und nehme einen Schluck von dem bittersüßen Gebräu, das Riccardo mir spendiert hat. »Es war Zufall, dass ich gerade so viel über dich wusste, um dich hier ausmachen zu können.«

»Ja, ich habe da ein paar Dinge vermischt. Ich wusste vorgestern auch nicht recht, was ich sagen sollte, als ich dich dort … na ja, sagen wir, getroffen habe.« Er grinst und pickt eine Olive aus dem Schälchen auf dem Tisch. »Ich habe keine Meerwasserproben entnommen, das habe ich nur so dahergesagt, weil es mir gerade einfiel. In Wirklichkeit habe ich Seeigel gesammelt, die dort unter Wasser an den Felsen hängen. Und das ist ehrlich gesagt illegal. Die Viecher sind geschützt. Aber schmecken so was von gut.« Er seufzt.

»Ach, dafür war diese riesige Zange«, beginne ich zu verstehen und muss lachen. »Warum begibt sich jemand im Land von Pasta und Pizza auf illegale Nahrungssuche? Das ist hier doch nun wirklich nicht nötig.«

»Pah! Diese Armenessen mit Tomatensoße. Hör mir auf!«, winkt Riccardo ab. »Hast du schon mal frischen Seeigel mit *spaghetti aglio e olio* gegessen?«

»Zum Glück noch nicht«, gebe ich zurück. »Austern sind bisher das Äußerste, was ich mich traue.«

»Dann wird es aber Zeit«, antwortet Riccardo mit seiner warmen Stimme und schaut mich auffordernd an. »Hast du heute Abend schon etwas vor?«

8.

Schon gegen Mittag bin ich wieder im Hotel. Ich entdecke Paula unter einem großen Schirm auf der zauberhaften Hotelterrasse, die uns als War Room gerade gut genug ist. Sie hat stapelweise Blätter vor sich ausgebreitet und tippt eifrig mit beiden Zeigefingern auf ihrem Laptop herum.

»Stefan hat angerufen«, verkündet sie, als sie mich sieht.

»Oh«, sage ich interessiert. »Und? Hat er etwas regeln können?«

»Ja und nein«, gibt Paula zurück. »Es ist so, dass die Agenzia Eventi Livorno einen Antrag auf Veranstaltungsabhaltung bei der örtlichen Polizei eingereicht hat. Die sollten ihn wiederum bei den Kollegen in Sardinien abgeben, und unterwegs ist die Sache wohl irgendwie versandet.«

»Bei der Polizei?«, hake ich verwundert nach, während ich mich zu ihr an den Tisch setze und meine Tasche neben mir abstelle. »Was hat denn die Polizei damit zu tun? Von der hat Signora Alberti doch gar nicht gesprochen.«

»Das habe ich Stefan auch gesagt«, stimmt Paula mir zu, »aber sie haben ihm wohl erklärt, dass sie immer so vorgehen. Bloß dieses Mal haben die sich darauf ausgeruht, dass ihnen irgendein Beamter zugesagt hat, alles sei *a posto* – in Ordnung –, statt auf eine schriftliche Bestätigung zu pochen.«

»Was für ein Chaos«, sage ich. »Und um das rauszufinden, musste Stefan nach Livorno fliegen?«

»Nun fang doch nicht damit wieder an.« Paula grinst. »Das war eben Chefsache, die man von Angesicht zu Angesicht regeln muss. Davon verstehen du und ich nichts, und wer weiß, was die beiden darüber hinaus noch zu besprechen hatten«, endet sie sarkastisch. Offenbar findet sie ihren Chef genauso toll wie ich meinen.

»Haben sie denn zu den Essenszeiten wenigstens ausschweifende Business Lunchs und Dinners abgehalten, damit sich die Sache auch gelohnt hat?«, haue ich in dieselbe Kerbe.

»Bestimmt!«, nickt Paula gönnerhaft. »Aber«, fährt sie mit gewichtiger Stimme fort, »Stefan war zusammen mit dem Geschäftsführer der Agentur in Livorno bei der Polizei, um die Sache persönlich zu besprechen. Das ist doch was, oder?«

»Wow!«, sage ich. »Und das Ergebnis?«

»Am Ende ist herausgekommen, dass die sich bei der *polizia* noch mal eingehend darum kümmern werden und die schriftliche Bestätigung dieser Tage kommt. Wir sollen uns keine Sorgen machen.«

»Unglaublich!«, sage ich. »Was für ein vager Kram für eine so wichtige Sache. Was tun wir denn nun mit unserem Alberti-Prozedere in Arzachena?«

»Lass uns das lieber weiter vorantreiben«, schlägt Paula vor. »Ich traue dem Frieden der chefigen Bemühungen dort nicht.«

»Ich auch nicht«, sage ich, »außerdem habe ich gelernt,

dass in diesem Land immer verschiedene Wege zum Ziel führen. Da nehmen wir lieber einen Umweg mehr.«

»Genau«, stimmt Paula mir zu, »wir sind ja gestern Abend auch schon recht weit gekommen, und heute früh habe ich mit dem Antrag für die *autorizzazione sanitaria* weitergemacht. Schau her.« Sie schiebt mir ein paar Formulare zu.

»Okay, dann mache ich inzwischen mit der Organisation für die Stromversorgung weiter«, sage ich und suche mir den passenden, noch unbeschriebenen Formularausdruck aus dem Papierstapel heraus.

Eine Zeit lang arbeiten wir konzentriert nebeneinanderher.

»Mit wem schreibst du da eigentlich dauernd so genervt hin und her?«, unterbreche ich irgendwann unser Schweigen.

»Mit diesem bescheuerten Caterer«, antwortet Paula, ohne aufzublicken. »Jetzt schickt der mir gerade schon wieder eine neue Speisenauswahl, weil ihm offenbar aufgefallen ist, dass er mit dem, was er uns angeboten hat, nicht auf seine Kosten kommt. Der Kerl macht mich wahnsinnig«, sagt sie.

»Es gibt doch ein Abkommen dazu, oder nicht?«, frage ich gelassen.

»Stimmt«, sagt sie, »aber soll ich ihm damit drohen, ihn später von Deutschland aus zu verklagen, wenn er die vereinbarte Ware nicht liefert? Was ist denn bei einem sardischen Caterer schon zu holen?«

»Auch wieder wahr«, stimme ich zu. »Übergib die Sache doch Stefan, der soll sich drum kümmern. Kann der Caterer denn Englisch?«

»Ja«, brummt Paula zustimmend.

»Na, dann mach eben eine Chefsache draus«, schlage ich vor. »Mal was anderes, gibt es Neuigkeiten zur Gästeliste? Hast du die aktuellen Zahlen mit den Zusagen?«

Paula nickt. »Ich maile sie dir«, sagt sie und versinkt scrollend hinter ihrem Bildschirm.

»Guten Tag die Damen«, werden wir plötzlich aus unserer Arbeit gerissen.

Pittalis kommt die Stufen zur Terrasse hochgeklettert.

»Herr Pittalis, Sie hier! Das ist ja mal eine Überraschung«, freue ich mich.

Er begrüßt uns mit Handschlag. »Gediegene Unterkunft haben Sie hier.« Er blickt sich bewundernd um. »Was ist das für ein Bootssteg da hinten? Kann man hier mit dem eigenen Boot direkt vors Hotelzimmer fahren?«

»Ja, der ist für die armen Leute, die sich kein Auto leisten können«, bestätige ich.

»Verstehe.« Pittalis lacht. »Hören Sie«, wechselt er abrupt das Thema und setzt sich zu uns an den Tisch, »es gibt ein Problem mit den Messemöbeln. Der Lieferant in Olbia, den Ihre Kollegen aus Livorno beauftragt haben, hat pleite gemacht. Ich bin da heute früh vorbeigefahren – alle Türen und Scheiben sind verrammelt und mit einem hübschen Kuckuck markiert. Von denen werden wir keinen einzigen Stehtisch zu erwarten haben.«

Paula stöhnt auf. »Oh nein, jetzt kommt so ein Mist auch noch dazu«, seufzt sie. »Als hätten wir nicht schon genug Steine im Weg.« Sie spitzt genervt die Lippen. »Ich kümmere mich sofort darum, dass die in Livorno einen neuen Anbieter suchen. Hoffentlich kriegen wir das so schnell hin.«

»Das brauchen Sie nicht«, verkündet Pittalis. »Ich kenne einen aus Cagliari, der recht gut ist. Sehr viel mehr Anbieter werden Sie hier auf der Insel nicht finden. Zumindest keinen, der mal eben dreihundert Stühle und zweihundert Bäumchen im Blumentopf auf Lager hätte. Den könnten wir beauftragen – vom Festland das Equipment herschaffen, wäre viel zu aufwendig und auch zeitlich nicht mehr zu machen.«

»Klingt gut«, sagt Paula. »Was meinst du, Annika?«

Ich nicke.

»Wir sollten uns nicht länger damit aufhalten und diese Firma beauftragen«, stimme ich zu. »Der Anbieter aus Cagliari soll sein Angebot bitte direkt an mich mailen, ich gebe es dann frei.«

»Prima!« Pittalis ist zufrieden. »Dann wäre das auch gelöst. Außerdem«, fährt er fort und zieht eine Digitalkamera aus der Hosentasche, »bin ich vorbeigekommen, um Ihnen ein paar Fotos vom Ausstellungsgelände zu zeigen, die ich eben für Sie geschossen habe.« Er drückt auf ein paar Tasten herum und reicht uns das Gerät.

»Mit der rechten Taste können Sie vorblättern«, erklärt er. »Sie sehen, Battore hat seine Schafe abgeholt, und inzwischen ist ein Bagger vor Ort, der ein paar kleinere Erdarbeiten vornimmt, damit meine Männer die Zelte aufstellen können. Sonst ragen am Ende noch Felsen auf die Bühne, verstehen Sie?« Er deutet auf eine steinige Ecke auf dem Foto.

»Erdarbeiten?«, frage ich erschrocken. »Dürfen wir das denn? Das ist doch ein Naturschutzgebiet.«

»Ach«, Pittalis winkt entspannt ab, »die paar Steine,

die wir von rechts nach links schieben. Da werfen wir hinterher Gras drauf und setzen zwei Büsche hin, dann sieht das kein Mensch mehr.«

»Ihr Wort in Gottes Ohr«, brumme ich hoffnungsvoll. Meine Güte, worauf lasse ich mich hier bloß ein. »Hoffentlich reißen uns die sardischen Behörden nicht eines Tages so richtig den Kopf ab.«

»Was machen denn die Anträge für unsere Freunde in der Verwaltung?«, will Pittalis wissen.

»Das Genehmigungsverfahren läuft«, antworte ich. »Ihre Verwandte Peppa ist uns eine große Hilfe. Wir kommen recht gut voran.«

»Bene, bene, molto bene«, sagt Pittalis zufrieden. »*Allora ragazze* – so, Mädels, ich muss weiter. Ich habe zu tun. Vor uns liegt viel Arbeit.« Er steht auf und funkelt uns unternehmungslustig an.

»Herr Pittalis, darf ich Sie etwas fragen?«

»Nur zu.« Er blickt mir neugierig ins Gesicht.

Ich schlucke. »Glauben Sie ernsthaft, wir schaffen das alles?«

Er grinst. »In unserem Land läuft das immer so konfus«, gibt er zurück. »Darf ich Sie auch etwas fragen? Glauben Sie, *Italien* wird es schaffen?«

»Na ja, eher als Griechenland«, gebe ich zögernd zurück.

»Sehen Sie, *quindi tutto a posto* – dann ist doch alles gut!« Sagt's und hüpft beschwingt die Treppenstufen Richtung Hotelausgang hinunter.

Tolle Aussichten.

»Der ist aber mal gut drauf«, fasst Paula ihren Eindruck über unser Gespräch zusammen.

»Ja«, antworte ich, »wenn ich bloß wüsste, ob er intelligent oder einfach nur naiv ist. Vielleicht erzählt er nur irgendeinen Mist, um den Job abwickeln zu können, und am Ende fahren wir die Sache noch schlimmer an die Wand, als wenn wir sie jetzt stoppen ...« Ich blicke sie unsicher an.

Paula denkt nach. »Was sagt eigentlich *dein* Chef dazu?«

»Der?«, rufe ich aufgeregt »Der motzt mich die ganze Zeit nur an. Deshalb habe ich ihm bisher vorsichtshalber nur von Matzeks Aktivitäten erzählt.«

»Aber er ist dein Vorgesetzter«, beharrt Paula. »Ich denke, es ist an der Zeit, dass du ihm genau schilderst, was wir hier machen.«

Zögernd betrachte ich mein Handy, das unschuldig vor mir liegt und gleich die Quelle lauten Gebrülls sein wird.

Ich nehme es und suche seine Nummer heraus.

Es klingelt.

»GID, Bräunlich?«, höre ich meinen Chef am Ende der Leitung sagen.

»Guten Tag, Herr Bräunlich, hier spricht Annika Herrmann.«

»Tach«, kommt es nüchtern zurück. »Und? Haben Sie Erfolge vorzuweisen?«

Ich bringe ihn um.

»Ich würde gerne mit Ihnen die nächsten Schritte besprechen«, antworte ich sachlich. »Es ist so, dass Herr Matzek von der Fireagency derzeit den Genehmigungsprozess mit der italienischen Polizei klärt. Seine Mitarbeiterin Paula Stahl und ich haben hier vor Ort allerdings die Info erhalten, dass ein solches Genehmigungsverfahren bei den örtlichen Behörden einzureichen ist, und haben nun parallel zu Matzeks Bemühungen alles Nötige in die Wege geleitet«, erkläre ich ihm.

Eine Sekunde der Stille verstreicht.

»Nächste Woche reisen wir mit zweihundert Journalisten an, und Sie sitzen da und füllen Anträge aus?«, fragt Bräunlich dann bedrohlich ruhig. »Wollen Sie mich etwa auf den Arm nehmen?«

Das kam schon etwas lauter.

Paula hebt den Kopf und beugt sich zu mir herüber, um mitzuhören.

»Nein, das ist das Letzte, was ich möchte«, gebe ich spitz zurück und frage mich, ob er das Wortspiel überhaupt versteht. »Die Aufbauten sind im Gange, die Zelte sind angeliefert und darüber hinaus arbeiten wir …«

»Das ist ja wohl das Mindeste, was Sie mittlerweile mal hätten anstoßen sollen«, unterbricht mich Bräunlich erbost. »Frau Herrmann, ich will ab sofort schriftlich über jeden Ihrer Schritte unterrichtet werden. Und ich will sehen, dass es vorangeht! Haben Sie mich verstanden?«

»Dann lassen Sie mich doch einfach ausreden«, sage ich.

»Ich will«, schreit Bräunlich nun aufgebracht, offenbar ohne mich gehört zu haben, »eine Kopie von jeder Mail, die Sie schreiben. Setzen Sie mich in cc. Wenn ich sehe, dass es bei Ihnen nicht läuft, schicke ich meinen Assistenten, um Ihnen auf die Finger zu schauen.«

Er hat einen Assistenten? Ich weiß von nichts, dabei bin ich erst seit wenigen Tagen auf Reisen.

»Wer ist denn Ihr Assistent?«, frage ich verblüfft und vergesse für einen Moment sogar meine Argumentation zur Sache an sich.

»Markus Schrader, der High Potential aus der internen Revision, übernimmt eine Stabsposition unter meiner Führung und verantwortet das Kosten-Controlling bei uns ab sofort abteilungsintern.«

Markus! Schock. Mir gefriert das Blut in den Adern.

»Außerdem wird Herr Schrader proaktiv sämtliche Prozesse nachhalten, für die ich keine Zeit habe.«

»Aha.« Jetzt bin ich sprachlos.

»In diesem Zusammenhang«, erklärt mir mein Chef streng, »sind Sie angehalten, sagen wir, alle zwei Tage ein Update der Kostenaufstellung für das Event an Herrn Schrader zu schicken, damit wir sofort agieren können, sollte die Sache da unten *noch mehr* aus dem Ruder laufen. Haben wir uns verstanden?«

Was soll das denn jetzt?

»Das Kostenthema trifft nicht den Kern der Herausforderungen, mit denen wir derzeit zu kämpfen haben«, antworte ich scharf. Hat der Kerl überhaupt kapiert, worum es hier geht? Oder muss ich dem Mann erst meinen Job erklären?

»Sie haben eine Agentur an der Hand, die mit der Eventorganisation betraut ist, da ist es ja wohl nicht zu viel verlangt, wenn ich von Ihnen ein Update der Aktivitäten einfordere. Sie haben ja sonst nicht viel zu tun.«

Nö, is richtich.

»Eine Agentur muss vom Kunden aber auch geführt werden, Herr Bräunlich«, erkläre ich stoisch. »Es ist durchaus so, dass ich …«

»Jaja, ich weiß, ich weiß, Frau Herrmann, ich kann jetzt aber nicht weiter zuhören. Ich muss in eine Besprechung. Der Vorstand erwartet mich. Auf Wiederhören.« Damit legt er auf. In der Leitung klickt es wie ein Nachzittern.

Ende.

»Das ist ohne Worte!«, ruft Paula verärgert. »Der hat ja keine Ahnung, was hier los ist, und das Schlimmste: Er *will* es auch gar nicht wissen!«

»Ich bin im Zweifelsfall schuld, das reicht«, stimme ich ihr ermattet zu.

Sie schüttet mir ein Glas Wasser nach und schiebt es mir zu. »Du hast dich gut geschlagen«, sagt sie bewundernd. »Bloß nicht einschüchtern lassen.«

»Ich habe trotzdem keine Lust mehr«, sage ich und bin mit einem Mal unglaublich müde. »Was, wenn ich mich einfach krankmelde? Oder kündige? Ich setze mich nach Übersee ab und schmeiße alles hin.«

»Nun mal ganz ruhig«, Paulas Stimme nimmt einen mütterlichen Tonfall an, »lass dich davon nicht runterziehen. Bräunlich war schon immer so, so lange ich dich kenne. Nüchtern auf den Punkt gebracht, kann man von dem Telefonat sagen, dass du versucht hast, ihn ins Boot zu holen, während er den Stand der Dinge lieber schriftlich unter dem Kostenaspekt dargestellt haben möchte. Leute aus der Führungsriege sind immer so, das erlebe ich bei allen meinen Kunden. Die wollen gar nicht wissen, wie wir uns die Finger schmutzig machen, sondern bloß am Ende vor ihren eigenen Chefs toll dastehen.«

Frustriert starre ich aufs Meer.

Gerade kommt ein Motorboot in unsere Hotelbucht

getuckert. Zwei Pagen stehen am Steg bereit, um einer Frau in meinem Alter, gekleidet in einen Missoni-Hauch von Pashmina, an Land zu helfen. Im Arm hält sie einen winzig kleinen Hund, den sie nun vorsichtig einem der Pagen reicht, als wäre der hässliche Köter ein rohes Ei. Hinter ihr steht ein Mann, der ihr Vater sein könnte, in enger weißer Badehose und schlingt sich soeben ein Handtuch um die Hüften, um zumindest halbwegs bekleidet ebenfalls an Land zu gehen.

Warum ist mein Leben nicht auch so einfach?

Kann ich mir nicht einen Typen mit Geld angeln, der mich aushält, damit ich mich um nichts mehr sorgen muss? Niemand in meinem Leben kritisiert mich so, wie mein Chef es tut. Muss man sich das antun? Es ist doch bloß ein *Job*.

»Lass uns die beiden Restanträge fertigstellen, damit ich sie morgen zu Signora Alberti bringen kann«, unterbricht mich Paula in meinen Überlegungen. Sie streichelt mich sanft am Arm.

Ich schaue auf die Uhr. »Einverstanden«, stimme ich zu. »Ich habe den Stromantrag fast fertig. Lass uns noch schnell die Statusliste gemeinsam durchgehen und dann für heute Schluss machen.«

»Hast du heute Abend Zeit?«

»Nein, ich bin zum Essen eingeladen.«

»Von wem?«

»Von einem Mann, den ich vor ein paar Tagen am Strand kennengelernt habe.«

Paula schaut überrascht. »Was für News, so nebenbei«, sagt sie. »Trefft ihr euch hier im Hotel?«

»Nein, bei ihm zu Hause. Borgst du mir dafür deinen

Mietwagen? Ich habe keine Lust, mich von Enzo zu einem Date kutschieren zu lassen.«

Allein die Vorstellung ist absurd.

»Klar, ist ja sowieso ein GID-Auto, das kannst du gerne nehmen«, antwortet Paula schnell. »Aber nun erzähl mir lieber von dem Typen. Sieht der gut aus?«

»Nee«, weiche ich zunächst aus, sage dann aber: »Doch, er sieht gut aus. Aber das Abendessen heute ist nur der Dank, weil ich etwas gefunden habe, das er verloren hatte. Nichts Aufregendes also.«

Paula grinst. »Nun«, sagt sie, »was nicht ist, kann ja noch werden, oder nicht?«

»Ich weiß nicht ...«, zögere ich und vermeide es, sie anzusehen.

»Du findest den Typen gut, gib's zu!«, hakt Paula nach.

»Lass mich«, wehre ich ab.

»Du hast also heute ein Date«, stellt Paula fest und stützt die Ellenbogen auf dem Tisch auf. »Dann will ich heute auch eins!«

»Kann man so was irgendwo bestellen?«, frage ich und muss grinsen.

»Lach du nur.« Paula legt den Kopf schief und guckt verträumt in die Ferne. »Ich werde heute Abend mal gehörig auf die Jagd gehen. Lang, lang ist's her.«

9.

Am frühen Abend breche ich in Richtung Nuoro auf.

Ich wollte es vor Paula und vor allem vor mir selbst nicht zugeben, aber: Ich bin so aufgeregt wie vor einer Klassenarbeit. Die lange Fahrt vom Hotel ins Hinterland macht die Sache nicht besser. Zu viel Zeit zum Nachdenken.

Der Wagen heult auf, als ich auf die Auffahrt der Schnellstraße zusteuere und den vierten mit dem zweiten Gang verwechsle.

Reiß dich zusammen, Annika. Du führst dich auf wie ein Teenager. Stattdessen bist du lediglich von jemandem, dem du einen Gefallen getan hast, zu einem Teller Nudeln mit Igelglibber eingeladen. Alles in bester Ordnung.

Nix Besonderes.

Ich schalte erneut, und der Wagen hoppelt wie ein verstörter Hase. Ich halte die Kupplung gedrückt und bremse erschrocken. Aua, ich bin offenbar aus der Übung – wann musste ich bitte schön zuletzt ein Auto mit Gangschaltung fahren? Warum werden die überhaupt noch *gebaut*? Egal, ein Gefährt von GID wird eine kleine Getriebepiekserei von mir hoffentlich vertragen können.

Inzwischen habe ich die Küstenregion verlassen und fahre auf der Schnellstraße nach Nuoro ins Landesinnere, genau wie Riccardo mir den Weg beschrieben hat.

Seine E-Mail dazu habe ich vorsichtshalber ausgedruckt auf den Knien liegen.

Die Straße führt durch ein langgezogenes, kaum bewohntes Tal. Zu beiden Seiten erheben sich riesige, sanft geschwungene Bergmassive. Auch hier blüht es überall gelb und lila, Büsche und Bäume stehen im saftigen Frühlingsgrün, und direkt vor mir geht langsam die Sonne unter, die die Berge wunderschön anstrahlt. Und mir direkt ins Gesicht, sodass ich kaum geradeaus gucken kann. Daher fahre ich langsam, schaue nach links und rechts aus dem Fenster und denke weiter nach.

Noch immer bin ich tief erschüttert von dem Telefonat mit diesem hochignoranten Bräunlich und der Info, dass Markus jetzt bei uns in der Abteilung arbeitet. Prinzipiell verrichtet er zwar ähnlichen Kram wie in seinem letzten Job, dafür ist er aber näher dran. Zu nah dran.

Mir bleibt echt nichts erspart.

Darüber hinaus bin ich sonderbarerweise erstaunlich zuversichtlich, was die Aufbauten und die Anträge betrifft. Pittalis und Signora Alberti geben mir irgendwie das Gefühl, dass wir das Projekt doch noch stemmen könnten. Zugegeben: An den Bearbeitungszeiten der Behörden müssten wir noch ein bisschen drehen, aber wenn Pittalis behauptet, seine Verwandte werde das schon richten? Mir bleibt nichts anderes übrig, als ihm zu vertrauen. Schließlich kennt er das Prozedere hier besser, als ich es jemals kennen könnte.

Die nächste Ausfahrt muss ich runter: *Nuoro La Solitudine*. Nuoro Die Einsamkeit.

Wie nett. Da würde ich auch gerne wohnen.

In der Tat: Der nächste Wegweiser zu dieser freudlosen Destination ist mit Revolverkugeln durchsiebt. Soll ich das nun als Indikator für eine hohe Depressions- oder eher Verbrechensrate werten?

Tapfer fahre ich weiter und schlängele mich über eine Serpentinenstraße immer höher und höher in die angekündigte Einsamkeit. Kein Mensch, kein Auto weit und breit. Wenn ich hier eine Reifenpanne habe, kann ich die Nacht unter den Bäumen am Wegesrand verbringen.

Na ja, oder ich rufe Riccardo an.

Wieder dieses Kribbeln im Bauch.

Nach gut einer Viertelstunde folge ich der Beschilderung hinter einer kleinen Landkirche, wie es mir Riccardo beschrieben hat. Ich muss scharf links abbiegen und würge erneut den Wagen ab, als es auf einem Schotterweg noch steiler bergauf geht. Ein paar Mal fahre ich rechts und links durch ein Waldgebiet und komme vor einer kleinen, verlassen Kirche zum Halten.

Ich steige aus.

Immer noch keine Menschseele zu sehen. Von ferne bellt ein Hund. Ein heftiger Wind weht, der die Stille hier noch lauter macht.

Ich laufe einen Kiesweg entlang auf die Kirche zu. Sie ist aus Kalksandstein gebaut, einfach verputzt und beige gestrichen. Die Eingangsportale an der Seite stehen offen. Von drinnen dringt kühle, leicht muffig riechende Luft heraus. Neugierig bleibe ich in der Tür stehen und spähe hinein. Im Innern drängeln sich circa dreißig antike Holzbänke auf kleinstem gefliestem Raum. Es gibt keine Fenster. Nur im Giebel lässt ein winziges Fenster zu, dass die Strahlen der gerade untergehenden

Sonne den Altar erreichen, wo sie auf das geschnitzte Kreuz mit der daran hängenden Jesusfigur fallen. Ein friedlicher, unheimlicher Ort.

Fröstelnd ziehe ich meine Strickjacke fester um mich und trete schnell zurück ins Freie.

Nun aber zur Seeigelpasta!

Ich laufe einmal um die Kirche herum, eine geschwungene Auffahrt hinauf und stehe vor einem weiß getünchten Haus, das offenbar seit Hunderten von Jahren versucht, sich hinter den knorrigen Eichen und Büschen zu verstecken, die sich vor ihm breitgemacht haben.

Nur mit Mühe entdecke ich zwischen den Büschen den Durchgang zu einer aus dicken Balken gezimmerten Haustür und schlage mit dem Klopfring dagegen, der dort angebracht ist.

Für einen Moment höre ich gar nichts.

Eine oder zwei Minuten, die ausreichen, um eine diffuse Angst in mir hochsteigen zu lassen. Himmel, wo bin ich hier? Was für ein verwunschener Ort. Wenn mir hier etwas passiert, mich findet kein Men…

Geräusche im Inneren. Eine Tür wird entriegelt. Dann steht Riccardo in der Tür und strahlt mich an.

»Annika, herzlich willkommen! Wie schön, dass du den Weg hierher gefunden hast«, reißt er mich in Lichtgeschwindigkeit aus meinen Befürchtungen. Er tritt zur Seite, um mich eintreten zu lassen, und streckt mir die rechte Hand hin.

Ich mustere ihn neugierig. Er trägt ein einfaches weißes T-Shirt und Jeans und hält einen Kochlöffel in der linken Hand. Er strahlt etwas Fröhliches, Dynamisches aus.

»Ich habe noch schnell die Pasta ins Wasser geworfen, als du geklingelt hast«, erklärt Riccardo. »Komm rein.« Er weist ins Innere des Hauses.

»Hast du den Weg gleich gefunden?«, will er wissen, als wir in der Wohnstube stehen.

Die offene Art, mit der er mir unablässig in die Augen schaut, macht mich ganz kribbelig.

»Ja, alles super gelaufen, genau so, wie du es mir beschrieben hast«, beeile ich mich zu antworten und weiche seinem Blick aus, um mich im Raum umzusehen. Wir stehen in einem kreisrunden Zimmer. Wie die Kirche hat dieses ebenfalls keine Fenster, sondern ist nur mit jeweils einem winzigen Guckloch auf beiden Seiten versehen.

»Was ist das hier?«, frage ich. »War das ein Gefängnis?«

»Nein, das ist eine traditionell sardische Wohnstube und typisch für die Region hier«, antwortet Riccardo und legt den Kochlöffel auf einem schweren, dunklen Esstisch in der Mitte des Raumes ab. »Meine Urgroßeltern haben schon hier gewohnt. Weißt du, Sardinien ist die Insel des Banditentums«, erklärt er, geht ein paar Schritte und zieht eine der schweren Türen zu den Räumen dahinter zu sich ran. »Wenn Banditen einen Hof angegriffen haben, versammelte sich die ganze Familie zusammen mit ihren Tieren hier und verrammelte die Tür zum Rest des Hauses. Durch diese Luken hier«, er deutet auf die Öffnungen an den Seiten, »haben sie die Gewehre gehalten und auf die Angreifer geschossen, in der Hoffnung, dass sie sich bald wieder verziehen.«

Ich lehne mich an eine Kommode an der runden Wand und betrachte ihn fasziniert.

Ist es nur seine Geschichte oder ist es eher er selbst?

»Wenn sie sich nicht verzogen, sondern das Ganze in einen Belagerungszustand ausartete«, fährt Riccardo fort, »musste keiner verhungern. Die Küche ist im Keller und die Vorräte auch.« Er tippt auf das Geländer einer geschmiedeten Treppe direkt neben ihm. »Komm mit runter, ich zeig's dir.«

Wieder dieser entwaffnend direkte Blick. Dazu legt er wie zufällig eine Hand auf meine Schulter und schiebt mich zu der steilen Treppe.

Die Küche ist im Gegensatz zur Wohnstube rechteckig und in die Wände sind sogar – offenbar nachträglich – Kasemattenfenster eingelassen. Am Kopfende des Raumes steht ein Schmiedeofen, über dem ein paar uralte Pfannen baumeln. Sämtliche Schränke und Regale sind in die Wand eingelassen und mit gezimmerten Holztüren verschlossen. Es gibt einen modernen Herd mit Dunstabzugshaube, eine Spüle und daneben einen großen Kühlschrank nach amerikanischem Vorbild aus den Sixties. Das scheint der einzige Stilbruch in diesem traditionsreichen Haus zu sein, wenn auch ein gelungener.

Riccardo hat Geschmack, stelle ich fest.

Auf dem Esstisch, ebenfalls in der Mitte des Raumes, sind zwei Gedecke aufgelegt. Daneben steht ein großer Krug, randvoll gefüllt mit Rotwein.

»*Accomodati* – mach es dir bequem –, Annika.« Riccardo zieht einen Stuhl zurück und bedeutet mir, mich zu setzen. Dann geht er zum Herd, nimmt ein Messer von der Ablage und rührt damit die Nudeln um.

»Ich habe den Kochlöffel oben liegen lassen«, murmelt er.

»Das ist der Hunger, der macht nervös«, scherze ich.

Riccardo dreht sich vom Herd zu mir um und zwinkert mir zu. »Gegen den Hunger gibt es gleich etwas. Nimm dir bis dahin ein Glas Rotwein, das beruhigt.«

»Ob dieser Eimer hier für uns beide reicht?« Ich hieve die schwere Karaffe mit beiden Händen hoch, um ein paar Schlucke davon in das Glas vor mir zu balancieren.

»Keine Sorge«, erwidert Riccardo und hantiert mit Pfeffer- und Salzmühle über einem kleinen Schälchen. »Den Wein macht mein Opa selbst, wir haben den ganzen Keller voll davon, wenn du mehr willst. Seinen selbstgebrauten Mirto und Limoncello musst du unbedingt auch probieren.«

»Riccardo, das war ein Scherz. Ich muss noch fahren.«

Er lacht und gießt die Nudeln in ein bereitstehendes Sieb in der Spüle ab. »Wir sind hier in Sardinien, Annika. Da schließt Wein das Autofahren nicht aus.«

»Erzähl das bloß nicht meinem Fahrer«, entfährt es mir. Peinlich, was gebe ich hier eigentlich für einen abgehobenen Mist von mir?

»Du hast einen Fahrer?« Riccardo schaut mich entsprechend erstaunt an.

»Nein! Also, ja. Aber nur für die Zeit, die ich an der Costa Smeralda arbeite. Im normalen Leben fahre ich Fahrrad«, beeile ich mich zu erklären und nehme einen kleinen Schluck von dem trockenen, fruchtigen Rotwein.

»Du arbeitest an der Costa Smeralda? Was machst du denn da?«

»Das frage ich mich auch«, nuschele ich zynisch und nehme gleich noch einen Schluck Wein. »Ich koordiniere ein Großevent für die Präsentation eines Neuwagens.«

»Das klingt spannend.« Riccardo guckt interessiert.

»Fast zu spannend, ehrlich gesagt.«

»Das kann ich mir wiederum auch gut vorstellen. Koordination und Sardinien bilden per se einen Gegensatz.« Riccardo wiegt den Kopf, während er die Spaghetti in eine große Schüssel füllt und den Inhalt des Schälchens darüber verteilt. »In Sardinien etwas auf die Beine stellen zu wollen, kann sehr mühsam sein.«

»Ja, wir haben tatsächlich viele Probleme«, gebe ich zu. »Ehrlich gesagt bin ich gerade in einer recht brenzligen Situation, die wir verzweifelt versuchen zu lösen.«

»Was hast du denn konkret zu tun?«, will Riccardo wissen.

Ich fasse im Schnelldurchlauf zusammen, was ich vorgefunden habe und was Pittalis, Paula und ich als Nächstes vorhaben.

Während ich berichte, verdüstert sich Riccardos Miene zusehends.

»Ihr glaubt im Ernst, ihr bekommt die Anträge in den nächsten zehn Tagen durchgeprügelt?«, fragt er mit tiefen Falten auf der Stirn. Er stellt die große Schüssel auf den Tisch, setzt sich über Eck zu mir und beginnt meinen Teller zu füllen.

»Wir *hoffen* es«, erwidere ich tapfer und ignoriere seine Sorgenfalten.

»Ich hoffe es für euch auch, aber …« Riccardo schüttelt den Kopf. »Bella, du bist hier in *Italia*!« Er sieht mich vielsagend an, als würde allein das magische Wort »Italia« ausdrücken, dass ein noch so ausgeklügelter Plan in diesem Land wegen kosmisch festgelegter Regeln nicht funktionieren *kann*.

Diesmal nehme ich einen großen Schluck Wein.

»Stimmt, genau das ist das Übel«, antworte ich, »aber auch meine Chance bei der ganzen Sache. Ich habe den Eindruck, hier ist alles möglich. Im Guten wie im Schlechten. Bisher schlängeln wir uns ganz ordentlich durch. Auf italienische Art.«

»Ah, das hast du also schon gelernt. Sehr gut, Annika!«, lobt Riccardo mich grinsend. »Entschuldige, dass ich dich noch vor dem Essen so über deinen Job ausfrage. Nun lass uns erst mal die Pasta genießen.«

»Das hört sich gut an. Schließlich bin ich weit genug dafür gefahren«, stimme ich fröhlich zu.

»Dann wünsche ich dir guten Appetit.« Riccardo erhebt sein Glas. »Schön, dass du gekommen bist.«

Nach dem Essen helfe ich Riccardo, den Tisch abzuräumen.

»Der Seeigel war ganz prima«, lüge ich, »viel besser als erwartet.«

Mit einer simplen Tomatensoße wäre ich wahrscheinlich glücklicher gewesen, aber das gehört jetzt nicht hierher.

»Wie schön«, freut er sich. »Ich bin heute nach der Arbeit extra noch mal abgetaucht, um ein paar Tiere für uns einzusammeln. Sie sind absolut frisch, eine echte

Delikatesse«, fügt er stolz hinzu und spült die Pastaschüssel unter fließendem Wasser ab.

Ich mag seine Art, kleine Dinge wertzuschätzen, stelle ich fest. Wie er das Essen genießt, sein Haus eingerichtet hat, was er erzählt. Ich hätte ihn auch gerne noch mal nur mit seiner Badehose bekleidet am Strand beim Seeigeltauchen beobachtet.

»Jetzt gibt es Nachtisch«, unterbricht Riccardo mich in meinen Gedanken. »Holst du mal die beiden Dessertteller aus dem Kühlschrank?«, weist er mich an. »Da stehen zwei *casadine* für uns.«

Noch ein bisschen verwirrt, öffne ich den Kühlschrank und finde auf Augenhöhe zwei Teller mit sternförmigen Küchlein mit heller Füllung darin. Um die Törtchen herum hat jemand in mühevoller Detailarbeit filetierte Orangenscheiben drapiert.

»Was ist das Schönes?« Ich hole die Teller hervor, stoße den Kühler mit dem Fuß zu und stelle sie auf den Tisch.

»Die hat meine Oma frisch für uns gemacht, als ich ihr sagte, dass ich heute einen Gast erwarte«, erklärt Riccardo. »Das sind Kuchen mit einer Creme-Orangenschalen-Füllung. Auch eine große Spezialität hier bei uns. *Caffè?* Mirto?«, endet er fragend.

»Espresso, gerne. Mirto um Himmels willen nein. Noch mal: Ich bin mit dem Auto hier«, wehre ich lachend ab.

»Einen kleinen Schluck musst du unbedingt probieren«, beharrt Riccardo, »ich kann meinem Opa morgen unmöglich sagen, dass ich seine Flasche nicht angerührt habe, da er weiß, dass ich heute …«

»... Besuch hast?«, beende ich seinen Satz.

Riccardo nickt.

»Oma und Opa wissen aber gut über dich Bescheid«, stichele ich. »Wo sind denn deinen Eltern?«, will ich wissen.

»Die sind bei einem Autounfall ums Leben gekommen, als ich fünfzehn war«, antwortet Riccardo traurig. »Meine Schwester und ich sind von unseren Großeltern aufgenommen worden. Tja, daher wohne ich nun schon seit bald zwanzig Jahren auf diesem Hof. Vor einiger Zeit haben sie mir dieses Haus überschrieben. Meine Großeltern wohnen weiter hinten auf dem Hof in den umgebauten Stallungen.«

»Und deine Schwester?«

Riccardo steht auf, stellt zwei Espressotassen unter eine vollautomatische Kaffeemaschine und drückt ein paar Knöpfe.

»Chiara? Die ist Krankenschwester in Nuoro und lebt dort mit ihrem Mann und ihrem kleinen Sohn. Wir sehen uns oft. Am Wochenende sind sie fast immer hier«, ruft er gegen das Getöse des Kaffeeautomaten an.

Wer an den Wochenenden noch so hier ist, würde ich nur zu gerne wissen.

Ob Riccardo liiert ist? Und mit seiner Schwester samt Schwager lustige Spieleabende zu viert in der runden Festung abhält?

Eigentlich weiß ich gar nichts über Riccardo, stelle ich fest. Ich bin lediglich auf einen Teller Nudeln bei ihm eingeladen. So ein toller Mann wird wohl kaum Single sein?

»Also wohnst du nun ganz alleine in diesem großen

Haus?«, frage ich daher so unauffällig wie möglich und blicke mich unschuldig im Raum um. Frauenhand kann ich hier in der Tat nicht erkennen. Aber nach einer chaotischen Männerbude sieht es auch nicht aus.

»Ja«, antwortet Riccardo schlicht, stellt eine Tasse und eine Zuckerdose vor mir ab und setzt sich wieder an den Tisch.

Wie, »Ja«? Soll das die komplette Antwort sein?, denke ich empört. Das Verwenden von ganzen Sätzen mit Prädikat und Subjekt sollte gesetzlich verpflichtend werden.

Ich schaue ihn an und warte daher auf weitere Erklärungen.

»Ist noch was?«, fragt er und blickt aufmerksam von seiner Tasse auf. »Brauchst du Milch für den Kaffee?«

»Äh, ich ... ja, ich hätte gerne einen Schuss Milch«, lüge ich verdattert zurück. Das Thema alleine wohnen ist offenbar für ihn durch. Mist.

»Ach, lass ruhig bleiben«, füge ich hinzu, »so einen kleinen Kaffee habe ich ja auch so schnell ausgetrunken.«

»Okay«, sagt Riccardo zufrieden, »dann lass uns doch die *casadine* und den Mirto draußen genießen. Hast du Lust?«

»Unbedingt«, sage ich, »zeig mir deinen Garten.«

Ich balanciere beide Teller die Eisentreppe hinauf und höre Riccardo hinter mir herklettern. Wie gerne hätte ich jetzt eine Hand frei, um mein Hemd über den Po zu ziehen. Seine Blicke dort kann ich geradezu spüren. Aber wenigstens kann er nicht sehen, wie ich rot werde.

Draußen setzen wir uns gegenüber vom Haus auf eine Bank und starten unser Minipicknick. Ein paar letzte Sonnenstrahlen, die hinter den Bergen hervorlugen, spenden schummriges Licht.

Riccardo entkorkt eine braune, schmuddelige Flasche und füllt daraus ein Gebräu in zwei mitgebrachte Becherchen. Eines davon reicht er mir.

»Danke für die Einladung und das schöne Essen«, sage ich. Mein Ton klingt etwas zu selig, wofür ich einen aufmerksamen Blick von Riccardo ernte, den ich nicht deuten kann.

Wieder merke ich, dass ich rot werde.

Wir stoßen an und schauen uns beim Trinken in die Augen. Ich weiß nicht, was mehr knallt. Sein Blick oder der Schnaps.

»Na, wie ist der?«

»Macht sofort betrunken«, pruste ich und denke an das volle Glas hausgemachten Rotweins, das ich schon intus habe. Die frische Luft tut ihr Übriges.

Riccardo lacht leise und lümmelt sich entspannt auf der Bank. Für einen Moment schweigen wir, und ich fühle mich gut dabei.

»Siehst du den Felsen da ganz oben auf dem Berg?«, fragt Riccardo unvermittelt und deutet auf ein Massiv, dessen Wipfel in den letzten Sonnenstrahlen leuchten. »Diese beiden Felsen da, die zusammen aussehen, wie ein U?«

»Ja, sehe ich«, bestätige ich und muss mich abstützen beim Hochgucken, um nicht vor Schwindel von der Bank zu fallen. Riccardo bemerkt es und hält mich sanft am Arm.

»Als ich klein war, hat mein Opa mir immer erzählt, dass er sich dort oben in dieses U gemütlich hineinsetzt wie in einen Pferdesattel, um die Aussicht zu genießen«, erzählt er. »Ich war ganz fasziniert davon und habe immer gehofft, ihn mal dort sitzen zu sehen. Als ich dann viele Jahre später hochgestiegen bin, musste ich feststellen, dass es gar kein Sattel ist. Die Felsen sind zwanzig Meter voneinander entfernt. Das Ganze sieht nur von hier unten so winzig aus. Lustig, oder?«, fragt er treuherzig, die Hand immer noch unauffällig auf meinem Arm.

»Ja, lustig«, bemühe ich mich zu sagen. Mein Kopf dreht sich. Durch den Mirto bekomme ich schon vom Hochgucken Höhenangst.

Ich blicke ihn an und dann auf seine Hand, die mich festhält. Schnell lässt er mich los und sitzt da wie ertappt.

Seine Mundwinkel zucken ein wenig, ich presse die Lippen aufeinander.

»Ich … ich sollte langsam nach Hause fahren«, flüstere ich und muss schlucken. »Ich habe noch einen weiten Weg vor mir.«

Oh, wenn er wüsste, wie gerne ich hingegen bleiben würde!

Riccardo nickt unterdessen.

»Das mit dem Mirto war wohl wirklich keine gute Idee, den hätte ich dir nicht geben sollen«, sagt er dann leise. »Willst du nicht lieber noch eine halbe Stunde warten oder …?«

Womöglich schlägt er gleich noch vor, ich solle bei ihm übernachten.

»… oder sonst, ich meine«, fährt er stotternd fort. »Du kannst gerne auch hier übernachten …«, höre ich ihn tatsächlich sagen.

Ha!

Nein!

Aus dem Alter, mit fremden Männern ins Bett zu gehen, bin ich raus.

Oder?

Lust hätte ich. Meine Güte. Und wie.

Mir zieht ein Prickeln über den Rücken. Riccardos Gesicht ist höchstens einen halben Meter von meinem entfernt. Ein Hauch von Espresso, Waschmittel und einem verführerischen Aftershave weht zu mir herüber.

Wenn ich einfach …?

Annika! Stopp, werd vernünftig!

Als hätte ich nicht schon genug Probleme am Hals. Ich muss morgen früh mit Paula weiter am Schlachtplan arbeiten.

»Nein, vielen Dank«, sage ich daher versucht entschlossen und atme tief durch. »Ist schon okay. War ja nur ein kleiner Schluck Mirto. Das wird schon gehen. Ich muss morgen pünktlich anfangen zu arbeiten, es gibt viel zu tun«, füge ich hinzu.

Oh bitte, versuch mich umzustimmen!

»Okay, natürlich, entschuldige«, stimmt Riccardo zu meiner Enttäuschung zu, stellt seinen Becher auf der Bank ab und erhebt sich. »Dann bringe ich dich jetzt zum Auto.«

Kennt er denn nicht die Regel »Wenn Frauen nein sagen, dann meinen sie ja«?

Mist.

Ich stehe von der Bank auf. Schweigend trotten wir nebeneinanderher zu meinem Wagen. Keiner sagt ein Wort, und wir vermeiden es, uns anzusehen. Ich kann das Knistern in der Luft förmlich spüren.

Ob es ihm auch so geht?

Dort angekommen, kommentiert er zu meiner Erleichterung Paulas fette Mietlimousine, die ich vor der Kirche abgestellt habe, mit keinem Wort. Stattdessen öffnet er mir die Fahrertür und blickt mir zum ersten Mal, seit wir von der Gartenbank aufgestanden sind, wieder direkt ins Gesicht.

»Bitte schön, *signorina*«, sagt er. Er hält mir die Hand zum Gruß hin, und als ich sie ergreife, zieht er mich kurz entschlossen zu sich heran und gibt mir einen Abschiedskuss auf die Wange.

Die Zeit bleibt für einen Moment stehen.

Einen Wangen-*bacio,* wie ihn sich Südeuropäer millionenfach jeden Tag geben. Eigentlich nichts Besonderes.

Aber mir haut es die Knie weg wie vergessenem Zitroneneis in der Sonne.

Mit der freien Hand stütze ich mich auf seiner Schulter ab und muss tief und viel zu auffällig ein- und ausatmen. Während wir uns aufrichten, berühren sich unsere Wangen erneut. Ich habe das Gefühl, dass Riccardo genauso zittert wie ich.

»Sehen wir uns wieder?«, fragt er fast flüsternd, während ich auf den Fahrersitz sinke.

Ich schaue ihn lange an, nicke wortlos und selbstverständlich.

Natürlich sehen wir uns wieder. Was denn sonst?

Wir lächeln uns schweigend an, während Riccardo die Fahrertür schließt und ich den Motor anlasse. Wir trennen uns grußlos. Es gibt nichts weiter zu sagen.

Es hätte heute Abend eher etwas zu tun gegeben.

10.

»Ich hatte gestern Abend Sex«, eröffnet Paula den Arbeitstag pünktlich um neun Uhr und lässt sich auf den Korbstuhl neben mich auf der überdachten Hotelterrasse fallen.

Ich schaue von meinem Laptop auf wie ein aufgescheuchtes Reh. »Wie? Du?«

Das ist jetzt unfair, ich war schließlich selbst so dicht dran.

Paula guckt ebenfalls konsterniert. »Was soll das denn jetzt heißen?«, fragt sie schmallippig.

»Ach, nichts. Entschuldige«, stammele ich blöd und schiebe den Rechner von mir.

»Mit wem denn?«

»Mit einem Touristen aus der Hotelbar«, sagt Paula nonchalant und gibt einem der Kellner in weißer Livree mit einem Wink zu verstehen, ihr einen Espresso zu bringen.

»Und …«, stottere ich weiter, »wie?«

»Ist dir die Mechanik von Geschlechtsverkehr etwa nicht bekannt?«, stichelt Paula höhnisch.

»Nein, also doch! Ich meinte, ich will wissen … Fangen wir an mit: Wo wart ihr?«

»Bei ihm in der Suite. Mein kleines Standardzimmer wollte ich ihm gar nicht erst zumuten – und mir nicht die Laken hinterher«, fügt sie kichernd hinzu.

»Und wie war's?«

»Ging so. Er konnte nicht küssen.«

»Uuuuh«, stöhne ich angewidert. »Wie kann man denn mit einem Mann schlafen, der nicht *küssen* kann?«

»Gerade mit denen. Was soll man denn sonst mit Männern machen, die nicht küssen können?«

»Nach Hause gehen?«

»Och nö. Schließlich war ich auf Beutezug.« Paulas Kaffee wird gebracht. »Immerhin bestand Hoffnung, dass er die Schritte danach beherrscht.«

»War es denn so?«

»Na ja. Sagen wir mal: Ein Golf ist auch ein schönes Auto«, antwortet Paula nüchtern. »Es fährt dich von A nach B …«

»Klingt toll. So eine Nummer würde ich auch gerne mal wieder schieben. So von A nach B«, spotte ich.

»Immerhin bist du gestern weit dafür gefahren. Wie war es denn bei dir?«

»Wunderschön«, seufze ich verträumt. »Einfach … ein wunderschöner Abend. Ich glaube, mich hat's so richtig erwischt«, gestehe ich. Es auszusprechen, setzt die Sache plötzlich in ein noch konkreteres Licht.

»Aber gelaufen ist nichts?«, wundert sich Paula.

»Nein.«

»Na, diesen Italienern hätte ich mehr zugetraut«, muffelt sie enttäuscht.

»Wieso ›diesen Italienern‹? Wo kam dein Prinz von gestern denn her?« Ich war einfach davon ausgegangen, ihr Typ sei auch aus dem Stiefelland.

Paula zögert und rutscht unbehaglich auf ihrem Stuhl hin und her. »Von weiter her«, nuschelt sie und hantiert umständlich mit einem Süßstoffpäckchen für ihren Espresso.

»Amerika?«

»Nee, viel weiter.«

»Nach Amerika kommt nichts mehr, da sind wir doch wieder in China oder Russland.«

»Hm.«

»Ein Chinese?!«

»Nein.«

»Ein Russe!?«

Sie nickt.

»Hm.« Ich lehne mich im Sessel zurück, knautsche ein bisschen an meinem Sitzkissen herum und mustere sie kritisch. »So ein ganz klassischer mit Gucci-Slippern, Hermes-Gürtel und knolliger Nase?«

»Danke, dass du nur auf die knollige Nase eingehst«, kommt die nüchterne Antwort.

»Paula!«, tadele ich sie düpiert. »Du machst ja Sachen.«

»Und du machst *gar* nichts!«, motzt sie zurück.

Offenbar ist ihr der Trip von heute Nacht auch nicht mehr ganz geheuer.

»Okay, okay. Schwamm drüber«, beeile ich mich einzulenken. »Ist im Grunde auch egal. Komm – *back to business.*«

»Gut«, stimmt Paula noch leicht gereizt zu.

»Also«, starte ich und stütze mich auf der Tischplatte auf, »was liegt heute an?«

»Ich fahre gleich nach Arzachena und bringe Signora Alberti die fehlenden Unterlagen«, erzählt Paula. »Hast du inzwischen das Messemöbelangebot bekommen?«

»Ja«, bestätige ich, »ich habe gestern Abend noch eine

E-Mail dazu erhalten. Allerdings habe ich das Angebot noch nicht geprüft, das mache ich gleich. Dann habe ich noch ein paar Pressemeldungen mit meinen Kollegen aus der PR-Abteilung abzustimmen, daneben haufenweise Mails mit administrativem Kleinkram zu beantworten, und Herr Pittalis hat mich heute früh um acht angerufen und gefragt, ob wir am Nachmittag vorbeikommen können, um die Arbeiten auf den Gelände abzunehmen. Zwei Zelte sind bereits aufgebaut. Er meinte, sie kämen gut voran.«

»Prima«, sagt Paula, leert ihre Tasse und setzt sie klirrend auf der Untertasse ab, »dann mache ich mich mal auf den Weg. Könnte ich bitte meinen Autoschlüssel wiederhaben? Wo hast du meinen Wagen denn abgestellt?« Sie steht auf.

»Ich hab's mir gestern Abend leicht gemacht und dem Portier das Auto überlassen«, erkläre ich gut gelaunt. »Ich hatte ein Glas Wein zu viel, als dass ich mich noch getraut hätte, zwischen all den teuren Karossen der anderen Hotelgäste einzuparken. Du musst dich also bitte an die Rezeption wenden.«

»Das hätte ich auch so gemacht.« Paula lacht und greift nach ihrer Tasche. »Bis später dann.«

Seufzend wende ich mich der Arbeit zu. Obwohl mich meine Gedanken an das Abendessen mit Riccardo immer wieder ablenken, komme ich gut voran. Das Angebot des Ausstatters für Messemöbel ist akzeptabel. Die Ausstattung ist jenen Möbeln, die wir ursprünglich ausgesucht hatten, sehr ähnlich. Nur der Preis liegt ein wenig höher. Alles in allem Glück im Unglück, dass wir so kurzfristig eine Lösung gefunden haben, bevor es richtig brenzlig wurde. Nachher auf dem Zimmer werde ich mir das Angebot auf meinem kleinen Drucker ausdrucken und dann per Fax freigeben. Zufrieden schließe ich das Dokument auf meinem Rechner.

In diesem Moment klingelt das Telefon.

Eine italienische Handynummer.

Es ist Riccardo.

»Guten Morgen«, sagt er fast schüchtern, »störe ich?«

»Nein, gar nicht«, beeile ich mich zu sagen. »Wie geht es dir?«

»Alles bestens«, sagt er, »aber ich wollte vor allem wissen, ob du gestern Abend gut nach Hause gekommen bist.«

»Die Fahrt war etwas beschwingt«, gestehe ich, »aber knapp zwei Stunden später war ich wieder im Hotel.«

»Und im Job?«, fragt er weiter. »Was machen deine Bemühungen *auf italienische Art?*« Er lacht.

»Heute früh war ich noch ganz korrekt deutsch, alles ganz langweilig hier«, witzele ich zurück. »Ich habe durchaus das Gefühl, dass wir das alles schaffen werden. Später fahren wir zum Gelände und schauen uns die Aufbauten an, dann weiß ich mehr.«

»Das klingt gut«, entgegnet er, »gar nicht nach dem, was ich sonst so kenne, aber Glück gehört schließlich auch dazu. Das hast du wohl.«

»Ja, so ist es wohl«, freue ich mich. »Und bei dir so? Wie sieht's aus?«, frage ich dann gewollt lässig.

»*Tutto a posto* – alles bestens«, informiert er mich. »Im Job ist es ruhig, ich habe eine entspannte Zeit ...«

Stille. Er zögert hörbar nach dieser Steilvorlage, ein Date auszumachen.

Bin ich jetzt dran?

»Möchtest du …« stammele ich und gehe im Geiste meine dringendsten To-dos für die nächsten Tage durch. »Hast du Lust, mich … morgen besuchen zu kommen?«, frage ich dann. Das sollte ich schaffen, mir irgendwie ein bisschen Freiraum einzurichten. »Wir könnten … ähm …«, verkrampft suche ich nach einer jugendfreien, eleganten Idee für einen schönen Abend, die ich ihm vorschlagen könnte. Ohne gleich offenzulegen, was ich am liebsten mit ihm täte. »Wir könnten an der Küste von Olbia in das hübsche Fischrestaurant gehen, an dem ich vor ein paar Tagen vorbeigefahren bin. Sah gut aus – zumindest von außen«, schlage ich vor. Mein Herz klopft aufgeregt.

»Unbedingt«, willigt Riccardo ein. »Nur … ginge vielleicht auch übermorgen? Morgen hat mein kleiner Neffe Geburtstag. Wenn ich den versetze, redet er nie wieder ein Wort mit mir. Wäre das entschuldigt?«

Blöder Bengel, denke ich enttäuscht.

»Na-tür-lich«, verkünde ich gönnerhaft, »kleine Neffen gehen vor!«

»Prima, dann also am Donnerstag!«, stellt Riccardo zufrieden fest. »Wann soll ich wo hinkommen?«

»Du hast gut lachen in deinen Gummistiefeln.« Schimpfend stolpert Paula in grellgelben Lackballerinas auf dem aufgerissenen, ackergleichen Gelände hinter mir her.

Wir sind am Ort des Geschehens.

Dort, wo vor wenigen Tagen noch friedlich eine Horde Schafe gegrast hat, ist jetzt der Teufel los. Ein Bagger schaufelt gerade einen Erdhügel beiseite, der Zugang von der Straße auf das Gelände ist mit einer Walze geplättet und mit Kies bestreut worden. Weiter hinten stellen rund ein Dutzend Arbeiter mit viel Getöse und Geklapper das dritte Zelt auf. Nur das Hauptzelt fehlt noch, allerdings markiert eine ebenfalls platt gewalzte Fläche im Zentrum des Geländes bereits, wo es einmal stehen wird.

»Ich habe dir doch gesagt, zieh feste Schuhe an«, rufe ich ihr über die Schulter zu und stapfe beherzt weiter.

»Wo hätte ich die denn bitte schön hernehmen sollen? Ich dachte, ich fahre ans Mittelmeer und nicht zum Polarkreis«, beschwert sich Paula weiter.

»Signorine, buon giorno!« Der Spediteur Pietro Soru kommt auf uns zu. Er reicht mir seine Hand zum Gruß, die ich wie beim letzten Mal lieber nicht gedrückt hätte, und lächelt mir freundlich zu. »Wie geht es Ihnen?«

»Gut, hoffe ich«, antworte ich wahrheitsgemäß. »Das entscheidet sich gleich, wenn wir festgestellt haben, wo wir mit den Aufbauten stehen.«

Paula hat aufgeholt und steht leicht keuchend neben uns. Ich stelle die beiden einander vor.

»Es läuft gut, soweit ich das hier überblicke«, sagt Soru. »Meine Männer liefern morgen die letzten Kisten an, die noch bei uns auf dem Hof stehen, damit wären wir dann von unserer Seite aus fertig. Aber fragen Sie besser Pittalis. Der steht dort drüben in dem Seitenzelt.« Soru wedelt in Richtung hintere rechte Ecke des Geländes, wo ein kleineres, rundes Partyzelt direkt vor den sich dahinter aufbäumenden Felsformationen aufgestellt ist.

Wir verabschieden uns von Soru und marschieren

weiter buchstäblich über Stock und Stein, um Pittalis zu suchen.

Der steht tatsächlich in besagtem Zelt, von einer Handvoll Handwerker umringt, die an der Dachkonstruktion herumschrauben, und verteilt lautstark hektische Anweisungen. Als er uns bemerkt, winkt er uns gestresst zu und bedeutet uns, dass er gleich bei uns sei. Daher setzen wir uns vor das Zelt auf einen großen Stein und warten.

»Sieht gut aus hier.« Paula schaut in die Runde. »Bald so, wie es mal geplant war.« Sie überfliegt die Zeichnungen in ihrer Mappe.

»Dahinten kommt der Toilettenwagen hin«, deute ich mehr fragend als wissend in die entgegengesetzte Richtung des Platzes, »und daneben die Anhänger für die Stromgeneratoren, richtig?«

Paula blättert durch ein paar Pläne. »So ist es geplant, genau«, nickt sie. »Wenn morgen das große Zelt aufgestellt wird, können am Tag darauf die Bühnenbauer und Elektriker anrücken, und wir wären wieder voll im *Timing.*«

»Die Aufbauten lasse ich mir nicht entgehen, da will ich dabei sein«, verkünde ich. »Ich verlasse mich nicht in letzter Sekunde darauf, dass die Arbeiter die Planungszeichnungen genau studieren und hoffentlich alles richtig machen. Dafür habe ich schon zu viel Murks in meinem Leben gesehen.«

»Einverstanden, machen wir das zusammen«, nickt Paula, »dann kann nichts mehr schiefgehen.«

»Wenn wir doch bloß schon die offiziellen Genehmigungen dafür vorliegen hätten«, seufze ich, »ich würde glatt eine Kerze in der Kirche anzünden.«

»Das kannst du sicher bald tun«, antwortet Paula. »In Arzachena haben sie mir heute Morgen versprochen, dass sie sich beeilen werden, und mich gebeten, am Freitagvormittag noch mal vorbeizukommen. Sie wollen unsere Unterlagen bis dahin sichten, um eventuell fehlende Details oder Unklarheiten gemeinsam zu klären und in die Dokumente einzutragen. Mir ist das so persönlich auch lieber als am Telefon, denn da verstehe ich manchmal das ein oder andere nicht. Genau aus dem Grund«, fügt sie hinzu, »wäre ich dir dankbar, wenn du mitkommen würdest.«

»Einverstanden«, stimme ich zu. »Freitag früh, sagst du? Gerne. Vier Ohren hören schließlich mehr als zwei.«

Zwei braun gebrannte Handwerker in schmutzigen Unterhemden, Arbeiterhosen und Stiefeln kommen aus dem Zelt hinter uns geschlendert und mustern uns von Kopf bis Fuß. Demonstrativ genervt halte ich ihren Blicken stand und starre zurück.

»Der findet deine Gummistiefel sexy«, raunt Paula mir zu.

Tatsächlich pfeift einer der beiden Arbeiter nun anzüglich und zwinkert uns zu. Offenbar wendet er sich erst einmal an uns beide, um dann abzuwarten, wer darauf anspringt.

»Ich glaube, die haben eher gehört, dass mit *dir* was geht«, provoziere ich Paula zurück.

»Oder dass *du* noch nicht ausgelastet bist«, kommt prompt die Retourkutsche.

Mein Lachen werten die Arbeiter offenbar als Einladung.

»*Ciao, belle ragazze, come state* – hallo, ihr Hübschen,

wie geht es euch?«, versucht einer der beiden beherzt, ein Gespräch anzufangen.

Ich schüttle den Kopf. »Bitte lasst uns in Ruhe«, sage ich höflich.

Die beiden Männer lächeln nicht mehr ganz so erwartungsvoll, sondern wenden sich ab und trotten enttäuscht von dannen.

»Aaah, so lässt du feurige Italiener also abblitzen«, lästert Paula fröhlich weiter. »Da kann ich ja lange auf eine Story warten.«

»Na ja, ich behandele sie nicht alle gleich«, verteidige ich mich.

»Das lässt hoffen. Hast du noch mal von dem Igeltaucher gehört?«

Ich ziehe die Stirn kraus und muss grinsen.

»Und? Seht ihr euch wieder?«, versteht mich Paula ohne Worte.

»Hm, übermorgen. Morgen hat er keine Zeit«, mosere ich ein wenig herum. »Wenn ich dann wieder deinen Wagen haben dürfte …?«

»Klar doch, wenn ich im Gegenzug Enzo für meine Zwecke einspannen darf«, antwortet sie. »Und wenn du mir versprichst, mir keine Schande zu machen«, fügt sie dann lachend hinzu.

Was auch immer sie damit meint.

11.

»Wo soll das Restaurant denn sein, von dem du mir gemailt hast?«, schallt Riccardos Stimme durch die Lautsprecheranlage meines Wagens. Ich tippe auf dem Navi herum und versuche dabei, wenigstens halbwegs den Straßenverkehr von Olbia im Auge zu behalten.

»Wo bist du gerade?«, frage ich zurück.

»Ich verlasse die Stadt im Osten und fahre gleich die Küstenstraße entlang.« Mühsam buchstabiert er mir einen Straßennamen, den ich in das Navigationsgerät eingebe.

Vor mir bremst ein Auto.

»Shit!«, rufe ich aus und steige ebenfalls in die Eisen.

»Bin ich etwa völlig falsch hier?«, fragt Riccardo unbeeindruckt.

»Nein, die Autofahrer machen mich völlig fertig hier«, sage ich. Mir bricht der Angstschweiß aus. Diese wuselnden Sarden in ihren schrottigen Autos, die kreuz und quer über die Straßen kurven und in Sachen Blech nicht viel zu verlieren haben, machen mich wahnsinnig. Zum ersten Mal überlege ich, ob Enzo vielleicht doch nicht völlig doof ist. Immerhin schafft er es, uns jedes Mal ruhig und sicher ans Ziel zu bringen.

Ich fahre an den rechten Straßenrand und drücke das, was beim Computer die Escape-Taste ist: die Warnblinkanlage.

Pause. Ich strecke die Waffen.

»Also«, sage ich bemüht ruhig in mein Handymikro, »so, wie ich das hier auf meiner Karte verstehe, musst du die Straße ein paar Kilometer geradeaus fahren. Offenbar kommt dann eine Tankstelle auf der linken Seite und kurz darauf das Lokal auf der rechten. Ich bin auch gleich da.«

»Prima, also bis gleich«, antwortet Riccardo fröhlich und legt auf.

Ich fahre wieder an und passiere hochkonzentriert eine stark befahrene Straße mit zahlreichen Auf- und Abfahrten in alle Richtungen.

»Bei der nächsten Möglichkeit rechts abfahren«, lotst mich die weibliche Stimme des Navis durch das Verkehrsgewühl.

Was? Hier schon?

Ich bremse, ziehe den Wagen im letzten Moment nach rechts rüber und biege auf den nächsten Zubringer.

»Bei der nächsten Gelegenheit bitte wenden«, tönt Frau Navi nun unerbittlich aus dem Lautsprecher.

Blöde Ziege!

Leider kommt keine Gelegenheit zum Wenden.

Fluchend fahre ich ein paar Kilometer geradeaus, verlasse die Umgehungsstraße und befinde mich auf einmal mitten in Olbia.

Frau Navi möchte mich in eine Straße lenken, die wegen Baustellenarbeiten gesperrt ist. Das kostet sie den Job. Ich stelle das Ding mit einem gezielten Faustschlag aufs Display aus.

Der Feierabendverkehr staut sich. Hier und da wird

gehupt – mal kürzer, mal länger. Na ja, meistens länger. Langsam verliere ich die Nerven.

Im Schritttempo schiebe ich mich durch das Städtchen und fange an, mich auch ohne Navi zurechtzufinden. In der Ferne kann ich die großen Fährschiffe sehen, die in der Bucht von Olbia liegen. An denen muss ich vorbei und danach Richtung Südosten und werde dann schon irgendwo ankommen, hoffe ich. Schließlich bin ich mit Enzo noch vor ein paar Tagen dort vorbeigefahren.

Ich zockele weiter. Irgendwann wird der Verkehr wegen einer weiteren Baustelle durch eine Unterführung geschickt und beginnt aus unerklärlichen Gründen wieder schneller zu fließen. Ich gebe Gas und lasse den Hafen hinter mir.

Vor mir taucht links eine Tankstelle auf und kurz darauf das kleine, hübsche Restaurant. Am Straßenrand entdecke ich eine Parklücke. In die könnte ich glatt reinpassen.

Ich kupple, bremse, blinke und mache mich daran, rückwärts in die Lücke zu fahren.

Mist, zu früh eingeschlagen.

Wieder raus, das Ganze noch mal.

Diesmal lande ich mit dem rechten Hinterreifen auf dem Bürgersteig und bin nicht mehr navigierfähig.

Also wieder raus hier. Nächster Versuch.

Auf der gegenüberliegenden Straßenseite entdecke ich Riccardo, der gemütlich an einem weißen Fiat lehnt. Er winkt mir fröhlich zu, als er bemerkt, dass ich ihn gesehen habe.

Auch das noch. Er beobachtet mich.

Ich mache den Blinker aus, schlage ein und setze zum dritten Mal, nun beherzter, zurück. Es folgt ein dumpfes Rumsen. Der Kleinwagen hinter mir wankt nachtragend. Meine Einparkfähigkeiten haben ohne Zweifel ihren Tiefstand erreicht. Ich schimpfe verzweifelt und schlage ziellos das Lenkrad in die andere Richtung ein, bis die Servolenkung aufstöhnt.

Da wird die Fahrertür geöffnet.

»Darf ich?« Riccardo steckt lächelnd den Kopf herein.

Wortlos schnalle ich mich ab, greife nach meiner Tasche und steige aus, ohne ihn anzuschauen.

Während ich auf dem Bürgersteig aus sicherer Entfernung den Wagen hinter mir begutachte, dessen Stoßstange schon so demoliert ist, dass mein Miniunfall keinen neuen Schaden verursacht hat, parkt Riccardo gekonnt in einem Rutsch ein. Er setzt noch einmal kurz vor und zurück und stellt den Motor aus.

Grinsend kommt er auf mich zu und bleibt einen halben Meter vor mir stehen. Er sieht umwerfend aus.

Ich deute auf seinen alten Wagen auf der anderen Straßenseite, der etliche Beulen und Blessuren aufweist. »Sag jetzt nichts«, brumme ich trotzig. »So, wie dein Auto aussieht, musstest du lange üben, bis du so einparken konntest.«

»Mein Auto ist ein unschuldiges Opfer von Frauen, die es touchiert haben und danach unerkannt geflohen sind«, antwortet Riccardo. »Ich selbst habe ihm keine einzige Schramme zugefügt, das schwöre ich dir.« Er beugt sich vor, um mich mit einem Wangenkuss zu begrüßen. »Wie geht es dir?«, fragt er dann.

Ich lege kurz meine Hand auf seinen in einem weißen

Hemd steckenden Arm, als müsste ich mich abstützen, sauge seinen Duft ein, der mich an den berauschenden Abschied vor zwei Tagen bei ihm zu Hause erinnert, und mein Puls legt ein paar Takte zu.

»Gut«, sage ich, »und danke.« Ich nicke mit dem Kopf in Richtung meines glücklich geparkten Wagens.

»Keine Ursache. Dein Fischlokal hat übrigens geschlossen«, sagt Riccardo und zeigt zu dem kleinen Bungalow, der sich hinter ein paar Olivenbäumen an der Straße zu verstecken versucht. Die rote Leuchtschrift *»Il Pescatore«* über der Eingangstür des Häuschens ist ausgeschaltet, und ein Stapel festgeketteter Gartenstühle daneben lassen keinen Zweifel an der Richtigkeit von Riccardos Aussage.

»Die haben heute Ruhetag«, fügt er trotzdem hinzu.

»Ach, wie schade!« Ich bin ehrlich enttäuscht. »Ich habe gelesen, frischeren Fisch bekommt man nirgendwo serviert.«

»Wer sagt das?«

»Die Website, auf der ich immer gucke, bevor ich irgendwohin essen oder shoppen gehe.«

»Den frischsten Fisch gibt's bei mir«, brüstet sich Riccardo, legt mir die Hand auf die Schulter und zieht mich ein Stück mit sich. »Komm, *bella*, wir machen ein Picknick, und ich fange dir dein Abendbrot.«

Nur wenige Kilometer weiter lenkt Riccardo sein Auto von der Hauptküstenstraße runter zum Meer oder vielmehr zu den letzten Ausläufern der großen Bucht von Olbia. Auf dem Weg dorthin haben wir an einem Supermarkt haltgemacht, um Brot, Wein, Oliven und eingelegte Tomaten samt ein paar Plastikbechern und Servietten zu kaufen.

Am Ende des Feldwegs hält Riccardo an und steigt aus. Ich raffe die Tüten im Fußraum zusammen und folge ihm durch eine Reihe Macchiabüsche, die unser Auto von dem nur wenige Meter breiten Minisandstrand trennt. Von hier haben wir einen atemberaubenden Blick auf Olbias Küste und das kristallklare Wasser, während sich tief im Osten die majestätische Felseninsel Tavolara im letzten Dämmerlicht aufbäumt. Es ist herrlich.

»Was ist das hier?«, frage ich mit provokantem Unterton, »eine Geheimbucht für konspirative Treffen mit unschuldigen Ausländerinnen?«

»Nein, bisher eher mein illegaler Angelplatz für alles, was aus dem Meer kommt. Unschuldige Ausländerinnen sind natürlich auch eine interessante Option.« Er lächelt mich entwaffnend offen an.

Plötzlich bin ich meinem eigenen Wortspiel nicht mehr gewachsen und weiche seinem Blick aus. »Es ist wunderschön hier«, sage ich leise.

Riccardo sieht mich schweigend an. »Du auch«, flüstert er dann zurück.

Mein Gesicht wird glühend heiß, und die Schüchternheit von vorgestern ist sofort wieder da.

Während ich noch sprachlos und mit heißen Wangen hin und her überlege, was ich darauf sagen könnte, geht Riccardo zurück zu seinem Wagen und wühlt geräuschvoll im Kofferraum. Er kommt mit einer Angelrute, dem mir bereits bekannten blauen Eimer und einer Tasche zurück, die er mir reicht.

»Da ist eine Picknickdecke drin und, ich glaube, sogar ein Flaschenöffner«, sagt er.

Froh über den Szenenwechsel, finde ich in der schmuddeligen, vom Salzwasser hart gewordenen Tasche neben der Decke noch eine ungeöffnete Flasche Wasser, ein Feuerzeug und eine zerknautschte Packung Kekse. Wie eine brave Hausfrau mache ich mich daran, den Tisch zu decken, indem ich das Tuch auf dem Sand ausbreite und unsere Habseligkeiten darauf verteile.

Riccardo hat sich ein paar Meter weiter auf einen mannshohen, halb im Wasser liegenden Felsen gesetzt und bereits eine Angelschnur ins Meer geworfen. Ich gieße uns zwei Plastikbecher mit dem phantastischen sardischen Rotwein ein und setze mich ganz leise neben ihn, um den Angler samt den vorbeiziehenden Fischen nicht zu stören.

Schweigend prosten wir uns zu und nippen wortlos an unseren Bechern.

Im Hafen von Olbia gehen inzwischen die ersten Lichter an. Ich schaue in die Ferne und genieße wie hypnotisiert Riccardos Nähe. Ich könnte für immer so dasitzen.

Leichter Wind kommt auf, sodass ich mir verstohlen die fröstelnden Oberarme reibe. Meine Jacke ist in meinem Auto geblieben, und das ist weit weg.

Riccardo verkeilt seine Angel mit einem Stein an dem Fels, auf dem wir sitzen, nimmt seinen Pullover ab, den er locker über die Schultern gehängt hatte, und breitet ihn sorgfältig über meinen Rücken. Seine Hände streifen meine Arme und bleiben dort liegen. Ich nehme seine Hand.

Wir blicken uns für einen Moment in die Augen.

Es folgt ein Kuss, der mich alles um mich herum vergessen lässt. Ich kann Riccardo riechen und schmecken und fühlen, ich nehme den Wind und die Stille und die Stadt in der Ferne wahr und bin dabei dennoch wie weggetreten. Unsere Küsse sind aufregend und fühlen sich gleichzeitig so selbstverständlich an, als dürfte es zwischen uns beiden nichts anderes geben.

Riccardo fährt mir mit den Händen durch die Haare und zieht mich enger zu sich heran. Ich küsse seinen Hals, die Stelle hinter seinem Ohr und vergrabe mein Gesicht an seiner Schulter.

»Es hat einer angebissen«, flüstert Riccardo.

»Wie bitte?«, hauche ich atemlos zurück.

»Ich habe einen Fisch an der Angel«, antwortet er.

Meint er mich? Während ich noch überrascht überlege, ob man diesen Ausdruck auch im Italienischen benutzt, hat Riccardo sich von mir abgewandt und macht sich an der Angel zu schaffen, deren Schnur heftig auf und ab wippt. Er nimmt die Angel in beide Hände, stützt das Ende der Rute mit dem Fuß auf dem Fels ab und dreht an einem kleinen Rädchen an der Seite der Angel.

Mit etwas Mühe zerrt er einen heftig zappelnden Fisch aus dem Wasser und fährt die Angelschnur weiter ein. Das arme Tier hängt jetzt höchstens einen Meter entfernt vor unseren Köpfen und kämpft um sein Leben.

»Soll ich?«, fragt Riccardo leise.

»Was?«

»Die Dorade abnehmen, erschlagen, aufschlitzen und ausnehmen? Dann Holz sammeln, ein Feuer machen, sie braten und dir in circa einer Stunde *ganz frisch* servieren?«, rattert er herunter.

Ich schüttele den Kopf. »Nein«, sage ich und muss lachen. »Nein, wirklich nicht«, flüstere ich.

In diesem Moment schlägt der an der Schnur hängende Fisch einen Haken, dreht sich aus eigener Kraft um die eigene Achse – und ist frei. Mit einem Platschen klatscht er zurück ins kühle Nass und schwimmt aufgeregt davon.

»Gehorsames Tier«, nickt Riccardo staunend, »dass sich einer so vom Haken befreit, passiert höchst selten.«

»Gönnen wir ihm den schönen Abend«, meine ich friedfertig.

»Unbedingt«, schmunzelt Riccardo, verstaut die Angel neben sich und legt seine Hand zärtlich in meinen Nacken. »Ich habe jetzt wirklich Besseres zu tun, als mich mit dem Ausnehmen von Doraden zu befassen.«

Ich kuschele mich an ihn, während Riccardo sanft mit beiden Händen meinen Rücken entlangfährt und sie mir unter meiner Bluse auf die Taille schiebt. Seine warmen Hände auf meiner Haut jagen mir abwechselnd Blitze und Kälteschauer durch den Bauch, während ich mich langsam wie suchend unter seinem Hemd über seine Haut taste, als wolle ich mir jeden Quadratzentimeter für immer einprägen.

»Komm runter hier«, flüstert Riccardo, klettert den Fels hinunter auf den Strand und hilft mir hinabzusteigen.

Im Sand lege ich die Arme um seinen Hals und ziehe ihn zu mir, während Riccardo langsam meine Bluse aufknöpft, sie mir vorsichtig über die Schultern schiebt und zu Boden gleiten lässt. Er fährt mit den Lippen über meinen Hals und knabbert leicht an meinen Ohrläppchen. Ich spüre seinen Atem auf meiner Haut, stehe einfach nur da und bin kurz davor, unter seinen Zärtlichkeiten willenlos zu Boden zu sinken. Wie in Zeitlupe küssen wir uns erneut. Als wir uns wieder voneinander lösen, öffnet Riccardo langsam meinen BH und schaut mich an, bevor er die Hände sanft auf meine Brüste legt und mich erneut zärtlich küsst.

»Ja, ich erinnere mich«, flüstert er mir ins Ohr. »Ich erinnere mich sogar ganz genau.«

»Woran?«, hauche ich.

»An diesen Körper. An deinen wunderschönen Körper. Der mir den Atem geraubt hat und wegen dem ich fast ertrunken wäre.« Er sinkt vor mir auf die Knie und küsst meinen Bauchnabel. Ich folge ihm und ziehe ihm das Hemd kurzerhand über den Kopf.

»Das wäre wirklich schade gewesen«, fährt Riccardo leise fort und lächelt mich an, »zu sterben, ohne dich je berührt zu haben.«

Ich muss leise lachen und fahre mit den Händen über seine Brust.

»Ich hingegen hatte damals echt Angst vor dir, als du so plötzlich vor mir aufgetaucht bist. Ich wusste ja nicht«, erzähle ich und strahle ihn an, »ob dieser fremde Mann mit seiner Taucherbrille Unsittliches mit mir vorhaben könnte.«

»Glaub mir«, Riccardo grinst verschmitzt, »Lust dazu hätte ich bestimmt gehabt.« Ich spüre, wie seine Hand sanft über meinen Oberschenkel streicht. Das Prickeln in mir lässt mich nun endlich komplett in den noch warmen Sand sinken. »Und ich habe immer noch welche«, fügt er hinzu und folgt meiner Bewegung, bis wir endlich eng umschlungen im Sand liegen.

»Das ist gut«, flüstere ich und streiche ihm über die Wange. »Mir geht es ganz genauso.«

Riccardo lächelt, zieht mich fest an sich und küsst mich so leidenschaftlich, dass es mir den Atem raubt. Ich schließe die Augen und vergesse alles um mich herum.

Im Schutze der Dunkelheit erlebe ich den leidenschaftlichsten, gefühlvollsten Liebhaber meines Lebens. Riccardo erkundet jeden Millimeter meines Körpers, und ich kann einfach nicht genug davon bekommen. Es fühlt sich alles so wunderbar und richtig an. So, wie ich es mir immer gewünscht und nie zuvor erlebt habe. Die Zeit um uns herum ist stehen geblieben und vergeht dennoch so schnell, während wir hungrig aufeinander im Sand liegen. Mit jeder Welle, die sich am Ufer der kleinen Bucht bricht, gebe ich mich mehr und mehr hin und genieße es, die Kontrolle abzugeben.

Es gibt nur noch Riccardo und mich. Mehr braucht es nicht.

12.

Ich gestehe: Im Sand ist keine Lösung.

Obwohl: Liebe im Sand ist schön. Traumhaft schön sogar. Ich meine eher das Danach.

Als ich neben Riccardo wach werde, ist es kurz vor Mitternacht. Wir sind wohl halb im Sand, halb auf unserer Kleidung erschöpft, eng umschlungen und glücklich eingeschlafen. Soeben läuft ein großes Fährschiff aus dem Hafen von Olbia aus, weshalb kleine Wellen an unser Strandstück plätschern.

Leicht benommen richte ich mich auf. Ich habe Durst, ich möchte duschen, ich muss aufs Klo. Mein Rücken brennt. Vorsichtig taste ich meine Wirbelsäule entlang und stelle stöhnend fest, dass die Haut an einigen Stellen aufgescheuert ist.

Von der Dunkelheit geschützt, gehe ich ins Wasser und mache ein paar erfrischende Schwimmzüge. Dann wate ich zurück an Land, tupfe mich mit der Picknickdecke, die immer noch auf uns wartet, behelfsmäßig trocken und trinke ein paar Schluck Wasser. Danach schleiche ich zurück zu Riccardo, der so friedlich schlummert, als wäre der Strand die Wiege seiner Kindheit, breite die Decke über ihm aus und kuschele mich wieder an ihn.

»He, werd wach.« Ich kitzele ihn an der Wange. »Riccardo, wir können hier nicht ewig liegen.«

Der schöne Mann neben mir dreht und reckt sich

leicht. »Warum nicht?«, nuschelt er verschlafen. »Lass uns für immer hierbleiben.« Er dreht sich zu mir und nimmt mich mit einem Arm gefangen.

»Riccardo!« Ich versuche, mich aus seiner Umarmung zu befreien. »Ich muss … zurück ins Hotel. Ich habe morgen früh einen Termin in Arzachena. Ich kann nicht hierbleiben.«

»Hm.« Er scheint schon wieder zu schlafen.

»Möchtest du mit zu mir kommen?«, biete ich ihm an.

Stille.

»Hm.«

»Willst du?«

»Nee«, kommt dann die Antwort, »ich habe morgen eine Besprechung in Nuoro. Da darf ich nicht fehlen.« Langsam setzt er sich auf und reibt sich die Augen. »Ich hatte gerade einen unglaublichen Traum«, sagt er dann. »Ich hatte mit einer blonden Schönheit Sex am Strand. Mehrmals, wenn ich mich recht entsinne«, fügt er hinzu.

Ich muss lachen.

»Bring mich zurück zu meinem Auto«, bitte ich ihn. »Ich verspreche dir, wenn wir uns wiedersehen, geht der Traum weiter.«

Am nächsten Morgen sitze ich neben Paula im Rathaus in Arzachena vor der Verwaltungsfachangestellten Nicolina Spanu. Krampfhaft versuche ich mich in dem trostlosen Büro mit den deckenhohen Aktenregalen auf das Wesentliche zu konzentrieren, falle vor Müdigkeit jedoch gleich vom Stuhl.

Ich spähe auf die Uhr. Erst vor ein paar Stunden bin ich eine gefühlte Ewigkeit von Riccardo und unserer intimen Bucht zurück ins Hotel in Porto Cervo gefahren, habe viel zu kurz geschlafen und wurde im absoluten REM-Koma-Schlaf durch ein Wummern an der Tür geweckt.

»Annika«, raunte Paulas Stimme aufgeregt, »bist du da? Annika, steh auf, wir müssen los!«

Schlaftrunken taumelte ich zur Tür, entriegelte sie wie in Trance und während Paula ins Zimmer schlüpfte, fiel ich schon wieder kopfüber ins Bett.

»Du bist ja allein.« Paulas Stimme klang enttäuscht.

»Hä?«

»Du hattest doch gestern dein großes Date, und jetzt liegst du hier schon wieder *allein?*« Sie schien mich geradezu zu rügen.

»Hmm«, schnaufte ich erschöpft. »Bist du etwa gekommen, um mein Bett zu kontrollieren?«

»Nein, nur um dich zu wecken. Ich hatte nicht um Einlass gebeten«, antwortete sie schnippisch. »Lieber«, fügte sie dann hinzu, »wäre ich in dem Glauben geblieben, du führtest ein erfülltes ... sagen wir, *Leben*, anstatt dich hier so einsam vorzufinden«, lästerte sie böse. »Jetzt steh endlich auf, wir müssen los. Unsere Verwaltungsfachangestellte erwartet uns. Sogar Enzo ist schon nervös, weil du nicht kommst.«

Ich musste lachen und rappelte mich langsam auf. Auf dem Weg ins Badezimmer zog ich mir das Nachthemd über den Kopf und ließ es auf einen Stuhl neben der Tür fallen.

»Was ist *das* denn?«, hörte ich Paula aufgeregt.

»Was?«, fragte ich murmelnd, während ich langsam und immer noch todmüde die Badezimmertür hinter mir zuzog und mich zerknautschtes Elend erschöpft im Spiegel betrachtete.

»Dein Rücken! Annika, so was ist mir nicht mehr passiert, seit ich vierzehn war«, tönte es hochgradig amüsiert hinter der Tür hervor.

Ich drehte mich zum Spiegel um und schaute mir über die Schulter. Auf meinem Rücken herrschte ein wahrer Flächenbrand, überall wunde, aufgescheuerte Haut. Bei dem Anblick kamen auf einmal auch die Schmerzen.

Schmerzen, die immer noch anhalten.

Der wunde Rücken, der durch die holprige Autofahrt noch schlimmer geworden ist, macht mir bald mehr zu schaffen als die Müdigkeit.

»*Abbiamo fatto davvero in fretta* – wir haben uns wirklich beeilt. Deshalb wäre das jetzt der letzte Schritt, den Sie noch zu erledigen hätten«, höre ich Signora Spanus Stimme von ferne und schrecke zurück in die Realität. Die Verwaltungsfachangestellte meines Herzens macht gerade eine Kunstpause und mustert uns erwartungsvoll.

»*Eh, grazie*«, stammele ich. Mist, was hat sie wohl gerade erzählt?

»Magst du mal kurz gedanklich hochkommen und dich zusammenreißen, bitte?«, zischt mir Paula von der Seite zu. »Du hast heute Nacht schon genug unten gelegen«, fügt sie grinsend hinzu.

Wo sie recht hat, da hat sie recht.

Ich nehme einen Schluck aus meiner Coladose, die ich

mit beiden Händen auf den Knien gehalten habe, und wende mich wieder unserer Gesprächspartnerin zu, die irritiert von mir zu Paula und wieder zurück guckt.

»*Signora*, könnten Sie mir den letzten Sachverhalt bitte noch mal erklären, ich habe das nicht richtig verstanden. Bitte entschuldigen Sie, Italienisch ist eben eine komplexe Sprache«, versuche ich es mit einem entwaffnenden Lächeln.

Signora Spanu nickt. »Ich meinte damit, dass ich Ihnen alle Unterlagen freigebe. Meine Genehmigung legen Sie nun bitte meinen Kollegen in der Abteilung für Handelsfragen ein Stockwerk tiefer vor, aber das ist praktisch nur noch pro forma. Sardinien kann es sich schlicht nicht erlauben, Wirtschaftsaktivitäten von außen abzulehnen«, fügt sie hinzu und lächelt uns etwas traurig an.

»Gut, wir kümmern uns gleich darum«, sage ich. »Vielen Dank.«

»Wir haben es geschafft, unglaublich!«, jubelt Paula auf der Rückfahrt im Auto.

»Darauf müssen wir einen Champagner köpfen!«, rufe ich übermütig.

»Alkohol? Wolltest du nicht eine Kerze anzünden?«, stichelt Paula.

»Dann eben beides«, freue ich mich weiter.

»Dann kann ich mir zur Abwechslung endlich mal wieder ein halbwegs entspanntes Wochenende gönnen, bevor am Montag mein Chef anreist«, erklärt Paula. »Er hat mir nämlich aufgetragen, eine Status-quo-Präsentation für das Meeting mit Bräunlich vorzubereiten.«

»Welches Meeting mit Bräunlich?«, frage ich verständnislos.

»Der scheint auch am Montag einzutreffen. Das hat Stefan jedenfalls gesagt«, klärt Paula mich auf. »Hat dir das denn keiner mitgeteilt?«

»Ich weiß von nichts«, stammele ich erstaunt. »Ich wusste nur, dass er zu der Eröffnung des Events kommt und ein paar Mal zu Tagesveranstaltungen hin- und herfliegen wird, aber die genauen Termine hat er mir nicht genannt.«

»Montagnachmittag haben die beiden ein Meeting angesetzt«, sagt Paula mit mitleidigem Unterton.

»Soll ich da auch kommen?«, frage ich.

»Na, ich denke schon«, antwortet Paula verblüfft. »Schließlich bist du die Projektleiterin.«

Ich schüttele den Kopf. »Manchmal sind die Übergänge zwischen Projektleiterin und Schweinchen in der Mitte wohl fließend«, ärgere ich mich.

Bräunlich trägt neuerdings *zwei* Smartphones und eines dieser neumodischen Tablets mit sich herum und versäumt es in keinem noch so kurzen Gespräch bei ihm im Büro, *beide* Telefone und das Tablet regelmäßig zu streicheln, um eingehende Termine, Mails oder sonst welche Meldungen zu checken. Wäre es für einen solchen WLAN-Junkie nicht ein schneller Mausklick gewesen, mich kurz über Termine zu informieren, über die ich dringend Bescheid wissen müsste?

Wie frustrierend. Diese Gleichgültigkeit. Wie sind solche ignoranten Leute eigentlich privat?

»Komm schon«, Paula knufft mich in die Seite, als könnte sie meine Gedanken lesen, »er hat es sicher vergessen. Dafür hast du doch mich. Wir beide bereiten ein richtig gutes Meeting über unser tolles Projekt hier vor«, versucht sie mich aufzumuntern. »Wir haben einen guten Job gemacht.«

»Einen *proaktiven* Job«, verbessere ich sie zynisch. »So würde es der gemeine Chef nennen.«

»Das auch.« Paula nickt. »Aber Proaktivität wird von dir immer nur *eingefordert*. Sobald du von selbst drauf kommst, giltst du als voreilige Vorprescherin«, sie lacht.

»Wie witzig. Vielleicht lache ich mal drüber, wenn ich in Rente bin.«

»Lass es einfach, Annika. Ärgere dich nicht drüber und denk an etwas anderes. Freu dich auf dein Gehalt am Montagsende. Und auf die Narben auf deinem Rücken.«

Jetzt muss ich doch lachen und blinzele ihr verschwörerisch zu.

»War's schön?«, fragt sie.

»Der Hammer«, sage ich.

Am Nachmittag ruft Riccardo an. »Wie geht's dir, *amore*?«, will er wissen.

Wie nennt er mich? *Amore?* Stark!

»Gut«, sage ich und in der Tat: Seine Stimme reicht aus, um meine Stimmung zu heben. »Ich hatte gestern einen tollen Abend. Aber davon kann man niemandem erzählen.«

»Ja, so einen Abend hatte ich gestern auch.« Riccardo lacht. »Am liebsten würde ich heute *allen* davon erzählen!«

»Und deine Besprechung heute früh?«, frage ich.

»Ach, hör auf.« Er klingt mit einem Mal düster.

»Kennst du das, wenn du gegen übergroße Mächte ankämpfst und eigentlich nur verlieren kannst?«

»Klingt nach meinem Job. Was ist passiert?«

»Der Sommer kommt, und wir bereiten uns auf die *incendi* vor, auf die großen Brände, die uns jedes Jahr die halbe Insel abfackeln. Heute hatten wir wieder eine große Lagebesprechung dazu. Ich steuere die Messungen über Regenmengen, Trockenheit der Böden und so weiter bei. Weißt du«, er seufzt, »hier in Sardinien machen wir wirklich einen exzellenten Job. Wir sind gut vorbereitet, wir sind schnell, wir bilden sogar die Feuerwehr aus Griechenland mit aus. Und trotzdem: Die Feuer kommen Jahr für Jahr wieder, überall und wie aus dem Nichts, und machen Wälder, Häuser und Fabriken platt. Als hätten wir nicht schon genug Sorgen.«

»Armer Riccardo.« Ich weiß nicht recht, was ich sagen soll.

»Na, was ist bei dir so los?«, wechselt er zum Glück das Thema.

»Die Feuerwalze, die bald schon über mich hereinbricht, ist nur mein Chef«, versuche ich zu scherzen.

»Das ist auch schlimm, meine Süße«, bemitleidet mich Riccardo liebevoll. »Aber ich habe eine Idee, um dich aufzuheitern – und mich auch.«

»Ich höre?«

»Wie wäre es mit einer Tour in die Berge?«

»In die *Berge?*«, frage ich überrascht. Auszeiten in Sardinien hätte ich mir ausschließlich am Strand herumliegend ausgemalt. »Was wollen wir denn da machen?«

Im Geiste sehe ich mich in schweren Wanderstiefeln bei abwechselnd sengender Hitze und brutal pfeifendem

Bergwind ebenso hungrig wie erschöpft zwischen den Felsmassiven herumklettern. Ganz und gar nicht das, was ich mir unter einem romantisch-entspannten freien Tag vorstelle.

»Meine Verwandtschaft macht ein traditionelles Grillfest«, kommt die ebenso unerwartete Antwort.

»Ein Grillfest in den Bergen?«, wiederhole ich ungläubig.

Ob es *das* ist, was ich mir als Ausflug mit Riccardo wünsche?

»Ja, mein Großonkel schlachtet ein Schwein und grillt es nach traditioneller sardischer Art. Das muss du gesehen haben.« Er ist von dieser Idee hellauf begeistert, während ich mich nun – wenn auch nicht mehr in Wanderstiefeln – zwischen mit Innereien gefüllten Eimern herumstapfen sehe. Womöglich soll ich noch helfen, den Topf für die Blutwurst aufzusetzen, wie ich es aus alten Filmen kenne. Eine leichte Übelkeit überkommt mich.

»Riccardo«, starte ich zögernd, »ich bin mir nicht sicher, ob ein Schlachtfest die richtige Freizeitbeschäftigung für mich ist. Das arme Schwein … und überhaupt …« Ich zögere. Dass ich es für absolut verfrüht halte, gleich seiner gesamten Familie vorgeführt zu werden, behalte ich erst einmal für mich.

»Mach dir darum keine Gedanken«, wehrt Riccardo ab. »Wir fahren nur kurz hin und sagen meiner Verwandtschaft guten Tag. Wenn wir wollen, bleiben wir ein wenig, und wenn nicht, fahren wir einfach weiter. Wir nehmen meinen Wohnwagen mit, dann sind wir völlig flexibel«, schiebt er nonchalant das nächste Reisedetail hinterher.

»Du hast einen Wohnwagen?«, frage ich baff. »Wozu das denn?«

»Ein Erbstück von einem Nachbarn«, erwidert er gut gelaunt. »Ich bastle zwar mehr an dem alten Teil herum, als es zu benutzen, aber es macht Spaß, damit durch die Gegend zu fahren. Du wirst sehen.«

»Aha.«

Der Vorschlag erscheint mir von vorne bis hinten derart skurril, dass er mich direkt neugierig macht. »Na gut«, willige ich daher ein. »Dann machen wir das so.«

13.

Später stehe ich ratlos vor meinem leeren Koffer im Hotelzimmer und blicke nachdenklich aus dem Fenster. Im Innenhof des Hotels steigt gerade eine kleine Gruppe Asiatinnen aus einem Taxi aus, die sich vom Fahrer bergeweise Tüten mit den Aufdrucken der Topmarken der Haute Couture aushändigen lassen. Ohne Zweifel haben die Damen eine Mega-Shoppingtour in Porto Cervo hinter sich und kehren nun glücklich, zufrieden und in dem Glauben zurück, für den Style Sardiniens gerüstet zu sein.

Wenn die wüssten …

Erneut öffne ich den Kleiderschrank und setze mich aufs Bett, als könnte ich meine Auswahl von dort besser überblicken. Vor mir hängen Seidentops, Blusen, Röcke und Kleider, für die ich vor meiner Reise wahre Unsummen über verschiedene Ladentheken geschoben habe. Für das, was ich bisher von Sardiniens bodenständiger Welt gesehen habe, würde man mir jedoch bei einem Auftritt in den Bergen in solchen Fummeln womöglich eine Schweinshaxe an den Kopf werfen. Auch der Mythos der legendären, perfekt gestylten Italienerin sucht – jedenfalls nach allem, was ich bisher gesehen habe – noch seine Protagonistinnen. Um es mal dezent auszudrücken …

Kurz entschlossen stopfe ich eine Handvoll Unterwäsche, ein Paar Shorts und eine schlichte, kurze Bluse samt Flip-Flops in meine Handtasche. Das muss reichen.

Nun schnell los zum Abendessen mit Paula, bei dem wir die Präsentation noch mal gemeinsam durchsehen wollen, die wir den Nachmittag über zusammengebastelt haben.

In der Zimmertür kommt mir dann endlich der ersehnte Geistesblitz für die Bergtour. Ich drehe um und ziehe unter dem Bett meine wichtigste Sardinienausstattung hervor: die alten Gummistiefel von Soru. Das einzige authentische Stück, das ich besitze.

Obwohl ich erst ein einziges Mal hier war, ist es ein bisschen wie nach Hause zu kommen, als ich am Samstagvormittag die knirschende Einfahrt zu der kleinen Kirche vor Riccardos Häuschen hochfahre und direkt neben seinem parkenden Auto zum Stehen komme. Den angekündigten Wohnanhänger, eine betagte Wohnzelle mit karierten Gardinen in den Fenstern, hat er bereits angekuppelt.

Ich steige aus und beäuge das Gefährt kritisch. Nun gut, da muss ich jetzt durch, entscheide ich.

Die Sonne steht hoch am Himmel, die Vögel zwitschern und ein leichter Wind weht durch die Bäume. Ansonsten herrscht die gleiche unendliche Stille, die mich schon bei meinem ersten Besuch so verzaubert hat.

Auf das Klingeln an der Haustür bleibt alles still. Ich schaue auf die Uhr. Kurz vor eins. Komisch, er weiß doch, dass ich komme. Ich entferne mich ein paar Schritte und spähe unschlüssig nach rechts und links. Dann marschiere ich den Kiesweg weiter hoch und um eine bewachsene Kurve herum. Kaum zu erkennen, steht hier ein kleiner Resthof – noch besser hinter einigen Büschen versteckt als Riccardos Haus. Der Putz blättert hier und da von der Wand, und das Dach hat auch schon bessere Zeiten erlebt, aber aus dem Schornstein kommt Rauch. Offenbar wohnt hier jemand.

Absurderweise komme ich mir ein wenig wie eine Entdeckerin vor, als ich um das Gebäude herumschleiche und auf einem verwunschenen, zugewucherten Vorplatz lande. Hier steht ein Brunnen mit einer längst verrosteten Pumpe, die Zweige der hohen, knorrigen Bäume dahinter hängen auf eine Hütte hinab, die vielleicht einmal ein Hühnerhaus war. In einer Ecke steht ein halb verrotteter Schuppen, in dem allerhand angerostetes Handwerksgeschirr aus längst vergangenen Zeiten gestapelt ist.

Vor dem Schuppen sitzt ein alter Mann unbeweglich auf einem Holzscheit und beobachtet mich.

Ich zucke erschrocken zusammen.

Der Mann kneift amüsiert die Augen zusammen. Sein vom Wetter gegerbtes, gebräuntes Gesicht runzelt sich, er bleibt aber weiter reglos sitzen.

Schüchtern gehe ich auf ihn zu.

»Buon giorno, signore«, sage ich.

Der Mann blinzelt mich freundlich an und wartet weiterhin wortlos und unbeweglich auf eine Erklärung von mir.

Ich mustere ihn. Mein Gegenüber ist mindestens achtzig, wenn nicht gar weit über neunzig. Er trägt ein gelbes Pfadfindertuch um den Hals, dazu ein graues, abgewetztes T-Shirt und schwarze Cordshorts, die an allen

Ecken und Enden mit ungeübten groben Stichen geflickt und ausgebessert sind. Seine nackten, gebräunten Beine stecken in zerbeulten schwarzen Wanderstiefeln. In der rechten Hand hält er ein Klappmesser, ähnlich dem, das Riccardo am Strand verloren hat. In der anderen Hand wiegt er eine Schnitzarbeit, ein Tier, das offenbar kurz vor der Vollendung steht.

»Sind Sie *nonno Antonio Pittu?*«, flüstere ich.

Mein Gegenüber lächelt mich nun offen an und lässt für einen Sarden erstaunlich gut erhaltene Zähne aufblitzen. Statt zu antworten, senkt er den Kopf und versieht das Holztier in seiner Hand mit ein paar letzten gekonnten Schnitzerchen. Dann hält er das Tier ins Licht und dreht es prüfend hin und her. Es ist ein Pferd, erkenne ich nun, ein echtes Meisterstück.

Ich nicke ihm bewundernd zu.

»*Per te* – für dich«, spricht der Alte nun seine ersten Worte mit einem rauen sardischen Akzent und reicht mir das Tier. »Suchst du Riccardo?«

Gerührt drehe ich das Holzpferd in der Hand. *»Si, signore«,* antworte ich. »Wissen Sie, wo er ist?«

»Hm«, brummt er nachdenklich, klappt das Messer zu und lässt es in einer Tasche seiner Hose verschwinden. »Siehst du den Felsen ganz oben auf dem Berg?«, fragt er mich dann, »diese beiden Wipfel, die zusammen aussehen wie ein U?«

Ich folge seinem Fingerzeig und drehe den Kopf. »Ja.«

»Riccardo ist auf dem Weg dort hinauf, um die Aussicht zu genießen.«

Ich starre ihn ungläubig an, und er grinst freundlich zurück.

Der will mich auf den Arm nehmen wie den kleinen Riccardo vor vielen, vielen Jahren. Genial, der Typ.

»Sie meinen, er will es sich in dem Felssattel gemütlich machen?«, lasse ich mich auf sein Spiel ein.

»Genau, *signorina*«, lächelt er.

Zögernd drehe ich das Pferdchen in den Händen. »Dann gehe ich ihm mal hinterher, oder?«, frage ich.

»Mach das, du musst nur den Weg hier nehmen und dich rechts halten«, sagt der Mann und wedelt mit der Hand in Richtung Berg. »Riccardo wartet schon auf dich.«

Neugierig marschiere ich in die angedeutete Richtung um den kleinen Innenhof herum, durch einen kleinen Torbogen und gelange auf freies Feld, auf dem ein paar Schafe grasen. Dahinter abgezäunt liegt ein Gemüsegarten, in dem ich von Weitem Riccardo erkenne, der mit einer Schaufel den Boden bearbeitet. Er sieht auf und winkt mir zu.

»Ciao, bella!«, begrüßt er mich fröhlich, als ich auf ihn zulaufe.

Dachte ich's mir doch. Von wegen auf dem Weg zum Bergwipfel. Der arme Kerl schuftet hier am Boden der Realität.

»Wie hast du mich hier gefunden?«, keucht er, als ich vor ihm stehe und überlege, ob ich diesen arg verschwitzten Mann wirklich küssen möchte.

»Sagen wir … dein Opa Antonio hat mich hergeschickt«, erwidere ich, »und mir dieses Pferd hier geschenkt.« Ich zeige ihm meine Ausbeute.

Riccardo stutzt. »Das hat er getan?«, fragt er. »Sonst ist *nonno* nicht so freundlich zu fremden Leuten, und er gibt auch nur ungern Auskunft. Der hat noch die alte Banditenvorsicht im Blut, weißt du.«

»Na, da hatte ich ja Glück, dass er so auskunftsfreudig zu mir war.« Ich muss lachen und verkneife mir jegliche Details. »Was machst du hier?«, will ich stattdessen wissen.

»Meiner Oma ist eingefallen, dass sie noch einen Sack mit Frühkartoffeln braucht, bevor ich wegfahre.« Er seufzt. »Du weißt ja, wie alte Leute manchmal sind. Nicht nach der Logik fragen, sondern einfach machen.«

Er wirft die Schaufel in den Sand, streckt die Arme aus und zieht mich zu sich heran. Ich schlinge die Arme um seinen feuchten Hals und bin plötzlich einfach nur glücklich, bei ihm zu sein.

»Zu Mittag essen müssen wir vor unserer Abreise übrigens auch noch bei ihr«, fährt Riccardo fort. »Es lässt ihr keine Ruhe, dass ich einen ganzen Tag ohne ihre Kochkünste auskommen will.«

Nach dem Mittagessen fahren wir sofort los. *Nonna* Maria, Riccardos Oma, hat uns den Wagen vollgestopft mit selbstgebackenen Keksen, Pecorino, den ersten frischen Melonen der Saison, eingelegten Favabohnen und natürlich ein paar Flaschen Mirto und Rotwein. Bei allem dürfen wir uns aussuchen, was wir davon der Verwandtschaft schenken und was wir selbst essen wollen.

Riccardo sitzt am Steuer, während ich, einen Arm aus dem offenen Fenster gehängt, die beeindruckende Berglandschaft um uns herum betrachte.

»Deine Großeltern sind etwas ganz Besonderes«, sage ich in unser Schweigen hinein.

Riccardo schaltet einen Gang höher und schaut in den Rückspiegel. »Ich weiß«, sagt er.

»Man fühlt sich sofort unglaublich wohl bei ihnen, obwohl man sie nicht kennt und die beiden auch nicht groß mit einem reden.«

Riccardo nickt. »Ja, sie sind herzensgute Leute. Die Familie meines Großonkels übrigens auch«, fügt er hinzu. »Daher war es mir auch so wichtig, diese Einladung anzunehmen und hinzufahren, seit meine Großeltern die weite Strecke nicht mehr auf sich nehmen möchten.«

»Weite Strecke?«, frage ich nach. »Wie lange fahren wir denn?«

»So zwei bis drei Stunden.«

»Und das finden deine Großeltern weit?«

»Annika, du wirst dich noch wundern. Du wirst heute Menschen kennenlernen, die in den achtzig Jahren ihres Lebens auf Sardinien noch nie das Meer gesehen haben.«

Mit einem Trip in die Berge hat Riccardo nicht zu viel versprochen. Schon nach wenigen Kilometern fühlt es sich an, als hätten wir jegliche Zivilisation hinter uns gelassen. Über geschwungene Serpentinenstraßen geht es samt der angehängten Wohnzelle gefährlich wankend steil bergauf, was Riccardo kaum wahrzunehmen scheint. Er lenkt den Wagen gemütlich pfeifend bergan, während ich weniger entspannt die Hände in Sitz und Türgriffe verkrampfe. Wir stoßen, wie er mir erklärt, in Sardiniens höchste Region bei den Monti del Gennargentu vor. Kein Dorf, kein Haus weit und breit, nur knorrige Bäume, Wälder und Berge. Und der Wind, der mit Wucht gegen unser Gefährt bläst.

Mehrfach machen wir am Straßenrand halt, um einfach nur die Aussicht zu genießen oder um uns auf Riccardos Campingkocher einen Espresso aufzubrühen. Mein Alltag erscheint Lichtjahre weit weg, und ich habe das Gefühl, nach Tagen zum ersten Mal wieder richtig durchzuatmen.

Irgendwann verlassen wir die Hauptstraße und biegen auf einen holprigen Feldweg ein. Nach einigen Hundert Metern halten wir vor einem alten Bauernhof, der dem von Riccardos Großeltern sehr ähnlich ist. Als wir aussteigen, sind wir sofort von einem Dutzend Kindern umringt, die aufgeregt um meinen Begleiter herumtanzen. Er kniet sich auf den Boden und umarmt ein Kind nach dem nächsten.

»Dies hier ist Giorgino, der Sohn meiner Schwester«, stellt er mir einen Jungen mit dunklen Locken vor, der bereits wie eine Klette an ihm hängt. Es folgen unzählige Namen weiterer Kinder, die in meinen Augen alle gleich aussehen und alle gemein haben, dass sie barfuß und vom Spielen auf dem Hof fröhlich verdreckt sind.

»Komm«, Riccardo nimmt meine Hand, »ich stelle dir meine Verwandtschaft vor.«

Unter dem Gebrüll und Getobe der um uns herumhüpfenden Kinder laufen wir über den Hof und am Haupthaus vorbei in ein kleines angrenzendes Waldstück. Vor einer weiß getünchten Schäferhütte ist ein großer Esstisch aufgebaut, der bereits mit ausgelassen feiernden Menschen voll besetzt ist.

»Riccardo«, ruft eine steinalte Frau und kommt mit überraschend schnellen Schritte auf uns zu. Sie ist höchstens einen Meter fünfzig groß, samt Kopftuch ganz in

Schwarz gekleidet und trägt ein Tuch in Trachtenmuster um den Hals. Sie streckt die Arme nach Riccardo aus, der sich tief zu ihr herunterbeugt, um ihre Küsse entgegenzunehmen.

»Bene bennidu, nepote meu, coment'ístas?«, krächzt die winzige Frau.

Ich verstehe kein Wort mehr. Wir sind im rein sardischen Sprachraum angekommen.

»Eehh«, setzt Riccardo zu meiner Überraschung nun ebenfalls auf Sardisch zur Antwort an, und sein Tonfall nimmt den gleichen krächzenden Klang an wie bei der alten Dame, *»gai semus e bois, zia Bachisia?«*

»Mahh«, die alte Dame wiegt zahnlos lächelnd den Kopf, *»imbezzande. Ma narami, coment'ístene sos bezzeddos, Maria e Antoneddu?«*

Offenbar sprechen sie gerade über Riccardos Großeltern.

»*Bene, bene, a casa tutti bene* – gut, zu Hause geht es allen gut«, wechselt Riccardo nun wieder ins Italienische und legt einen Arm um mich. »Bachisia, darf ich dir meine Freundin Annika vorstellen? Annika, das ist meine Großtante Bachisia, *nonno* Antonios Schwester.«

»E chi este custa bella pizzinna? Bella, bella abberu, comente frunza é cariasa«, krächzt die alte Dame weiter, streckt mir ihre runzeligen Hände entgegen und zieht mich zu sich herab, um auch mich überschwänglich auf beide Wangen zu küssen. »*Benies*«, wendet sie sich dann wieder Riccardo zu. *»Benies a saludare sos atteros!«*

Sie nimmt ihn an die Hand und zieht ihn Richtung der Tafel, wo die Anwesenden bereits neugierig sitzen und zu uns herüberschauen.

»Was hat sie gesagt?«, zische ich leise Riccardo zu.

»Sie hat gesagt, dass du schön bist wie ein Kirschblütenzweig.«

»Wie ein was?« Ich muss lachen. Das hat nun wirklich noch niemand über mich gesagt.

»Besser hätte ich es auch nicht ausdrücken können«, scherzt Riccardo, bevor er in dem großen Hallo seiner Verwandtschaft untergeht. Unendlich viele Hände wollen geschüttelt, Wangen geküsst und weitere Tanten, Cousins, Nichten und Onkel umarmt und geherzt werden. Ich werde begrüßt, als würde man mich schon ewig kennen, und vor Überforderung ob so vieler Menschen, die auf Sardisch und Italienisch auf mich einreden, steht mir bald der Schweiß auf der Stirn.

»Das hier ist Chiara, meine Schwester«, ruft Riccardo, legt seine Hand auf die Schulter einer hübschen, jungen Frau mit dunklen Locken, die den kleinen Giorgio vom Parkplatz auf dem Arm trägt und mich neugierig bis prüfend mustert.

Verschüchtert reiche ich ihr die Hand. Da Riccardo keine Mutter mehr hat, passt seine große Schwester bestimmt doppelt auf ihn auf, befürchte ich.

»Ich freue mich, dich kennenzulernen«, sagt Chiara unterdessen und beugt sich unter ihrer Giorgio-Last vor, um mich auf die Wange zu küssen.

»Ich freue mich auch«, sage ich und versuche, betont fröhlich-entspannt zu klingen.

»*Accommodatevi* – setzt euch«, unterbricht uns jäh ein Onkel-Cousin-was-auch-immer, der mich am Arm nimmt und auf einen freien Platz an der Tafel schiebt. Von der einen Seite reicht mir jemand ein volles Glas mit Limoncello, von der anderen füllt mir jemand einen Becher Rotwein ein. Ich proste willenlos in die Runde, trinke einen Schluck des köstlichen Zitronenschnapses und schnappe nach Luft. Das Ganze ist wie im Werbefernsehen, nur wilder. Zwar nicht so hübsch dekoriert, dafür aber authentischer. Der Tisch ist übersät mit zerkratzten Plastikschüsseln, die in Garten und Küche offensichtlich schon viel mitmachen mussten, gefüllt mit frischen Salaten, Kräutern und Früchten. Daneben eine Armee an Einmachgläsern mit eingelegten Oliven und Bohnen in allen Farben sowie in einen riesigen, runden Korb geschichtet das typisch sardische Fladen-Knäckebrot *carasau.* Der Tisch ist gedeckt mit angestoßenen Tellern jeder Couleur. Was Besteck betrifft, gibt es nur Gabeln und als Servietten dient eine Küchenrolle, die inmitten des Durcheinanders thront.

»*Fra un po e pronto il porcheddú* – das Wildschwein ist auch bald fertig«, ruft mir ein Mann mittleren Alters zu, vermutlich ein Cousin von Riccardo.

Ich schaue mich um.

»Wo brät es denn, das Schwein?«, frage ich den Mann und suche die Umgebung nach einem Ofen oder Ähnlichem ab.

»Unter der Erde«, antwortet er gut gelaunt, nimmt einen Schluck Bier aus der Flasche und ist schon wieder mit einer jungen Frau abgelenkt, die ihn irgendetwas auf Sardisch fragt.

Wie aus dem Nichts taucht Riccardo wieder neben mir auf. »Die holen gleich das Ferkel aus der Grube. Komm, das musst du dir ansehen«, sagt er und zieht mich am Arm auf die Seite der Hütte, wo eine Gruppe von Männern soeben mit Spaten zu graben beginnt. Rauch steigt auf. Die Kinderschar springt aufgeregt um die Männer herum. Auch der kleine Giorgio hat sich mit einer Harke und einem Handfeger bewaffnet und macht ein wichtiges Gesichtchen, als hinge alles von ihm ab.

Die Männer graben unterdessen prustend weiter, bis einer mit einer Eisenzange herbeikommt, hochkonzentriert glühende Kohlen und Steine aus dem Loch zieht und vorsichtig in einer mit Wasser gefüllten Metallwanne ablegt. Es zischt gewaltig, die Kinder jubeln.

»*Eccolo, il porcheddú* – da ist ja unser Schweinchen«, ruft einer von ihnen, erfreut über das tiefe Loch gebeugt. »*prendiamolo* – holen wir es.«

Mit Spaten, Zangen und Mistgabeln machen sie sich nun an dem Loch zu schaffen.

»Ist das Spanferkel etwa da drin?«, raune ich Riccardo zu.

»Was du hier siehst, Annika, ist die echte traditionell sardische Weise, ein *porcheddú* zuzubereiten«, erklärt er mir. »Das geschlachtete Schwein wird in dem Loch auf glühende Kohlen gelegt und mit Myrten- und Rosmarinzweigen bedeckt. Dann kommen wieder glühende Kohlen drauf, danach die Erde und so lässt man es dort unten ein paar Stunden braten, bis es hoffentlich gar, aber nicht verbrannt ist. Es ist eine große Kunst, ein Spanferkel so zuzubereiten, das können nur noch ganz wenige.«

»Wozu der Aufwand?«, will ich von ihm wissen. »Hätte man nicht einfach ein Lagerfeuer machen können?« Oder schnell einen Elektrogrill aufstellen, verkneife ich mir.

»Diese Methode stammt noch aus einer Zeit, in der die Menschen hier so arm waren, dass sie sich gegenseitig die Schweine geklaut haben, um etwas zu essen zu haben«, lautet seine Erklärung. »Wenn dann der beklaute Bauer vorbeikam, um sein Vieh zu suchen, fand er es wenigstens nicht am Rost bratend am Lagerfeuer vor. Daher hat man sich diese Methode ausgedacht. Abgesehen davon schmeckt es einfach anders, viel besser«, fügt Riccardo hinzu.

Er greift nach einer Harke, um den Männern zu Hilfe zu eilen, die mit viel Mühe ein auf Schaufeln aufgebahrtes Spanferkel vor sich hertragen, das gefährlich ins Wanken geraten ist. Zwei Frauen kommen mit einer Art Bahre aus Holz herbei, auf der das Abendessen der Großfamilie abgelegt und mit Kräuteröl übergossen wird. Dann ziehen die Männer die mir inzwischen vertrauten Klappmesser aus den Hosentaschen und beginnen mit der mundgerechten Zerlegung des Tieres.

Platten voll mit dampfenden Fleischstücken werden zu Tisch getragen. Dazu gibt es gebackene Rosmarinkartoffeln und gedünstete Artischocken. Ich esse schweigend und beobachte staunend das lebhafte Treiben um mich herum.

»Was machst du eigentlich hier in Sardinien?«, richtet nun eine freundliche Frau um die fünfzig das Wort an mich. Wenn ich mich recht entsinne, hat Riccardo sie mir als Elena und Schwiegertochter von *zia* Bachisia vorgestellt.

»Ich arbeite für eine Autofirma und habe an der Küste eine Veranstaltung für eine Neuwageneinführung mitorganisiert«, antworte ich, ganz die professionelle Public-Relations-Managerin. Dabei bemühe ich mich, all die englischen Begriffe wie *Launch* oder *Event*, die wir ständig benutzen, zu vermeiden.

Die Dame gegenüber, ebenso wie Chiara, die direkt neben ihr sitzt, betrachtet mich interessiert.

»Was denn für eine Veranstaltung. Ein Fest?«, will nun Riccardos Schwester wissen.

»Ja«, stimme ich zu, »ein Fest könnte man es auch nennen.«

»Nur weil ihr ein neues Auto gebaut habt, feiert ihr ein Fest?«, wundert sich Chiara.

»Hm.« Ich nicke leicht unangenehm berührt und nehme einen Schluck Rotwein aus meinem Becher. »Das mag für dich komisch klingen, aber ja, *nur* weil wir ein neues Auto gebaut haben, geben wir eine Party.«

Ich habe es noch nie so gesehen, und plötzlich finde ich das Ganze irgendwie auch absurd.

»Wie nett deine Verwandtschaft ist. Alle so freundlich. Hier ist die Welt echt noch in Ordnung«, schwärme ich Riccardo vor, als wir viele Stunden später die Tür des Wohnanhängers hinter uns schließen, in dem außer einem bankartigen Bett nur noch ein Klapptisch und eine Art Sideboard eingebaut sind. Zum Sitzen dienen ein paar Klappstühle, die ich unter dem Bett gestapelt erkennen kann.

Ich lege meine Tasche auf die Decke.

»Ganz gemütlich hier«, sage ich zu dem, was ich im Dämmerlicht um mich herum erahnen kann. »Dürfte ich bitte ein T-Shirt für die Nacht von dir haben?«, fahre ich dann fort.

»Nein. Und meine Verwandtschaft hat ihre ganz eigenen Probleme mit dem Leben hier. So einfach, wie es aussieht, ist es nicht.«

»Warum nein?«, frage ich. »Magst du deine Verwandten nicht?«

»Doch, ich liebe sie alle heiß und innig, aber du bekommst kein T-Shirt von mir.«

»Dann habe ich jedoch nichts an und falls ich nachts mal raus muss und auf deine heißgeliebten Verwandten treffe, werden sie erschüttert sein.«

»In diesem Fall könnte ich dir anbieten, dass ich auch nichts anhabe, damit die Katastrophe perfekt ist.« Riccardo schließt die Vorhänge und zieht mich zu sich aufs Bett.

»Was meinst du mit ganz eigenen Problemen?«, möchte ich wissen.

...

»Riccardo?«

Er knabbert an meinem Ohrläppchen.

»Antworte mir!«

Stille.

»Wenn ich so recht drüber nachdenke«, sagt er dann, »ist das allergrößte Problem, das einem in dieser Gegend begegnen kann, mit einer wunderschönen Frau im Bett zu liegen, die die ganze Zeit über nur *reden* will.«

»Riccardo!« Energisch schiebe ich seine Hand von meinem Oberschenkel.

»Okay, okay«, er richtet sich auf, »mit den Schwierigkeiten hier oben meine ich, dass noch die alten Zeiten gelten. Im Landesinnern ticken die Uhren noch anders.

Hast du Giuseppa kennengelernt, die älteste Tochter von Bachisia?«

Ich nicke.

»Man hat ihren Mann Fedele vor drei Jahren erschossen in den Wäldern aufgefunden. Den Mörder haben sie nie geschnappt und, wenn du mich fragst, auch nie so richtig gesucht. Wenn du hier jemanden darauf ansprichst, hüllen sich alle in Schweigen. Hier gelten ganz eigene Gesetze.«

»Jemand hat deinen Onkel erschossen. Einfach so?« Ich bin schockiert.

»Na ja, der Mörder wird schon seine Gründe gehabt haben. Vielleicht hat Fedele ihm vor zwanzig Jahren mal ein paar Schafe geklaut, was weiß ich. Die Sarden hier oben vergessen nichts. Und machen dicht vor allem, was nicht sardisch ist. Oft eben auch vor der italienischen Kriminalpolizei. Daher …«, Riccardo beugt sich aus dem Bett, um den Schalter der Wandfunzel zu erreichen, und löscht das Licht, »finde ich die Welt hier gar nicht so in Ordnung. Ich lobe mir ein Leben mit Internet und englischer Musik, dazu eine ausländische Frau an meiner Seite …«

Wieder fährt seine Hand über meinen Bauch bis hinunter zu meinen Schenkeln. Die Holzkonstruktion des Bankbetts fängt verdächtig an zu knarren.

»Riccardo, nicht!«, flüstere ich. »Bachisia könnte uns hören. Wir parken genau vor ihrem Schlafzimmerfenster.«

»Bachisia ist schwerhörig.«

»Ist sie nicht!«

»Wenn sie schläft, schon.«

»Aber du weißt doch gar nicht, ob sie schon schläft.«

»Annika«, Riccardo küsst langsam meinen Hals und arbeitet sich über meine Schulter langsam tiefer, »es ist mir egal, *capito*? Das Risiko gehe ich gerne ein.«

»Erschießen werden sie uns hoffentlich nicht dafür«, seufze ich ergeben und kuschele mich noch dichter an ihn.

Draußen kommt wieder starker Wind auf, und unser Wohnwagen wankt.

14.

Am Montagmorgen entdecke ich Markus in der Hotelhalle.

Verdammte Axt.

Was zur Hölle macht *der* denn hier?

Strategisch gut positioniert wie ein Storch im Salat, hat er auf einem Loungechair mitten in der Lobby Platz genommen. Er trägt einen hellen Leinenanzug und ist völlig versunken in die News einer englischen Finanztageszeitung. Wie gewohnt hat er die Zeitung in einer Art und Weise aufgeschlagen, dass jeder Passant von seiner anspruchsvollen Lektüre hochgradig beeindruckt sein wird. Zumindest denkt er das, auch wenn er es nie, nie, niemals zugeben würde.

Unauffällig versuche ich auf dem Absatz kehrtzumachen, aber da hat er mich schon gesehen.

»Hey, Annika«, ruft er lässig und viel zu laut, *»how is it going?«*

Auch das ist bei ihm Programm: Mit Vorliebe tut er so, als wäre er in welchen Situationen auch immer dermaßen ins Anglophile abgetaucht, dass ihm ein spontanes deutsches »Wie geht es dir?« nicht mehr einfällt.

»Gut, danke«, sage ich einsilbig und trete zögernd an die Sitzgruppe heran. »Warum bist du hier?«

»Setz dich doch«, antwortet er und übergeht nonchalant meine Frage. Er klappt die Zeitung zu und wirft sie mit einer lockeren Geste auf den Abstelltisch neben ihm. »Möchtest du was trinken? Cola, Wein, *Champagner?*«, fragt er jovial und macht eine ausschweifende Bewegung mit dem Arm.

Gehört ihm das Hotel?

Oder gleich die ganze Welt?

»Einen Latte macchiato, bitte«, gebe ich dem aufmerksam herbeigeeilten Kellner in Auftrag und verschränke unwillkürlich die Arme über der Brust.

»Einen Latte macchiato nimmst du? *Befleckte Milch?*«, wiederholt Markus meine Bestellung, und sein Ton klingt leicht anzüglich. »Annika, das trinkt man doch *in Italien* nicht!«

Er will es einfach nicht lassen, mich kleinmachen zu wollen, wo er kann. Was habe ich bitte gut ein Jahr lang an diesem Kerl gefunden?

»Wie kommt's, dass ich es trotzdem in diesem Land bestellen kann?«, frage ich spitz zurück.

Er betrachtet mich gönnerhaft amüsiert. »Gut gekontert, Kleine. Jetzt komm schon, warme Milch mit Schuss ist was für Alte und Kranke«, erklärt mir der Italienkenner, der sich immer noch für den Experten schlechthin hält, nur weil seine Eltern seit Urzeiten ein Haus an der Riviera haben und er in groben Zügen die Landessprache beherrscht.

»Was hast du hier zu tun?«, übergehe ich nun seine Spezialistenüberlegungen.

Markus lacht. Offenbar genießt er meine Überraschung über sein Erscheinen hier. »Bräunlich wollte, dass ich ihn begleite«, erklärt er leichthin. »Ich soll in sämtliche Projekte seiner Abteilung direkten Einblick erhalten.«

»Warum denn bereits heute?«, frage ich gewollt leichthin. »Bräunlich wollte doch erst zur Eröffnung anreisen.« Wenn ich schon von Paula erfahren muss, dass er kommt, kann ich getrost hinten herum auch noch den Grund dafür erschnüffeln.

»Bräunlich will sich vorab ein Bild von der Lage hier machen. Offenbar hattest du Probleme mit dem Projekt, wie ich höre?« Er schaut mich mitleidig an.

Dieses Schwein. Alle beide.

»Es gibt keine Probleme, nur Herausforderungen«, kontere ich trotzdem wie aus einem Karriereratgeber abgeschrieben, »nichts, was ich nicht bewältigen könnte.« Ich setze das professionellste Pokerface auf, zu dem ich fähig bin. »Und wo ist Bräunlich nun?«, will ich dann wissen.

»Der wollte noch kurz auf sein Zimmer«, kommt die Antwort.

Also aufs Klo. Hoffentlich ist ihm der Flug auf den Magen geschlagen, denke ich.

»In zwei Stunden haben wir ja schon unser Statusmeeting mit Matzek«, fährt Markus unterdessen fort, »der soll uns mal erklären, wie es hier läuft. Schließlich geht das Event ja schon am Donnerstag los.«

Stefan Matzek, denke ich verächtlich. Der ist zwar erst vor zwei Stunden gelandet, hat sich von Paula schnell auf dem Eventgelände herumführen und ein paar Unterlagen zeigen lassen, trotzdem hat er bei Bräunlich und Markus immer noch den Stand inne, hier der große organisatorische Manitu zu sein.

»Ja, das soll er mal«, sage ich trocken und nippe an meinem Glas, das der Kellner soeben vor mir abgestellt hat. »Und du?«, wechsele ich das Thema, »du bist jetzt also der Assistent von Bräunlich?«

»Na ja, was heißt *Assistent*«, antwortet Markus schnell und fühlt sich sichtlich unwohl mit dieser Bezeichnung. »Nennen wir es lieber *Beraterstabsstelle*«, korrigiert er bestimmt. »Ich mache nicht irgendwelche Sekretärinnenjobs oder so.« Er lacht, als würde eine Sekretärin ihrem Chef per se nur die schmutzigen Socken hinterherräumen. »Nein, ich bin Bräunlichs rechte Hand. Der hat dringend eine abteilungsinterne *Kompetenz* gebraucht, bei der alle Daten und Prozesse zusammenlaufen, um daraus strategische Schlüsse und Empfehlungen entwickeln zu können – was ich übrigens gleich für ihn mitmache«, unterrichtet er mich wichtig. »Ich war schon länger mit ihm über diese Position im Gespräch, aber wir mussten erst noch mit dem Betriebsrat verhandeln, der lange darauf bestanden hatte, die Stelle offiziell auszuschreiben.« Er lacht selbstbewusst. »Dabei«, fügt er abfällig hinzu, »hätte diese Stelle *niemand* aus seiner Abteilung übernehmen können. Die nötigen Fachkenntnisse hat dort keiner. Außerdem nimmt sich der Betriebsrat bei so was immer viel zu wichtig.«

»Aha«, sage ich langsam. Mir geht eine ganze Reihe Abteilungskollegen – mich eingeschlossen – durch den Kopf, die durchaus in der Lage wären, Sachverhalte darzustellen und logische Schlüsse daraus zu ziehen. Wie oft haben wir Bräunlich neue Ideen und eigene Entwürfe vorgelegt, die er in den meisten Fällen keines Blickes gewürdigt hat. Wie wird es meinen Kollegen in den letzten Tagen ergangen sein, nachdem sie erfahren haben, dass hinter unserem Rücken eine derartige Position besetzt wurde, ohne einem von uns auch nur die Chance zu geben, sich darauf zu bewerben?

»Ja, das ist ja schön für dich«, sage ich und leere mein Glas. Ich habe keine Lust, mit Markus über seine selbstverliebte Art zu diskutieren. Ich weiß zu gut, dass es zu nichts führt und er bei Bedarf jeden Aspekt ins Gegenteil verdreht. »Dann«, sage ich und stehe auf, »sehen wir uns später im Hotelkonfi.« Ich wende mich zum Gehen.

»Ach, Annika«, ruft Markus mir hinterher. Unwirsch drehe ich mich um. »In diesem Zusammenhang: Reichst du mir bitte die Belege aller Ausgaben ein, die du hier vor Ort hattest? Bräunlich wünscht eine *upgedatete* Kostenübersicht des Projekts.«

Ich nicke kurz. »Gebe ich dir«, sage ich.

Der Konferenzraum des Hotels befindet sich in einem Erker im zweiten Stock. Von hier hat man einen wunderbaren Blick über die Bucht, in der ein paar kleine Jachten vor Anker liegen und in der Sonne vor sich hin schaukeln. Der Ausblick ist traumhaft.

Die Einblicke hier sind es weniger.

Ich habe mit Paula und Stefan Matzek bereits am runden Tisch Platz genommen und mich mit Wasser und Keksen versorgt, als die Tür schwungvoll geöffnet wird.

»Guten Tag zusammen«, ruft Bräunlich dynamisch.

Er hat ohne Zweifel keinen Durchfall. Schade.

Matzek stürzt geradezu von seinem Stuhl hoch und begrüßt erst Bräunlich und dann Markus überschwänglich, als seien sie alle drei alte Freunde. Nach den üblichen Erkundigungen über den Verlauf des Fluges, das Hotelzimmer und das generelle Befinden kommen wir zum Kern der Sache.

Mit einem Mausklick switcht Stefan den Desktop seines Computers über den Beamer auf die Leinwand.

Neugierig beuge ich mich vor. Ich finde es immer interessant, was die Leute so alles auf ihrem Desktop haben. Entweder Hunderte von wilden Dateien oder gar keine. Fotos vom eigenen Hund, Kind oder Partner, nur die geblümte Windows-Wiese oder, noch öder, eine einfarbige Fläche als Hintergrundbild.

Stefans Desktop ist erwartungsgemäß genauso aalglatt wie er selbst: Das Logo seines Unternehmens als Fond, dazu genau drei Icons in schnurgerader Ausrichtung: Internet, Netzwerk und Papierkorb.

Der Schnösel.

Ich hab's immer gewusst, aber Markus wird das gefallen. Verstohlen spähe ich zu ihm hinüber, wie er sich breitbeinig auf seinen Stuhl lümmelt und die Hände chefig hinter dem Kopf verschränkt hält. Stefan öffnet unterdessen eine Präsentation. Sofort erkenne ich das Foto der Eventanlage mit den vier Partyzelten, das Paula und ich am Freitagabend mit meiner Digicam geschossen haben.

»Um es gleich vorwegzunehmen«, startet Stefan seine Ausführungen mit einem Gewinnerlächeln, »Wir sind bereit!« Er deutet auf das Foto auf der Leinwand. »Stand der Dinge ist, dass alle Zelte aufgebaut, weitestgehend eingerichtet und technisch fertig ausgestattet sind.«

Er klickt zufrieden durch eine Reihe Fotos, die ich alle auch auf meiner eigenen Kamera hätte vorzeigen können. Er präsentiert die große Ausstellungsfläche, den Cateringbereich, jeden Winkel der Zelte von innen mit den Stehtischen, Theken und Messepflanzentöpfen und den Platz für die noch zu errichtende Showbühne.

»Ich habe dieser Tage von Livorno aus den Genehmigungsprozess bei der örtlichen Polizei vorangetrieben, morgen werden die Vorführwagen im Hafen ankommen, die ein Shuttle-Team von uns überführen wird. Außerdem reisen die Hostessen an, die wir briefen und einarbeiten werden.«

Was erzählt dieser Wichtigtuer da bitte schön für einen Quatsch? Rein *gar nichts* hat er gemacht!

»Das Catering übernimmt ein Hotel ganz in der Nähe, mit denen ich mich nach diesem Meeting noch mal persönlich zusammensetzen werde, um die letzten Details zu besprechen«, redet Stefan unterdessen ungerührt weiter.

Letzte Details besprechen, pah!

Die Speisenfolge steht seit Ewigkeiten fest. Paula hat bis zum Schluss wegen der Kosten mit denen gekämpft, und nun fährt Stefan offenbar nur noch mal hin, um sich durch eine *range* an edlen Häppchen zu futtern und seinen – wenn auch unnötigen – Segen zu geben. Was für ein aufgeblasener Gimpel.

Auch Paula zieht in diesem Moment die Brauen hoch und wirft mir einen kläglichen Blick zu. Ich zucke bloß die Schultern.

Bräunlich legt zufrieden den Kopf schief. »Prima«, sagt er bestens gelaunt, »sehr gut, Herr Matzek. Sie haben einen hervorragenden Job gemacht.« Stefan und Markus nicken. Der eine über sein, wie er wohl findet, verdientes Lob, der andere, weil er sowieso alles toll findet, was sein Chef sagt.

Interessiert betrachte ich meine Fingernägel. Wären mehr Frauen an der Macht, würde sicherlich jemand die selbstverständliche Frage stellen, wie jemand ein solches Event organisiert haben will, der noch nicht mal ein Geheimnis daraus macht, dass er erst vor wenigen Stunden angereist ist ... Aber bei dem hiesigen Testosteronspiegel sind Schlussfolgerungen dieser Art eher nicht zu erwarten.

Stattdessen folgt eine Aufstellung über Budget und bisherige Ausgaben der Dakar-Präsentation, die Stefan ausnahmsweise eigenständig zusammengeschustert hat. Dann kommt er langsam zum Ende seiner Ausführungen.

»Nun«, sagt er fröhlich, »kann ich Sie nur noch einladen, sich mit mir ins Auto zu setzen und an den Ort zu fahren, an dem in drei Tagen *die* Neuwagenpräsentation des *Jahrzehnts* starten wird!«

Ich schaue auf die Uhr. Pittalis wird schon warten, denke ich. Paula und ich haben ihn für sechzehn Uhr zum Gelände bestellt, um uns die Schlüssel zu übergeben und seine Arbeiten abzunehmen.

Wir erheben uns kollektiv, sammeln unsere Notizbücher, Mobiltelefone und Ordner zusammen. Während Stefan seinen Rechner runterfährt, reiche ich Markus eine Klarsichthülle mit den Belegen, die ich im Hotelzimmer eilig zusammengesammelt habe. Er steckt sie geschäftig in seine Mappe.

»Dann wollen wir uns die Party mal ansehen«, gibt er sich unternehmungslustig und wirft sich sein Jackett mit einer so gekonnten Geste über die Schulter, dass das Innenfutterschildchen des sündhaft teuren Herstellers deutlich zu erkennen ist.

Bräunlich zwinkert ihm verschwörerisch zu.

»Dann sind die Kerle über das Gelände gestiefelt, als gehöre das alles ihnen«, schimpfe ich. »Es hat keiner, ich betone, niemand, auch nur *gefragt*, wie die letzten Tage hier vor Ort gelaufen sind. Kein Wort mehr über die Schwierigkeiten mit den Genehmigungen, von denen eigentlich alle erfahren haben. Ich glaube, die haben Paula und mich gar nicht *wahrgenommen.*«

Riccardo füllt mein Glas mit Weißwein auf, spießt eine Garnele auf seine Gabel und kaut nachdenklich, während er den Blick über die Veranda des edlen und bestimmt viel zu teuren Restaurants schweifen lässt, in das wir uns für heute Abend verkrochen haben.

»Warum machst du diesen Job eigentlich?«, will er unvermittelt wissen.

»Hä?«

»Ja«, hakt Riccardo nach, »warum machst du das?«

»Weil ich diesen Job brauche?«, antworte ich mehr fragend als davon überzeugt. »Weil jeder einen Job braucht. Weil«, ich zögere, »jeder Job ein bisschen so ist und man das eben hinnehmen muss?« Ich merke, dass mich seine Frage aufregt. »Geht dir doch auch so, oder etwa nicht?«

Riccardo wiegt den Kopf. »Nö«, sagt er dann, »ich liebe meinen Job. Ich bin gerne in der freien Natur, lasse mir den Wind um die Ohren wehen, die Sonne, den Regen, fahre gerne durch die Gegend. Ich fühle mich in meinem Job nah am Leben, und ich mag meine Kollegen. Wenn dem nicht so wäre …«, er zögert und sucht nach Worten. »Wir Sarden sind da anders, weißt du. Wir sind nicht käuflich, wir haben eigentlich gar keine Lust zu arbeiten. Wir stellen uns zur Disposition, wenn es nicht anders geht, und notfalls kündigen wir eben.«

»Toll«, sage ich gereizt, »es scheint ja eine ganze Menge Sarden zu geben, die trotzig sind, so, wie eure Wirtschaft am Boden liegt.«

Riccardo grinst, legt seine Gabel auf den Tisch und nimmt meine Hand. »Nun werd nicht gleich sauer«, sagt er beschwichtigend, »ich bin nicht auf einen Kulturkampf aus. Ich will dir nur sagen, es gibt auch die Möglichkeit, dass einem sein Stolz wichtiger ist als alles andere. Das kann einem auch ein gutes Gefühl geben. Selbst bei einem kaum gefüllten Portemonnaie. Das ist etwas, das ich an den Sarden liebe. Auch wenn ich sie manchmal hasse – obwohl ich selbst einer bin.« Er schaut mich entwaffnend an.

Ich fixiere eine Nudel auf meinem Teller und suche nach Worten. »Ehrlich gesagt«, beginne ich, »habe ich diesen Job, weil ich Erfolg haben will. Ich möchte so etwas wie Karriere machen, verstehst du? Ich möchte gerne morgens ins Büro kommen, in dem meine Mitarbeiter auf mich warten, weil sie mich wichtige Dinge fragen wollen und meinen Rat brauchen. Ich will in diesem Unternehmen aufsteigen, Abteilungsleiterin werden und später vielleicht mal Bereichsleiterin, *als B zwanzig.*«

»Was ist denn B zwanzig?«, fragt Riccardo verständnislos.

»Ach, entschuldige, ich rede schon wie eine Betriebsblinde«, gebe ich zu. »Diese Daten sind die Gehaltsklassen bei GID. Die gehen von D eins für den untersten Aushilfsjob bis ganz nach oben zu A zwanzig. Ab Klasse B hast du ausgesorgt.«

»Du kennst die Gehaltsklassen deiner Kollegen?«, fragt Riccardo entgeistert.

»Klar«, antworte ich selbstverständlich, »Bräunlich liegt bei A zehn plus, meine Kollegen alle im C Zehner- bis Zwanziger-Bereich, sein blöder Assi inzwischen sicherlich bei B fünfzehn …«

»Sprecht ihr euch etwa auch so an? ›Hallo C fünfzehn, wie geht's dir heute so‹?«

Ich muss lachen. »Nee, so schlimm nicht. Aber klar«, gebe ich zu, »du weißt in den meisten Fällen, mit wem du es zu tun hast und wo derjenige im Unternehmen steht.«

»Das ist ja wie bei den Hühnern im Stall meiner Oma«, sagt Riccardo, »da kennt auch jedes Tier seinen Platz. Und wenn eines ausschert, hacken die anderen nach ihm.«

»Veralberst du mich jetzt?«

»Na ja, zumindest ein bisschen …«

»Bei uns wird nicht *gehackt.*« Ich richte mich resolut in meinem Sitz auf und argumentiere ebenso professionell wie die Personaltante aus der Abteilung *Human Resources and Development* bei GID. »Wir haben klare Zielvereinbarungsgespräche, in denen gemeinsam festgelegt wird, welche Aufgaben du in den nächsten Quartalen zu erfüllen hast. Außerdem gibt es Zielerreichungsgespräche, in denen man zusammen feststellt, welche

Kompetenzen du hast und wo du noch Schwächen aufweist. Am Ende steigst du entweder auf oder nicht.«

»Das findest du gut?« Riccardo hat das Besteck abgelegt und beide Hände hinter dem Kopf verschränkt.

»Ja«, verteidige ich mich, »so hat man einen klar abgesteckten Aufgabenbereich und weiß genau, was man zu tun hat.«

»Aber«, Riccardo blickt mich verständnislos an, »deine Arbeit wird am Ende offenbar nicht gewürdigt. Das ist doch das, was du mir gerade erzählt hast. Was du hier vor Ort geleistet hast, wird nicht einmal *gesehen*. Wie willst du denn da Karriere machen?«

Das saß.

Ich knibbele erschrocken an meinem Fingernagel. »Ich …« Darauf habe ich keine Antwort. Hastig trinke ich einen Schluck Wasser. »Es ist …«, starte ich erneut. »Ich glaube einfach fest daran, dass mein Chef eines Tages erkennt, was ich leiste.« Ich blicke ihn Hilfe suchend an.

Riccardo rückt mit seinem Stuhl über die Tischecke neben mich und nimmt mein Gesicht in beide Hände. »Das wünsche ich dir«, er streichelt mir sanft über die Wange, »ich will dir nur sagen: Wir kennen uns ja eigentlich erst seit ein paar Tagen, aber für mich bist du schon jetzt mehr als ein B irgendwas. Was dich ausmacht, ist deine Spontaneität, dieses Fröhliche, Unkomplizierte. Du bist für mich kein Mensch, dessen Wert man für die nächsten Quartale in Zielen feststecken kann.«

Er küsst mich.

Ich atme tief durch, vergrabe den Kopf an seinem Hals und lasse seine Worte nachklingen. Riccardo hat recht mit dem, was er da sagt. Aber irgendwie auch wieder nicht. Ich weiß es selbst nicht.

»Könnten wir«, frage ich, »als nächstes Ziel bitte feststecken, dass du heute Nacht bei mir bleibst?«

Riccardo nickt. »Mit dem größten Vergnügen«, sagt er, »dann zeige ich dir mal, was A zwanzig ist.«

15.

Die Vorbereitungen für den Dakar-Launch gehen in die letzte Runde. Die Arbeit ist derzeit unglaublich anstrengend. Schlag auf Schlag kommen neue Fragen und Aufgaben auf mich zu. Ich funktioniere wie fremdbestimmt und eile von einem Brennpunkt zum nächsten.

So gibt es zum Beispiel Probleme mit dem Zoll wegen der Autos im Hafen. Dann fallen Chauffeure unseres Shuttle-Dienstes aus, weil sie wegen erhöhten Mirtokonsums schon vor Monaten den Führerschein abgeben mussten, was sie jedoch niemandem gesagt haben. Einige Hostessen hingegen haben sich eine andere Frisur zugelegt, als im Screening gezeigt und von uns gewollt. Eine Automobilhostess muss einfach lange Haare haben, daran führt leider kein Weg vorbei.

So rufen Paula und ich uns eilige Dinge zu und hetzen hin und her.

Als hätte ich nicht schon genug zu tun, klingelt zwischendurch immer wieder mein Handy. Meist ist es Bräunlich, der offenbar gelangweilt im Hotel herumlungert und nicht recht weiß, was er jenseits der vier Wände seines grauen Büros mit sich anfangen soll. Ganz nach dem Motto »Ich telefoniere, also bin ich«, hält er mich daher mit seinen administrativen Fragen vom Feuerlöschen ab.

»Wo ist denn die Einkaufsausschreibung für die Messemöbel?«, will er zum Beispiel am Dienstagvormittag wissen.

Ich stehe im großen Festzelt und diskutiere gerade mit dem Bühnenbauer die Positionierung der beiden Personentreppen. »Die … was?«, frage ich kopflos und dirigiere zwei Arbeiter mit meiner Mappe in Richtung Bühnenhintergrund, damit sie die kleinere Treppe etwas weiter nach hinten rücken und dabei den Notausgang freilassen.

»Die Ausschreibung für die Messemöbel«, bellt Bräunlich gereizt, »Herrn Schrader liegt nur eine einzige Auftragsbestätigung vor, aber ich muss Ihnen ja wohl hoffentlich nicht erklären, dass Sie laut den Einkaufsbestimmungen der GID Company unterschiedliche Angebote hätten einholen und einreichen müssen.«

»Stopp, das reicht. Jetzt bitte wieder ein Stück vor!«, rufe ich den Arbeitern zu, die im Begriff sind, die Treppe irgendwo im Backstage-Bereich zu versenken.

»Die Einkaufsausschreibung«, stottere ich halbherzig. »Hören Sie, Herr Bräunlich, ich kann mich um den Papierkram gerade wirklich nicht kümmern, ich …«

»Papierkram?«, braust er auf. »Frau Herrmann, Sie verkennen mal wieder die Prioritäten. Ich habe darauf keine Lust mehr! Finden Sie sich bitte heute Nachmittag bei Schrader im Hotel ein, und klären Sie die Sache mit ihm. Immerhin geht es um dreißigtausend Euro. Zahlen Sie die etwa aus der Portokasse?«

»Okay«, antworte ich entnervt, »ich kümmere mich darum.«

Wir legen auf.

Paula kommt auf mich zugelaufen. »Es gibt Probleme

mit der Stromversorgung«, informiert sie mich. »So, wie ich Pittalis und seine Männer verstanden habe, sind sie gerade dabei, eine weitere Leitung samt Generator aufzutreiben. Was die Generatoren rauspusten, reicht offenbar doch nicht für das, was wir hier aufgebaut haben. Es könnte sonst passieren, dass wir hier übermorgen ohne Klimaanlage bei lauwarmem Prosecco sitzen.«

»Das sind ja wieder neue Kosten«, sage ich und reibe mir müde mit der Hand über die Stirn. »Diesen Zusatzeinkauf müsste ich nach den GID-Einkaufsbestimmungen ausschreiben.«

»Wie bitte?«, fragt Paula.

»Ach, nichts«, antworte ich. Mein Handy fiept. Markus hat mir über Outlook eine Terminanfrage zur »Besprechung der offenen Kostenpunkte« geschickt. In anderthalb Stunden.

Als hätte ich nichts Besseres zu tun …

»Sämtliche Anschaffungen, bei denen noch Klärungsbedarf herrscht, habe ich hier aufgelistet«, unterrichtet mich Markus kurz darauf am Flipchart des Konferenzraumes des Hotels. Die paar Zeilen, die er darauf gekritzelt hat, hätten auch mühelos auf ein Post-it gepasst, jedoch wäre er sich damit sicherlich nicht so toll vorgekommen, wie er sich derzeit offenbar fühlt. Bestimmt haben ihm seine Karriere-Coachs beigebracht, Anschuldigungen ausschließlich im Stehen vorzutragen, damit die sitzenden Sündenböcke zu ihm aufschauen müssen.

Ich beuge mich vor und versuche einerseits, das Geschmiere seiner grauenhaften Schrift zu entziffern, andererseits die blendenden Sonnenstrahlen zu überlisten. Strategisch günstig hat Markus das Flipchart direkt vor dem Fenster platziert.

»Das sind vor allem Posten, die in den letzten Tagen angefallen sind, wenn wir gemerkt haben, dass noch etwas fehlte«, erkläre ich ihm. »Was die Messemöbel betrifft: Der Lieferant hat letzten Monat pleite gemacht, weshalb wir ganz schnell einen neuen auftreiben mussten.«

»Wo sind die dazugehörigen Ausschreibungsunterlagen abgelegt?«, fragt Markus in einem Ton, in dem sich Mütter bei ihren Kleinkindern nach dem Verbleib der Kekse vom Couchtisch erkundigen.

»Markus, die gibt es nicht«, ereifere ich mich. »Wann und wie hätten wir in solch eiligen Fällen bitte drei Vergleichsangebote einholen und prüfen sollen?«

»Das ist dein Job, Annika.« Er setzt sich auf einen Stuhl und legt die Fingerspitzen aneinander. »*Dein* Job ist es, deine Projekte verantwortungsvoll abzuwickeln. *Mein* Job ist es, diese Vorgänge zu prüfen, bevor uns die interne Revision auf die Finger haut.«

Er lehnt sich gemütlich zurück und schaut mich auffordernd an. Ich kenne seine Haltung dazu, er hat sie mir oft genug dargelegt. Wenn man über lange Zeit die Zahlen und Daten der Kollegen kontrolliert, fühlt man sich irgendwann wie Big Brother, dessen Geschwister übermütig über den Hof tollen, während am Ende des Tages alle Fäden in Form von Konten und Rechnungen wieder bei ihm zusammenlaufen. Ihm entgeht nichts, egal wie man es dreht und wendet. Wenn der Controller eine Frage stellt, endet man irgendwann ganz klein mit

Hut vor seinem verdammten Flipchart. Was davor gelaufen ist, interessiert dann keinen mehr.

Ich stütze die Unterarme auf dem Tisch auf. »*Mein* Job ist es, dieses Event zum Laufen zu bringen«, sage ich bestimmt. »Wenn wir hier plötzlich ohne Strom auf Orangenkisten sitzen und in die Luft gucken, weil auch keine Autos angekommen sind, möchte ich euch mal erleben.« Ich hebe provokant die Augenbrauen.

Sein Gesichtsausdruck wird plötzlich weicher. »Ich verstehe dich ja, Annika«, sendet er pädagogisch wertvolle Ich-Botschaften, was ihm bestimmt ebenfalls seine Coachs beigebracht haben. »Wir wollen letzten Endes alle nur das Beste für den Erfolg von GID. Lass uns versuchen, eine Lösung für diese Fragen herbeizuführen, und uns in den nächsten Tagen noch mal dazu zusammensetzen, wenn das Event erst einmal angelaufen ist und du etwas mehr Zeit für solche Dinge hast.«

»Okay«, antworte ich zaghaft und mustere ihn prüfend.

»Fein.« Markus klatscht beschwingt in die Hände und schenkt sich noch einen grünen Tee aus der vor ihm stehenden Thermoskanne nach. »Und sonst so, Annika, wie geht es dir?«

»Gut, danke«, gebe ich weiterhin reserviert zurück. Worauf will er denn jetzt hinaus?

»Das habe ich gestern Abend gesehen, als du mit einem Typen durch die Hotelhalle geschlendert bist«, sagt er in gewollt neutralem Ton.

»Das ist meine Privatsache«, wiegele ich ab. Ich hätte schwören können, die Lobby war gestern menschenleer …

»Aber, Annika, mir kannst du das ruhig erzählen. Wir sind doch jetzt Freunde, nachdem uns …«, er sucht kurz nach Worten, »nachdem uns so lange so viel verbunden hat.«

Unwillkürlich muss ich an unsere gemeinsamen Frühstücke denken, bei denen er abwechselnd die Zeitung oder die Morgennachrichten im Fernsehen fixiert hat. Wie er vor dem Kleiderschrank stand und seine Kleidung akkurat auf Bügel hängte, bevor er ins Bett stieg. Oder wie er vorwurfsvoll in der Küche hinter mir her wischte, während ich für uns kochte. Uns hat ja ach so viel verbunden …

Warum denke ich ausgerechnet jetzt daran?

Ich richte mich auf. »Na gut«, willige ich in sein Angebot zum Burgfrieden ein, »lass uns das so machen. Wir sprechen über diese Sache, sobald es etwas ruhiger geworden ist.

16.

Am nächsten Morgen sitze ich mit der Chefhostess Maja in meinem neuen Büroverschlag gleich neben der Cateringküche im Hauptzelt und gehe die letzten Details für den Start des Events am nächsten Tag durch. Zu meiner Überraschung serviert sie mir bereits vor Beginn der Veranstaltung im Namen ihres gesamten Teams die üblichen Beschwerden über zu enge Schuhe und ein zu anzügliches Messe-Outfit. Normalerweise kommen die Damen mit so etwas erst am zweiten oder dritten Eventtag an. Routineartig schmettere ich ihre Nörgeleien ab, verbiete das Tragen von Sandalen und mahne schon heute zu Höflichkeit gegenüber den noch nicht einmal eingetroffenen Gästen.

»Uneingeschränkte Freundlichkeit auch gegenüber denjenigen, denen das Hostess-Outfit gegebenenfalls zum Anfassen gut gefällt. Dafür werdet ihr gut bezahlt«, füge ich hinzu.

Maja zieht einen Flunsch und verschränkt beleidigt die Arme vor der Brust.

»Was ist?«, frage ich unwirsch. »Wir prostituieren uns alle in unseren Jobs, egal was wir tun. Da müssen auch du und deine Kolleginnen durch.«

Ich stecke mir einen der frisch gebackenen, riesengroßen Mandel-Amarettini in den Mund, die der Caterer bereits heute angeliefert hat, und gebe ihr zu verstehen, dass die Diskussion hiermit für mich beendet ist. Maja stapft trotzig hinaus. In der Tür stößt sie fast mit Paula zusammen, die auf dem Weg zu mir ist.

»Was hat die denn?«, will Paula verblüfft wissen.

»Das Übliche«, brumme ich zurück, »der Kampf der Hostessen für bessere Arbeitsbedingungen.«

»Jetzt schon?«

»Ja, das Outfit ist den Damen nicht genehm.«

»Dabei lassen wir sie dieses Mal gar nicht in Bikinis herumlaufen wie auf der letzten IAA«, wundert sich Paula. »So schick in rückenfreien Overalls – da sollen die sich mal nicht beschweren.«

»Genau der freie Rücken ist wohl das Problem«, erläutere ich. »Die Damen befürchten, dass das zum Handauflegen einladen wird.«

»Ja, aber dafür ist ihr Stundenlohn außerordentlich hoch«, winkt Paula ab.

»Habe ich ihr auch gesagt. Die Kröte musste sie schlucken, aber hassen werden sie mich trotzdem dafür.«

»Sag ihr doch das nächste Mal, du würdest dich hinsetzen und neue Uniformen für die Hostessen nähen. Vielleicht bist du gegen Weihnachten fertig damit.« Paula lässt sich auf einen Stuhl fallen und verzieht das Gesicht.

»Super Idee, das mache ich«, lache ich, klicke auf meinem Laptop ein Fenster zu und schiebe die Maus beiseite. »Sonst alles okay bei dir?«, frage ich Paula, die mich angespannt anstarrt.

»Nee.« Sie rutscht auf dem Stuhl herum, offenbar noch auf der Suche nach einer angenehmen Sitzposition.

»Gibt es Probleme mit dem neuen Generator?«

»Nein, was das Event betrifft, ist alles im Fluss«, sagt sie wieder in leicht gequältem Tonfall.

»Was hast du denn dann? Etwa auch zu enge Schuhe?«

»Wenn's nur das wäre«, jault sie nun und lässt sich langsam, die Hände fest um die Stuhllehne gekrallt, im Sitz zurückgleiten.

Ich schaue sie neugierig an.

»Es ist …«, beginnt sie zögernd.

»Hm?«

…

Ich ziehe fragend die Augenbrauen hoch.

»Mich juckt's«, seufzt sie endlich jämmerlich.

»Tigermücken?«, nicke ich verständnisvoll. »Diese Biester fressen mich auch auf.«

»Nein, keine Tigermücken«, jault sie, »der Russe!«

Der Russe? Was hat denn so ein Dimitri mit deinem Juckreiz zu tun? Mein Hirn kombiniert mühsam. »Ach, du Schande«, sage ich, als es bei mir Klick macht. »Wirklich?«

Paula nickt verzweifelt.

Ich starre sie mit offenem Mund an.

Iwan der Schreckliche! Oder wie immer er heißen mag.

»Habt Ihr etwa kein Kondom benutzt?«

»Nein, wir hatten keins«, haucht Paula. »Ihr etwa?« Sie schaut leicht provokant zurück und muss trotz allem grinsen.

Ich weiche ihrem Blick aus. »Um mich geht es gerade nicht«, murmele ich.

Paula stützt sich mit dem Ellenbogen auf dem Tisch

auf und legt die Hand vors Gesicht. »Was soll ich denn jetzt bloß machen?«, wispert sie. »Annika, ich hatte noch nie solche Schmerzen. Ich kann nachts nicht mehr schlafen.«

»Du musst zum Arzt gehen. Am besten sofort. Wer weiß, was du dir da eingefangen hast.«

»Ich traue mich nicht«, heult sie auf.

»Wie, du traust dich nicht?«, frage ich ungläubig. »Du bist doch sonst nicht so schüchtern.«

Paula zögert. »Ich habe gegoogelt, was das sein könnte, und in einem Chat gelesen, das meine Symptome auf Syphilis zutreffen.«

»Uh«, sage ich, »und dann?«

»Das ist mel-de-pflich-tig«, verkündet sie bedeutungsvoll.

»Meldepflichtig? Was bedeutet das denn?«

»Keine Ahnung«, ruft Paula angstvoll. »Wahrscheinlich rufen die Ärzte irgendwo an, und dann komme ich in Quarantäne oder so. Was weiß ich!« Sie sackt verzweifelt in sich zusammen, um sich sofort wieder mit schmerzverzerrtem Gesicht aufzurichten.

»Und nun?«, frage ich.

»Kannst du bitte mitkommen?«, fragt sie kleinlaut.

»Einen Tag vor dem Event? *Never ever!*«, rufe ich. »Wir können uns doch nicht beide vom Ort des Geschehens verdrücken.«

»Bitte, ich flehe dich an, ich habe solche Angst.« Paula ist den Tränen nahe.

Ich verschränke die Arme vor der Brust und denke nach. »Was macht denn deine Hostessenschulung?«, will ich wissen.

»Ist abgeschlossen, nur heute Abend ist noch mal eine Generalprobe vor Ort«, flüstert Paula.

»Und die Abnahme der Technik?«, frage ich.

»Habe ich gerade eben zusammen mit Stefan absolviert«, lautet die Antwort.

Ich schaue auf die Uhr. Es ist kurz nach neun. Wenn wir jetzt schnell zum Krankenhaus fahren, sind wir vielleicht mittags wieder hier, ohne dass jemand groß mitbekommt, dass wir ausgefallen sind, überlege ich. Mails und Anrufe kann ich auch von unterwegs beantworten.

»Ist gut«, gebe ich mich geschlagen, »ich komme mit dir. Lass uns einen Vorführwagen vom Gelände vorne nehmen, dann können wir später notfalls sagen, wir hätten eine Produktschulung gemacht.«

Das Krankenhaus von Olbia erscheint auf den ersten Blick funkelnagelneu und überraschend modern. Ich melde Paula an der Rezeption an und werde nach oben in die *ginecologia* geschickt.

Hier sind in vier Reihen hintereinander die typisch sardischen Plastikstühle aufgestellt, auf denen rund zwanzig Menschen, die meisten davon Frauen, sitzen und uns anstarren, als wären wir im Theater und Paula und ich die Darsteller. Zwei hochschwangere Frauen in ausgeleierten Jogginghosen laufen auf und ab. Unter dem Blick von geschätzten vierzig Augenpaaren setzen wir uns in die letzte Reihe.

»Wann komme ich wohl dran?«, zischt Paula nervös. »Muss ich diese Massen hier alle abwarten?«

»Keine Ahnung.« Ich zucke mit den Schultern. »Die

werden hier ja wohl mehr als einen Arzt haben. Vielleicht geht es ja ganz schnell«, füge ich wenig überzeugt hinzu und scrolle auf meinem Handy herum. Überraschenderweise passiert heute früh recht wenig. Nur die Presseabteilung in der Zentrale in Deutschland rotiert heute und setzt mich bei der Abstimmung ihrer wichtigen Pressemeldungen über die Diskussion um jedes einzelne Komma in Kopie. Nichts, worauf ich reagieren muss, stelle ich erleichtert fest.

Paula seufzt, beugt sich nach vorne, jault auf, rutscht etwas hin und her, schlägt die Beine übereinander und verharrt schließlich in einer Art Liegeposition.

Vor uns stöhnt eine Frau laut auf und krümmt sich. Der Mann neben ihr streichelt ihr den Rücken und flüstert auf sie ein. Die Frau nickt und atmet schwer und laut durch den Mund aus.

»Kriegt die etwa ein Kind?«, flüstert Paula verblüfft.

Wir versuchen beide durch die Stuhlreihen einen Blick auf ihren Bauch zu erhaschen. In diesem Moment steht die Frau auf, legt beide Hände ins Kreuz und beugt sich nach hinten.

»Die hat Wehen«, stottere ich fassungslos.

»Was hat die? Und dann steht die hier und wartet auf den Bus, oder was?«, gibt Paula ungläubig zurück.

Mein Blick wandert zu den anderen beiden Schwangeren, die auf dem Gang auf und ab spazieren. Eine von ihnen spitzt gerade die Lippen und atmet ebenfalls hörbar aus. Keine Frage: Die drei *warten* nicht auf ihr Baby – die Kleinen haben sich bereits auf den Weg gemacht.

In diesem Moment geht eine Schwingtür schräg gegenüber unserer riesigen Sitzgemeinschaft auf, und eine in Blau gekleidete Krankenschwester tritt heraus.

»Signora Sanna!«, bellt sie und guckt desinteressiert geradeaus.

Eine der umherspazierenden Schwangeren kommt in Bewegung. Ein Mann in der zweiten Reihe packt hastig ein paar Taschen zusammen und stolpert hinter seiner Frau und der Krankenschwester her.

»Signora Sanna, *werfen* bitte«, sage ich leise. »Na, dann guten Rutsch.«

Paula lacht fassungslos. »Die lassen die Gebärenden erst mal genüsslich im Wartezimmer Platz nehmen?«

»Scheint mir so«, erwidere ich nicht minder entsetzt.

Wieder geht die Schwingtür auf, eine andere Krankenschwester erscheint.

»Puddu, Fresu, Degortes!«, bellt sie.

Die beiden anderen Schwangeren sowie eine dritte Frau, die bisher unbemerkt und stumm dagesessen hat, marschieren ihr ergeben hinterher.

Ich bin jetzt ernsthaft erschrocken.

»Was geht denn bitte hier ab?« Paula scheint die Sache ähnlich zu sehen wie ich.

»Vielleicht werden die danach bezahlt, wie lange eine Geburt dauert, weshalb sich die Damen schon gleich am Eingang verkrampfen sollen?«, überlege ich zynisch.

»Annika, mir geht es wirklich schlecht. Ich brauche einen guten Arzt«, flüstert Paula jämmerlich. »Was ist das denn hier für ein Schlachthaus?«

»Es ist nicht gesagt, dass die Ärzte hier schlecht sind«, versuche ich sie zu beruhigen. Aber ganz wohl ist mir bei der Sache nun auch nicht mehr.

Nach fast zwei Stunden, die wir uns so produktiv wie möglich mit Anrufen von Pittalis, Stefan und Co. um die Ohren geschlagen haben, ertönt das erlösende Bellen auch für uns.

»Paula *Stalle*«, ruft eine Schwester kaum verständlich Paulas Namen auf.

Paula, die die letzte Stunde unruhig umhergewandert ist, weil sie nicht mehr sitzen konnte, setzt sich ähnlich ergeben in Bewegung wie all die anderen Frauen, die wir zuvor durch die Schwingtür haben gehen sehen.

Warten macht demütig.

Die Schwester führt uns in ein Behandlungszimmer mit einer Liege, einem Paravent, einem Tischchen samt medizinischen Utensilien und einem großen Karton, der offenbar als Papierkorb dient. An einem winzigen Schreibtisch direkt neben der Tür sitzt eine Frau an einem Computer und hackt hektisch auf der Tastatur herum.

»*Prego* – bitte.« Sie deutet auf zwei Stühle neben ihr, haut auf die Returntaste ihres Rechners und wendet sich uns zu. Dabei blickt sie fragend von einer zur nächsten.

»Ich … ähm«, beginnt Paula, »habe ein Problem. Da unten.«

»Was für ein Problem?«, unterbricht die Ärztin sie scharf. Unklares Gestotter scheint ihr ein Gräuel zu sein.

»Ich habe starke Schmerzen und Juckreiz.«

»Bitte einmal untenrum freimachen.« Die Ärztin deutet auf den Paravent und tippt wieder ein paar Buchstaben in ihren Rechner.

Paula verschwindet zögernd hinter der provisorischen

Umkleidekabine. »Wehe, du guckst!«, zischt sie mir hinter dem Vorhang zu.

»Ich gucke nicht«, verteidige ich mich. »Versprochen.«

»Ich komme jetzt raus«, sie hört sich geradezu wütend an, »und du schaust aus dem Fenster, okay?«, befiehlt sie.

Ich drehe meinen Stuhl so, dass ich mit dem Rücken zur Liege sitze. Hinter mir höre ich Paula rascheln und auf die Liege steigen, während ihr die Krankenschwester Anweisungen gibt, wo sie mit Füßen und Po und überhaupt hinzurutschen hat.

Paula flucht leise.

Unterdessen beobachte ich verstohlen die Ärztin an ihrem Schreibtisch, die mich mit ihrem Getippe ganz nervös macht und eine gereizte Stimmung verbreitet. Sie ist ein paar Jahre älter als wir, vielleicht Ende dreißig, Anfang vierzig. Ihren Arztkittel hat sie offen gelassen, darunter trägt sie eine grellgelbe Bluse aus Chiffon, eine königsblaue Röhrenjeans und dazu Ballerinas. Aus der Tasche ihres Arztkittels baumelt eine kleine Hello Kitty an einem Bändchen als Handyanhänger.

Hastig sucht sie ein paar Unterlagen zusammen, wirft einen schnellen Blick darauf und steht dann geräuschvoll auf, um sich um Paula zu kümmern.

»Also«, höre ich sie sagen, »was haben Sie denn genau?«

Paula erklärt der Ärztin ihre Beschwerden.

»*Va bene, vediamo* – also gut, dann wollen wir mal nachsehen«, lautet die klassische Ärzteantwort. Ich höre das Rascheln einer Tüte und das Geklapper von Instrumenten, danach ein paar Sekunden der Stille.

»Hatten Sie ungeschützten Verkehr?«, fragt sie.

»Hm, ja«, höre ich Paula kleinlaut antworten.

Ich auch, denke ich ebenso kleinlaut. Hoffentlich passiert da nichts, geht es mir erstmalig durch den Kopf.

»Haben Sie das auch am Mund?«, fragt die Ärztin weiter.

Ich zucke zusammen.

»Waas? Nein, verdammt! Sagen Sie mal, was fällt Ihnen ein«, regt Paula sich hinter mir auf.

»Paula, sie muss das doch fragen.« Irritiert über ihren Wutausbruch drehe ich mich zu ihr um.

»Weggucken!«

Ach ja. Schnell drehe ich mich wieder weg.

Paula ist im Gegensatz zu mir nicht von ihrer Waxing-Kosmetikerin versetzt worden, ärgere ich mich. Währenddessen steht die junge Ärztin mit verschränkten Armen vor uns und beobachtet uns sichtlich genervt. In diesem Moment klingelt es in ihrer Kitteltasche, und die Hello Kitty schüttelt sich. Ohne zu zögern zieht sie ein Handy hervor und klappt es auf.

»*Pronto?*«, fragt sie. »*Ciao, mamma, come stai* – hallo, Mama, wie geht's?

Höre ich richtig?

»Was ist denn jetzt?«, sagt Paula hinter mir.

»Oh, wirklich, hast du die gesehen?«, plaudert die Ärztin fröhlich weiter und ist mit einem Mal wie ausgewechselt. »Und? War sie eine hübsche Braut?«

Wir vernehmen eine angeregte weibliche Plapperstimme am anderen Ende der Leitung. Die Krankenschwester lehnt sich mir gegenüber gleichmütig an die Wand und blickt unbeteiligt aus dem Fenster.

»*Che bello* – wie schön. Und wie geht es Papa?«

»Verstehe ich das gerade richtig, dass die sich nach ihrem Vater erkundigt?«, fragt Paula erzürnt hinter mir. Sie liegt anscheinend immer noch ausgebreitet auf der Liege, die Arme.

Ich nicke unmerklich und blicke Hilfe suchend zu der Krankenschwester hinüber, die mich jedoch nicht beachtet. Sind wir hier im falschen Film?

»Na dann«, plaudert die Göttin in Weiß unterdessen weiter. »Dann grüß alle schön von mir. *Un bacione a tutti* – einen dicken Kuss für alle. *Ciao, ciao.*« Sie drückt eine Taste, lässt ihr Handy wieder in ihrer Tasche verschwinden und wendet sich ihrer Patientin zu, als wäre nichts gewesen.

»Also, haben Sie das auch am Mund?«, fragt sie Paula stoisch, als hätte es nie eine Unterbrechung gegeben.

»Nein«, knurrt die zurück.

Die Ärztin nickt. »Sie können sich wieder anziehen«, informiert sie Paula, setzt sich zurück an ihren Schreibtisch und kritzelt ein paar Notizen auf einen Block. Dann holt sie einen Stempel hervor, lässt ihn geräuschvoll auf das Blatt knallen und reicht ihr den Zettel. »Sie haben einen schweren Genitalherpes Simplex. Dies ist ein Rezept für Aciclovir-Tabletten. Bitte einmal am Tag einnehmen. Dazu verschreibe ich Ihnen ein Schmerzmittel. Die Handtücher bitte täglich wechseln, die Wäsche am besten bei neunzig Grad waschen. Falls die Beschwerden doch noch am Mund auftreten sollten, stellen Sie sich hier bitte erneut vor.«

Sie steht auf. Wir sind entlassen.

Kurz darauf kommt Paula angezogen hinter dem

Paravent hervor. »Gott sei Dank nichts Meldepflichtiges«, ächzt sie erleichtert.

»Genau, nur eine kleine Wladimir-Krätze«, spotte ich und stehe auf. »Komm, bloß raus hier.«

17.

Es ist bereits beste Mittagessenszeit, als wir endlich wieder vor dem Krankhaus am Auto stehen.

»Wir haben Glück«, sage ich und blicke mit gerunzelter Stirn auf die Uhr, »dass die Apotheken noch geöffnet haben. Lass uns gleich eine suchen.«

Wir steigen ins Auto, Paula fährt, und wir kurven zurück ins Stadtzentrum von Olbia. Kurz darauf haben wir eine *farmacia* gefunden, vor der ähnlich reges Treiben herrscht wie vor einer alkoholausschenkenden Tankstelle samstagnachts um eins.

»Hier werden wir ewig anstehen müssen«, seufze ich.

Während Paula in dritter Reihe mit eingeschalteter Warnblinkanlage und laufendem Motor auf der Straße stehen bleibt, entledige ich mich meines Sicherheitsgurtes.

»Was ist?«, frage ich Paula, die in Warteposition in ihrem tief herabgelassenen Autositz liegt und mich erwartungsvoll anschaut.

Sie zuckt die Schultern. »Es gibt hier keinen Parkplatz, ich muss im Auto sitzen bleiben«, informiert sie mich gelassen.

»Du meinst, ich …« Ich starre sie ungläubig an. »Ich soll in die Apotheke gehen und nach dem Anti-Wladimir-Mittel fragen?« Das ist ja wohl absurd.

»Wieso *fragen?*« Paula klingt lehrerinnenhaft. »Du

legst das Rezept auf den Tresen und schweigst. Wo ist das Problem?«

Ich stöhne ergeben, steige aus und betrete wenige Schritte später die hoffnungslos überfüllte Apotheke. Mindestens zwanzig Menschen, alte Kranke und schreiende Kinder, drängeln sich in dem viel zu kleinen Vorraum, an dessen Decke die allmächtige Nummerntafel angebracht ist, auf der gerade die Zahl zweiundfünfzig blinkt.

»Numero cinquantadue?«, brüllt eine resolute Dame im weißen Kittel hinter dem Tresen und drückt, als keiner reagiert, kurzentschlossen die nächste Nummer.

Nummer dreiundfünfzig. Eine kurzatmige junge Mutter mit einem Säugling im Arm und einem kleinen Jungen an der Hand schiebt sich umständlich zum Tresen.

Ich sehe mich nach der Nummernausgabe um und fingere bereits in meiner Handtasche nach meinem Handy, um mir zum Zeitvertreib Tetris aufzurufen, als ein Herr aus den Tiefen der Apotheke auftaucht, mich sieht und mich mit einem freundlichen »*Prego, signorina, che desidera* – junge Frau, was wünschen Sie?« quer durch den Vorraum anspricht.

Ich erstarre.

Die Masse der Menschen teilt sich und blickt mich ebenfalls erwartungsvoll an.

»Ich«, stammele ich, »bin als Letzte gekommen, ich habe noch nicht mal eine Nummer gezogen«, versuche ich, Zeit zu gewinnen.

»Kein Problem, *signorina*«, sagt der Apotheker freundlich, »die Herrschaften hier warten alle auf Spezialmischungen. Wie kann ich Ihnen helfen?«

Mein Gesicht wird heiß.

Umständlich fingere ich Paulas Rezept aus der Tasche und reiche es dem Apotheker. Der studiert das Rezept mit regloser Miene. »Zenia, wo haben wir das Aciclovir liegen?«, fragt er dann seine Kollegin.

Die blickt auf und verzieht nachdenklich den Mund. »Ich glaube, dort hinten im Schrank ganz rechts, Giulio«, sagt sie dann. »Im zweiten Fach von links müsste noch eine Packung liegen.«

Mir bricht der Schweiß aus.

»Ich hoffe, dass ich das Schmerzmittel auch als Zäpfchen dahabe, *signorina*«, sagt der Apotheker freundlich. »Eventuell müsste ich sie bestellen. Aber keine Sorge«, fügt er hinzu, als er mein gequältes Gesicht bemerkt, »heute Nachmittag wären sie schon da.«

»Es ist nicht für mich«, sage ich leise in den stillen Apothekenraum hinein und muss schlucken, »sondern für meine Freundin.«

Der Mann nickt verständnisvoll und verschwindet im hinteren Teil der Apotheke, von wo er hergekommen war. Ich schnappe nach Luft und blicke mich unauffällig um. Die alte Dame neben mir lächelt mich freundlich an. Die junge Mutter am Tresen weist ihr Kind zurecht, das gerade damit begonnen hat, einen Spender mit Cremetuben auszuräumen. Die Hälfte der Tuben liegt bereits am Boden, und die arme Frau mit dem Baby im Arm beginnt hektisch, sie aufzusammeln.

Bevor ich ihr zu Hilfe eilen kann, klingelt zu allem Überfluss auch noch mein Handy. Es ist Bräunlich, wie ich auf dem Display erkennen kann. Mir bleibt wirklich nichts erspart. Da muss ich rangehen.

»Guten Tag, Herr Bräunlich«, flüstere ich artig.

»Frau Herrmann, wo stecken Sie eigentlich?«, zischt mein Chef grußlos und erbost ins Telefon.

»Kurz im Hotel, um ein paar Unterlagen zu holen«, pokere ich, in der Hoffnung, dass er mich gerade auf dem Eventgelände sucht.

»Dieses Mal sind Sie zu weit gegangen, Frau Herrmann«, meckert Bräunlich unvermittelt los.

Ad hoc gefriert mir das Blut in den Adern, meint er, dass ich die Arbeit schwänze? »Zu weit gegangen?«, frage ich vorsichtig nach. »Was ist denn passiert?«

»Das wissen Sie ganz genau!«, schnauzt er. »Zum Glück hat Herr Schrader mir diese Ungeheuerlichkeit vorgelegt!«

Hat Markus mich mit Paula wegfahren sehen, oder was?

Der Apotheker kommt aus seinem Verschlag zurück und legt zwei Päckchen auf dem Tresen ab.

»Herr Bräunlich, ich weiß beim besten Willen nicht, was Sie meinen«, antworte ich, während ich mein Handy mit zitternden Fingern ans Ohr presse.

»Zweihundertfünfundzwanzigtausend Euro für Speditionskosten bei irgendeinem Transportunternehmen«, schreit Herr Bräunlich nun in den Hörer, »das ist *non compliance at its best*!«, brüllt er weiter. »Haben Sie schon mal was von Rahmenverträgen und Lieferantenabkommen gehört, hä? Hä?«, fragt er provokant.

»Haben Sie das auch am Mund?«, fragt mich der Apotheker.

Ich starre ihn entsetzt an. *»No«*, wispere ich tonlos, *»non è per me* – es ist nicht für mich.«

Der Apotheker nickt und scannt die Packung an der Kasse ab.

»*No*, hä?«, brüllt Bräunlich weiter, »die Regeln bei GID sind Ihnen wohl alle nicht bekannt? Bin ich hier im Kindergarten, oder was?«

Ich schließe die Augen. Passenderweise fängt das Baby neben mir ebenfalls an zu brüllen.

»Das macht dann achtundzwanzig Euro zehn, bitte«, sagt der Apotheker ruhig und wickelt die Packungen auf dem Tresen umständlich in ein Stück diskretes Papier.

»Herr Bräunlich«, stottere ich panisch, während ich einen Geldschein aus dem Portemonnaie hervorhole und ihn dem Apotheker reiche, »ich kann dazu ad hoc nicht ausführlich Stellung nehmen, aber dieser Spediteur wurde uns empfohlen, weil er sich in Sardinien und mit den Gegebenheiten vor Ort am besten auskennt.«

»Wir haben ein Rah-men-ab-kom-men mit Schleyer Logistics, verdammt noch mal!« Bräunlichs Aufgebrachtheit will und will nicht abebben. »Seit über sieben Jahren. Es gibt langfristige *Verträge* und dadurch *Kostenvorteile*, falls Sie überhaupt wissen, was das ist!«

»Einundzwanzig Euro und neunzig Cent zurück, *signorina. Ecco qua* – bitte sehr. Möchten Sie eine Tüte?«

Ich schüttele den Kopf, greife nach dem Päckchen auf dem Tresen und schiebe mich fluchtartig durch die Menschenmenge in Richtung Ausgang. Eine Dame tritt zur Seite, nickt mir zum Gruß zu und taxiert mich aufmerksam. Ich nicke zurück und reiße die Apothekentür auf.

Kennt die mich etwa? Habe ich ihr Gesicht schon mal irgendwo gesehen? Vielleicht bei meinen gefühlt eintausend Besuchen in verschiedenen Rathäusern und Behörden? Was weiß ich.

»Soweit ich mich erinnere, Herr Bräunlich«, widme ich mich nun wieder meinem wildgewordenen Chef und lasse die Tür hinter mir ins Schloss fallen, »hat *Soru Trasporti* einen deutlich besseren Eindruck gemacht und schien mir eher in der Lage, uns jene Anlieferung in Etappen zu gewähren, die wir hier vor Ort für den Aufbau brauchen.«

»Einen besseren Eindruck gemacht? Sind wir hier beim Online-Dating, oder was?«, motzt mein Chef böse.

Wow, so was kennt der?

»Netter Versuch, Frau Herrmann«, fährt Bräunlich fort, »aber damit kommen Sie nicht durch! Das werden Sie uns zu erklären haben, und zwar zusammen mit den anderen offenen Fragen, die Herr Schrader immer noch an Sie hat. Guten Tag!« Er legt auf.

Mit klammen Fingen stecke ich das Handy zurück in die Tasche, lasse mich wie angeschossen auf die Treppenstufen vor der Apotheke sinken und fahre mir erschöpft mit beiden Händen übers Gesicht.

Paula kommt aus dem Auto herbeigerannt. »Annika, was ist denn los?«, fragt sie erschrocken. »Haben die das Mittel etwa nicht vorrätig?«

»Wie *konntest* du nur?«, brülle ich Markus an und knalle mit Elan die Tür des Konferenzraumes hinter mir zu, durch die ich gerade hereingestürmt bin. Zu meiner Befriedigung zuckt er erschrocken zusammen. »Wieso gibst du Bräunlich einfach einen Beleg weiter, ohne mich vorher zu fragen, wenn es Unklarheiten gibt?«

Ich werfe meine Handtasche auf einen der freien Stühle, stütze mich drohend auf der Tischplatte ab und beuge mich zu ihm hinunter.

»Was meinst du?«, stammelt er verwirrt.

»Das fragst du noch?«, schreie ich, »du hast Bräunlich die Speditionskostenrechnung von Soru vorgelegt, um ihn darauf aufmerksam zu machen, dass wir nicht den GID Haus- und Hoflieferanten beauftragt haben. Warum fragst du nicht erst einmal mich nach den Gründen, statt wie ein höriger Hund gleich zu Papa zu laufen und zu petzen?«, schreie ich weiter.

»Annika, Annika, beruhige dich.« Markus scheint ehrlich entsetzt über meinen Ausbruch zu sein. »Ich kann dir das erklären. Ich …«, er wühlt aufgeregt in einer Mappe, »hatte die Belege gerade vor mir liegen, da kam Bräunlich herein und hat sie durchgeguckt. Da hat er es zufällig gesehen …«

»Das soll ich dir glauben?«, brülle ich weiter. »Bräunlich kümmert sich aktiv um rein gar nichts, warum sollte er meine Belege durchgucken?«

»Weil es sich so ergeben hat«, verteidigt sich Markus kläglich. »Annika, ich konnte nichts dagegen tun.«

»Ich glaube dir kein Wort«, sage ich, immer noch böse, wenngleich etwas ruhiger.

»Doch, bitte«, sein Tonfall wird zu meiner Verwunderung flehend, »ich habe Hochachtung vor dem, was du hier auf die Beine gestellt hast, und ich bin sicher, dass dabei auch mal Fehler passieren können. Glaube mir, ich möchte dir helfen. Auch in der anderen Einkaufssache möchte ich mit dir zusammen eine Lösung finden. *Hier* ist Bräunlich mir leider zuvorgekommen.«

Ich setze mich und fixiere Markus drohend. Soll ich ihm glauben oder nicht?

Kontemplativ atme ich ein und aus und beobachte dabei eine kleine Yacht, die draußen in der Bucht vorüberzieht. Mist, ich stecke in der Patsche, stelle ich verbittert fest. Ich habe gar keine andere Wahl, als auf Markus zu hoffen. Wie unangenehm.

»Gut«, sage ich daher erschöpft, »wie wollen wir also vorgehen?«

»Annika, ich kläre das«, sagt er verbindlich und wirft einen Blick auf die Zeitanzeige seines Computers. »Es ist gleich zwei, wollen wir zusammen einen schnellen Mittagshappen in der Lobby essen und die Sache dabei besprechen?«

Unseren kurzen Businesslunch lasse ich Markus mehr kosten als alle unsere Restaurantbesuche davor. Den Mann, der mich fast ein Jahr meines Lebens die »Ja«-Bückware im Supermarkt hat einkaufen lassen, will ich bluten sehen. Viel braucht es dafür bei den exorbitanten Preisen an der Costa Smeralda nicht, trotzdem schaue ich lieber erst gar nicht in die Speisekarte, falls die Preise bei mir vielleicht doch noch Skrupel hervorrufen. Stattdessen bestelle ich beim Kellner munter alles, worauf ich gerade Appetit habe. Dabei beobachte ich Markus aus den Augenwinkeln, der meinen unbändigen Hunger kommentarlos und mit Fassung erträgt.

»Ich kann und will nicht verstehen, was daran problematisch sein soll, ein Vergleichsangebot zu akzeptieren, das von den Konditionen besser aussieht als ein anderes«, komme ich zur Sache, nachdem der Kellner meine Bestellung mit einem höflichen Dank entgegengenommen und sich getrollt hat. »Billiger heißt doch nicht immer gleich besser.«

Markus legt die Speisekarte beiseite und faltet die Hände konzentriert auf der Tischplatte. »Es gibt, wie du weißt, Rahmenverträge«, erklärt er mir geduldig. »Dahinter stehen langfristige Partnerschaften und strategische Ziele, die den Mitarbeitern oft nicht unbedingt bekannt sind.« Die letzten Worte seiner Ausführung betont er gekonnt, um jeden Zweifel auszuräumen, dass er dieser operativen Bauer-auf-Schachbrett-Masse nicht angehört.

»Ich habe mir Folgendes überlegt, Annika«, sagt er dann. »Wir könnten argumentieren, dass Schleyer keine Kapazitäten für diesen Job zur Verfügung hatte, weshalb du gar keine andere Möglichkeit hattest, als auf einen Wettbewerber auszuweichen.«

»Hm, aber«, ich stütze das Kinn auf die Hand auf und denke nach, »das ist ziemlich riskant. Nicht wahr und nicht ehrlich ist es außerdem. Es muss doch möglich sein, die Sache offen zu klären. Ich wollte mich nicht bereichern und ich habe auch keine Vetternwirtschaft betrieben. Vielmehr musste ich ein Großprojekt auf die Beine stellen und habe auf den Vorschlag unserer Eventagentur hin einen Dienstleister beauftragt, der unsere Anforderungen am besten erfüllen konnte. Das ist alles.«

»Bei der internen Revision wirst du mit deinen Argumenten nicht weit kommen und bei Bräunlich erst recht nicht«, gibt Markus zu bedenken, »Im Extremfall droht dir sogar eine Abmahnung wegen *non compliance*, vergiss das nicht. Du setzt deine Karriere aufs Spiel, nach allem, was du für das Unternehmen *geleistet* hast.«

Ich zucke zusammen. Dass es so ernst ist, war mir in der Tat nicht klar. Diese komplexen Einkaufsbestimmungen, die aus den USA zu uns herübergeschwappt sind, sind mir ein Graus und oftmals mit gesundem Menschenverstand auch nicht zu managen, wie ich finde.

»Warum willst du mir eigentlich helfen?«, frage ich misstrauisch und lege den Kopf schief. »Mit der Mauschelei, die du mir da vorschlägst, riskierst auch du etwas, oder nicht?« Ich schaue ihm in die Augen, als suche ich nach einem Zeichen.

Wahrscheinlich habe ich keine andere Wahl, als ihm zu folgen. Mein Chef hat mich auf die Abschussliste gesetzt, und Markus kann nun wählen, ob er den roten Knopf drückt oder mir hilft. Eine scheußliche Situation.

Markus streckt sich und lächelt süffisant. »Das lass mal meine Sorge sein«, sagt er nun wieder eine Spur zu sehr von oben herab. »Ich habe da so meine Mittel und Wege. Mir wird schon noch etwas anderes einfallen.«

Der Kellner serviert den *aperitivo* – Prosecco auf Eis. Wir prosten uns zu, und Markus leert das Glas zur Hälfte in einem Zug.

»Weißt du«, fährt er dann in vertrautem Ton fort, »ich bin gut verdrahtet bei GID, und es gibt einige Leute, die mich gerne auf Bräunlichs Posten sähen.«

Ich starre Markus entsetzt an. »Du sägst offen an seinem Stuhl?«

»Nein«, erwidert Markus arrogant, »andere wollen mich darauf *heben*.«

Mein Handy fiept und kündigt eine SMS an, die ich

sofort lese, um einen geschäftigen Eindruck zu machen. Es ist eine Nachricht von Riccardo – unser übliches liebevolles Hin und Her, das wir uns mehrfach am Tag schicken. Ich lege das Telefon beiseite und muss lächeln.

»Gute Nachrichten?«, fragt Markus mit einer Mischung aus gewollter Professionalität und schlecht verborgener Neugierde.

»Ja«, sage ich schlicht.

»Der Typ aus der Hotellobby von vorgestern?«, bohrt Markus ganz offen weiter. »Dieser ... Riccardo?«, gurrt er hinterher.

Ich mustere ihn prüfend. »Korrekt«, sage ich scharf. »Woher kennst du seinen Namen?«

»Du hast ihn so gerufen, als er die Treppe nehmen wollte und du lieber den Fahrstuhl.« Er hebt vielsagend die Augenbrauen, als wäre ich dafür bekannt, in Fahrstühlen Arien der ganz besonderen Art abzuhalten.

»Aha«, entgegne ich spitz. »Um zu deiner Frage zurückzukommen: ja, eine SMS von Riccardo. Zufrieden?«

Markus winkt abschätzig mit der Hand. »Annika, so was kann nicht mehr als ein Urlaubsflirt sein«, urteilt er bestimmt. »Du kannst ihn noch nicht lange kennen, und was willst du überhaupt mit so einem Inselaffen anfangen?«

Ich blicke Markus sprachlos an und muss schlucken.

»Ich meine«, fährt Markus unbeirrt fort, »du bist eine High Potential in einem großen deutschen Unternehmen. Du machst Karriere. Da hat so eine kleine Affäre mit einem Sarden ja wohl keine Chance.«

Zum Glück serviert der Kellner gerade die Vorspeise, sodass ich nicht sofort parieren muss.

Dann nicke ich. »Wahrscheinlich hast du recht«, sage ich, um einen neutralen Tonfall bemüht, um die aufkeimende Wut in meiner Stimme zu unterdrücken. »Wie schmecken denn deine Gambas?«

18.

Um fünf Uhr morgens schellt das Hoteltelefon auf meinem Nachttisch. Es dauert eine ganze Weile, bis ich wach werde und verstehe, woher dieses Klingeln kommt.

»Annika Herrmann?«, hauche ich stöhnend in den Hörer. Ich sollte Geld dafür nehmen, mit so einer Stimme Anrufe entgegenzunehmen.

»*Signorina*, hier ist Pierluigi Pittalis«, höre ich den Messebauer schwer aufgeregt sagen, »*senta* – hören Sie, das Eventgelände ist komplett verwüstet.«

Verwüstet?

Ganz ruhig, denke ich. Das kann nicht sein, der Mann spinnt.

»Was?«, sage ich daher einsilbig.

»Jemand hat eine Herde Tiere über das Gelände getrieben«, fährt Pittalis atemlos fort. »Alle Zierpflanzen sind abgefressen, die roten Teppiche, na ja, das können Sie sich ja vorstellen, die Vorführwagen wurden mit Schlamm und Geröll beworfen, und eines der Zelte wurde mit einem Messer aufgeschlitzt.«

»Wir hatten doch Wachpersonal aufgestellt«, bemerke ich dämlich, als würde eine Verhandlung im Nachhinein jetzt noch nützen. Ich bin irgendetwas zwischen noch nicht ganz wach und einer Ohnmacht nahe.

»Die haben geschlafen, waren gekauft oder besoffen – keine Ahnung«, berichtet der Sarde aufgeregt, jedenfalls behaupten sie ernsthaft, sie hätten von alledem nichts mitbekommen.«

»Rufen Sie sofort die Polizei, Herr Pittalis«, trete ich mit meiner ersten konstruktiven Idee des Tages auf den Plan, »ich bin in spätestens einer halben Stunde da.«

Als Erstes rufe ich Paula an, ihr Handy ist jedoch abgeschaltet. Cleveres Fräulein, die gönnt sich ihren Schlaf. Also wähle ich die Nummer der Rezeption, um mich in ihr Zimmer durchstellen zu lassen.

»Die Leitung ist besetzt, *signora*«, erklärt mir die Dame am Empfang, »*mi dispiace* – tut mir leid.«

»Ja, mir auch.« Ich ärgere mich, dass Paula auf die Idee kommt, nachts den Hörer ihres Festnetzapparates danebenzulegen. Sicherlich die Berufserfahrung einer gebeutelten Eventmanagerin, die es versteht, Prioritäten zu setzen. Soll ich jetzt in ihren Zimmertrakt hinüberlaufen und an die Tür wummern, bis auch alle anderen Hotelgäste wach sind? Oder wen könnte ich sonst um Unterstützung bitten?

Da kommt mir eine Idee. Warum auch nicht?

Schon beim zweiten Klingeln ist er dran und klingt sogar hellwach.

»Ich bin in zehn Minuten unten in der Lobby«, antwortet er knapp, nachdem ich ihm kurz die Sachlage zusammengestottert habe.

»Danke, Markus«, sage ich, »bis gleich.«

Das Eventgelände, auf dem in nur wenigen Stunden eine der wichtigsten Neuwagenpräsentationen unserer Firmengeschichte starten soll, sieht aus, als hätte eine Bombe eingeschlagen.

Umgestürzte Pflanzenkübel mit den mickrigen Resten jahrzehntealter und nebenbei horrend teurer Oliven- und Zitrusbäume, an denen sich ohne Zweifel eine Horde Wiederkäuer vergangen hat, und dazu deren Stoffwechselendprodukte, so weit das Auge reicht.

Das Pressezelt gleich vorne rechts auf dem Gelände wurde mit einem gezielten vertikalen Schnitt aufgeschlitzt, danach hat der starke Wind sein Übriges getan, um den Riss weiter voranzutreiben. Nun schlackert das Zelt wie ein lädiertes Segel auf dem offenen Meer. Eine Gruppe Arbeiter ist dabei, die sich wie Wimpel im Sturm gebärdenden Tücher zu fassen zu bekommen und festzuzurren, bevor die gesamte Konstruktion davongeweht wird.

Hinter einem davor positionierten Dakar mit schlammverschmierten Scheiben schießt Pittalis hervor und stürzt auf Markus und mich zu. Er wirkt derart aufgelöst, dass ich ihn am liebsten in den Arm genommen hätte, obwohl wir beide im selben vollgekackten Boot sitzen.

»*Signorina, signorina* Herrmann«, ruft er verzweifelt, »*è terribile* – es ist einfach schrecklich. Glauben Sie mir, wir versuchen alles, was in unserer Macht steht, um das hier wieder in Ordnung zu bringen.«

»Was ist denn genau passiert?«, unterbricht ihn Markus, ganz Manager und jederzeit Herr der Lage.

Pittalis schaut den ihm unbekannten Markus kurz an und dann wieder zu mir. »Kurz nach vier hat mich ein Mitarbeiter angerufen, der mit dem Bäcker verwandt ist, der heute früh das Gebäck anliefern sollte«, erzählt er. »Der Bäcker hat ihm berichtet, es sei so etwas wie ein Tornado über das Gelände hinweggezogen, aber weit und breit kein Mensch zu sehen. Ich bin natürlich sofort losgefahren. Als ich ankam, standen die Wachleute tatenlos herum und erklärten mir, sie hätten von diesem Überfall nichts bemerkt.«

»Wo sind die Männer jetzt?«, will ich wissen.

Pittalis wedelt mit der Hand in eine unbestimmte Richtung. »Keine Ahnung«, sagt er schulterzuckend, »ich konnte mich nicht weiter um diese nutzlosen Verbrecher kümmern, sondern musste meine Leute zusammentrommeln. *Per mettere a posto* – um hier aufzuräumen. Alles werden wir bis zum späten Vormittag nicht ersetzen können, aber …«

Er wird durch den ohrenbetäubenden Sirenenlärm eines anfahrenden Polizeiautos unterbrochen, das mit Blaulicht und quietschenden Reifen direkt neben uns zum Stehen kommt.

Trotz allem Desaster muss ich innerlich darüber lachen, dass die *polizia*, wenn die Welt noch schläft, mit Alarm durch die menschenleere Gegend rast und höchstens von ein paar Kaninchen auf dem Weg aufgehalten werden könnte.

Zwei Polizeibeamte in blassblauer Uniform steigen aus und kommen auf uns zu.

»Guten Morgen«, begrüßt uns der ältere der beiden und blickt sich auf dem demolierten Feld um. »Hier ist ein … Einbruch passiert?«

Pittalis wiederholt die ihm bekannte Version der Geschichte.

Der Mann zückt seinen Block. »Sind auch Dinge gestohlen worden oder wurde hier nur randaliert?«, fragt er.

»Das wissen wir derzeit noch nicht«, kommt mir Markus mit einer Antwort zuvor. »Wir gehen allerdings davon aus, dass auch Gegenstände gestohlen wurden.« Er dreht sich zu mir um. »Bei reinem Vandalismus zahlt die Versicherung nämlich nicht«, raunt er mir zu.

Ich ziehe erstaunt die Augenbrauen hoch. Markus ist echt mit allen Wassern gewaschen.

Der Polizist nickt unterdessen und macht sich einige Notizen. »Was soll denn hier stattfinden?«, fragt er.

»Eine Neuwagenpräsentation der GID Company«, erkläre ich. »Wir erwarten in wenigen Stunden einige hundert Gäste zur Eröffnung.«

»Es ist nämlich so«, erklärt der Beamte ungerührt, »dass uns keinerlei Informationen über eine derartige Veranstaltung vorliegen.«

Ich sehe ihn fassungslos an. »Was hat das denn jetzt damit zu tun?«, ereifere ich mich. »*Signore*, hier ist ein Überfall irgendwelcher Vandalen passiert, die großen Schaden angerichtet haben, und Sie wollen mit mir darüber verhandeln, ob Sie von unserem Event wussten oder nicht? Bitte unternehmen Sie etwas, und stellen Sie die Verbrecher!«

Zugegebenermaßen muss ich mit dieser naiven Forderung auf die Beamten wirken wie ein wildgewordener Schüler von TKKG.

»Wir erwarten eine dezidierte Protokolisierung der angefallenen Schäden und gestohlenen Objekte sowie die Aufnahme eines Strafverfahrens gegen unbekannt«, präzisiert Markus in überraschend gutem Italienisch die Sachlage. Offenbar hat ihm meine letzte Bemerkung auch zu platt geklungen.

Unterdessen nickt der Beamte ungerührt. »Das werden wir tun, *signori*«, antwortet er. »Nichtsdestotrotz müssen wir festhalten, was für eine Veranstaltung hier stattfinden sollte, über die wir als örtliche Polizei nicht im Bilde sind, und wem das Gelände gehört. Wissen Sie«, er grinst uns souverän an, »ich bin seit über zwanzig Jahren im Amt, aber derartige Aufbauten mitten in einem Naturschutzgebiet unserer Costa Smeralda sind mir bisher noch nicht untergekommen.«

»Wir haben alle nötigen Genehmigungen für dieses Event bei der Kommune in Arzachena eingeholt«, erkläre ich verärgert.

»Wir sind aber nicht die Kommune, sondern die örtliche Polizei der Costa Smeralda«, bemerkt der Beamte in unversöhnlichem Ton. »Was im Rathaus passiert, ist eine Sache, was zur Sicherung der Region stattfindet, ist unsere.«

Allmählich werde ich nervös. Hilfe suchend spähe ich zu Markus hinüber, der ein undurchdringliches Pokergesicht aufgesetzt hat.

»Lassen Sie uns das doch bitte in unserem Büro besprechen«, sagt er gefasst und mit einer Businessattitüde, für die ich lange üben müsste. Mit diversen Coachs natürlich. »Kommen Sie«, sagt Markus und führt die Beamten ganz selbstverständlich in Richtung Hauptzelt zu meinem Messebüro.

Das größte Zelt ist von der nächtlichen Attacke offenbar verschont geblieben. Bühnenausstattung, Stehtische und Pflanzen stehen geordnet an ihrem Platz und warten auf ihren großen Auftritt.

»Bitte, hier entlang«, weist Markus uns den Weg zu

meinem Büro, als wäre es seines. »An der Cateringküche vorbei.«

Ein Knall aus ebendieser Küche lässt uns alle zusammenzucken. Dann ein meckerndes Geräusch und der Lärm klirrenden Porzellans. Mit einem Satz stößt Pittalis die Tür zur Küche auf. Stallgeruch schlägt uns entgegen.

In dem dämmerigen Licht, das durch das Zeltdach dringt, entdecken wir am Ende der Küche eine kleine braune Ziege, die mit den Vorderhufen in einem der Brotkörbe steht und genüsslich kaut. Irgendwie hat sie es geschafft, ein *cornetto* auf einem ihrer Hörner aufzuspießen, was die ganze Situation noch absurder wirken lässt, als sie eigentlich schon ist.

Um die Ziege herum ist alles verwüstet. Messekisten mit Geschirr sind umgeworfen, ein Beistelltisch mit darauf abgestellten Vasen und Blumengestecken liegt ebenfalls am Boden neben einem Stapel bereits kunstvoll gefalteter Leinenservietten, die jetzt wie kleine Boote in der Pfütze des Blumenwassers schwimmen.

Ich schlage mir die Hände vors Gesicht und möchte am liebsten weinen.

»Ach, ich hatte gar nicht verstanden, dass der Bäcker das Brot heute tatsächlich *angeliefert* hat«, sagt Markus süffisant, der es allen Ernstes schafft, über dieses Chaos auch noch zu spotten.

Nun kommt Bewegung in Pittalis. Er macht einen großen Sprung auf die Ziege zu und packt sie an beiden Hörnern. Das erbeutete Horn-*cornetto* fliegt durch die Küche, die Ziege meckert verblüfft. Mit einer geübten Geste packt er das Tier und wirft es auf die Seite, sodass es verzweifelt zappelnd und meckernd auf dem Boden liegt. Pittalis bekommt einen Hinterlauf zu fassen und drückt das Tier mit der anderen Hand fest runter.

»I Corrales, cazzo maledetto«, flucht er hasserfüllt und streicht dem Tier mit der Hand hektisch über die Flanke, auf der eine Brandtätowierung zu erkennen ist.

Ich hocke mich neben ihn. »Was bedeutet das?«, frage ich Pittalis, der wie ein geschlagener Hund kniet und mit beiden Händen weiterhin die zappelnde, verängstigte Ziege festhält.

Er seufzt tief. »Sehen Sie das Zeichen hier?«, fragt er und deutet auf das Brandmal der Ziege. »Das sind die Initialen des Clans von Gavino Corrales. Unsere Familien leben seit Urzeiten in Feindschaft und streiten um Ländereien an der Küste und über alles, was dazugehört. Zu allem Unglück betreibt ein Sohn von Corrales ein ähnliches Geschäft wie ich und hatte sich ebenfalls um den Auftrag für diese Veranstaltung bemüht. Ich habe den Auftrag bekommen, während er leer ausgegangen ist«, endet er düster.

»Ich erinnere mich, dass unsere Agentur zwei sardische Messebauer angefragt hat«, sage ich, »aber soweit ich weiß, lagen Sie mit Ihrem Kostenvoranschlag unter dem Preis des zweiten Anbieters.«

»Ich kannte den Preis von Corrales«, flüstert Pittalis ergeben. »Der Neffe der Cousine meiner Tante hat letzte Saison dort gearbeitet. Er heißt nicht Pittalis mit Nachnamen, verstehen Sie …«

»Dieser unerkannte Neffe hat also den Preis ausspioniert, und Sie haben ihn einfach unterboten?«, flüstere ich entgeistert.

Pittalis nickt atemlos, ohne mich anzuschauen.

»Und nun ist er aus Rache über uns hergefallen?«, hauche ich entsetzt.

»Sieht ganz danach aus. Die Ziege gehört jedenfalls zu seiner Herde«, wispert Pittalis, und für einen Moment hat es den Anschein, als würde er gleich in Tränen ausbrechen.

Ich lege ihm eine Hand auf die Schulter und drehe mich zu den Polizisten um. »Wir erstatten also Anzeige gegen die Firma Corrales, bitte nehmen Sie das auf. Und Sie, Signor Pittalis«, ich beuge mich wieder zu ihm und senke die Stimme, »nach allem, was ich über die Sarden inzwischen weiß, können Sie froh sein, dass Gavino Sie nicht erschossen hat. Passen Sie bloß gut auf diesen Neffen auf.«

Drei Minuten später nehmen Markus, die beiden Polizisten und ich in meinem Messebüro Platz. Auf dem Schreibtisch steht noch eine angebrochene Flasche Mineralwasser, in einem Sideboard habe ich sogar ein paar saubere Gläser.

»Wo bewahrst du die Unterlagen für die Genehmigungsprozesse auf?«, raunt mir Markus zu, während ich uns allen vier einen Schluck Wasser einschenke.

»Fahr mal meinen Rechner hoch«, ich deute auf meinen Laptop, der direkt vor ihm steht, »ich habe ein paar Mails von Matzek über die Antragsprozesse bei der Polizei.« Schließlich hat sich Stefan letzte Woche noch mit diesem Schritt befasst, von dem Paula und ich nicht verstanden haben, wozu er gut sein soll. Plötzlich geht mir auf, was die Livornesi ständig mit der Polizei am Hut hatten. *La polizia* um eine Genehmigung zu bitten, gehört offenbar auch dazu. Vielleicht war die italienische Chaotenagentur doch nicht ganz so unfähig, wie ich dachte. Im Gegenteil: Weil in diesem Land so viele Lösungswege nach Rom führen, braucht es wohl auch viele Leute, die einen hinbringen.

Ich schließe meinen Spind auf und befördere den allmächtigen Ordner hervor, in dem ich brav alles sammele, was mit dem Projekt im weitesten Sinne zu tun hat.

»Dies hier sind Kopien der Anträge, die wir in der Kommune von Arzachena eingereicht haben«, sage ich zu den Beamten und schiebe ihnen einen Stapel Zettel über den Tisch.

»Wie lautet dein Passwort?«, fragt Markus unterdessen.

»Bitte?«

»Ich will dein Outlook aufrufen, wo du die Mails abgespeichert hast. Wie lautet dein Passwort?«

»Gute_Nacht_Bärchen«, raune ich ihm geistesabwesend zu und zeige den Polizisten ein paar Detailunterlagen der Antragsstellung.

»Gute Nacht was?«, spottet Markus. »Wie kommst du denn auf so was?«

»Halt mir jetzt bitte keine Vorträge über Sicherheit und Verschlüsselung von Passwörtern«, fahre ich ihn an. »Das ist momentan wirklich nicht mein Thema.«

Der Polizist mir gegenüber blättert konzentriert durch meine Unterlagen. Dann schüttelt er den Kopf. »Das sieht alles danach aus, als hätten Sie den Prozess nur mit der *commune* korrekt abgewickelt«, sagt er. »Aber die haben mit uns nichts zu tun. Es fehlt die komplette *autorizzazione dell' ordine publico.«* Er nimmt einen Schluck Wasser und wirkt aufgeräumt neutral.

»Okay«, sage ich ruhig und beuge mich zu Markus hinüber, der sich durch die Ordnerstruktur meiner Mails klickt. »Matzek hat irgendetwas mit der Polizei von Livorno aus geregelt, die Unterlagen liegen da. Gib mir mal die Maus«, fordere ich ihn auf. »Allerdings«, sage ich dann, während ich Stefans Mails noch einmal öffne, »liegen mir hier nur PDFs der Anträge vor, die unsere Agentur in Livorno zur Polizei getragen hat. Ein Genehmigungsdokument habe ich nicht – sofern es das schon gibt«, erkläre ich.

»Dann soll sich Stefan doch bitte mal zu uns gesellen«, sagt Markus zufrieden und greift nach seinem Mobiltelefon.

Bevor Matzek eintrifft, hat er uns vom Hotel aus einige E-Mails weitergeleitet, die letzte Woche zwischen der Eventagentur und der *polizia* in Livorno hin und her gegangen sind. Daraus geht hervor, dass sich die örtliche Polizei um eine Weiterleitung des Antrags nach Sardinien kümmern wollte. Dass Stefan hier – entsprechend seiner Behauptung – in der letzten Woche erkennenswert aktiv oder gar nützlich gewesen wäre, geht zwar aus keiner der Nachrichten hervor, aber das tut unserer guten Laune keinen Abbruch.

»Hier hätten wir doch was«, sage ich zufrieden und schiebe den Polizisten meinen Rechner zu. »Letzte Woche hat unsere Agentur diese Anträge elektronisch bei Ihnen eingereicht, die seit Januar bei der Polizei in

Livorno herumlagen. Könnten Sie vielleicht im Präsidium klären, wie hiermit weiter verfahren wurde?«

»Darf ich?«, fragt der Polizist, greift nach dem Laptop und scrollt die Antragsseiten rauf und runter. Dann nickt er und richtet sich auf. »Wir kümmern uns darum«, sagt er nun geradezu gutmütig, »und wir werden die Anzeige gegen Corrales in die Wege leiten.« Erneut nimmt er seinen Notizblock in die Hand. »Dürfte ich Ihnen dazu noch ein paar Fragen stellen und einige Daten aufnehmen?«

Ich schaue unruhig von dem Beamten zu Markus. »Es ist schon halb sieben«, sage ich zu ihm. »Ich würde gerne raus zu Pittalis' Männern gehen und die Aufräumarbeiten überwachen. Könntest du derweil …«

»Klar, Annika!«, unterbricht mich Markus großspurig. »Mach dir keine Sorgen, ich kann die Detailfragen hier beantworten, und du gehst raus und kümmerst dich ums Grobe.«

Ich muss grinsen. »So wie ein Bauer auf dem Schachbrett, meinst du?«, frage ich süffisant.

Markus guckt mich verblüfft an. »Nein, eher wie zwei Soldaten an verschiedenen Fronten«, sagt er freundlich. »Ich finde, wir beide sind ein gutes Team, Annika. Wir waren das immer schon«, fügt er hinzu.

Ich tue so, als hätte ich den letzten Satz überhört, und gehe hinaus.

19.

Drei Stunden später haben wir tatsächlich das Schlimmste überwunden. Das Pressezelt ist notdürftig repariert und geflickt, die roten Teppichbahnen, die die Zelte untereinander und mit dem Weg zum Eingangsbereich verbinden, sind ausgetauscht und die kahl gefressenen Pflanzentöpfe weggeräumt. Die übrig gebliebene Corrales-Ziege ist ganz hinten auf dem Gelände an einen Pfahl gebunden, wo sie nach der aufregenden Nacht friedlich grast und somit aussieht, als gehöre sie zur Dekoration des typisch sardischen Ambientes.

Inzwischen habe ich zum x-ten Mal alle Zelte überprüft, zur Probe Lichtschalter und andere Knöpfe gedrückt, ein paar Stühle hier und da zurechtgerückt und die Werbebroschüren auf dem Rezeptionstresen umsortiert. Ein Heer von nervösen Technikern, dazu Pittalis' Team und inzwischen auch die ausgeschlafene Paula wuseln geschäftig um mich herum, um uns gegenseitig einer Sache zu versichern:

Wir haben es geschafft, das Chaos zu beseitigen.

Schon bald werden die ersten geladenen Journalisten und Verkaufsleiter der wichtigsten GID-Verkaufsstellen aus Deutschland zum Kaffee und Warm-up eintreffen. Hierfür dampfen bereits in allen Zelten die Espressomaschinen. Dazu ist es Paula gelungen, Ersatz für das verloren gegangene Gebäck von heute früh zu beschaffen, das nun in rustikalen Körbchen von den Hostessen auf den Tischen drapiert wird.

Ich schnappe mir einen Keks von einem der Stehtische und bitte eine der Hostessen hinter dem Tresen um einen Kaffee. Meine erste Pause seit vier Stunden und mein erster Happen seit gestern Abend. Für einen Moment sinke ich müde auf dem Barhocker vor dem Tresen in mich zusammen und reibe mir die Augen.

»Für mich auch einen, bitte.« Paula lässt sich neben mir auf einen der Stühle fallen und gibt der Hostess ein Zeichen, einen Kaffee mehr zu kochen. »Was meinst du, Annika, ist die Kuh vom Eis?«

»Die Ziegenkacke vom Gelände, meinst du?«

Paula nickt und lacht. »Ich bin eben noch mal jeden Quadratzentimeter abgelaufen und habe keine Spuren mehr von dem nächtlichen Überfall gefunden.«

»Ich auch nicht«, sage ich und dippe den Keks in den Espresso, den die Hostess vor mir abstellt. »Hätten die Vandalen uns nicht eine Ziege als Andenken dagelassen, könnte ich gar nicht glauben, was ich heute früh mit eigenen Augen gesehen habe.«

»Was hat dein Exfreund eigentlich vorhin an deinem Schreibtisch gemacht?«, wechselt Paula das Thema und schlürft einen Schluck Kaffee.

»Markus? Ach, komm schon, Paula, wir sind Kollegen. Ich glaube, das Ex-Thema spielt jetzt keine Rolle mehr. Wir *arbeiten* zusammen, und Markus hat sich um die Formalitäten mit der Polizei gekümmert. Ich muss gestehen, ich bin auf einmal doch froh, dass er da ist.«

»Was für ein schönes Happy End, dieser himmlische

Burgfrieden im GID-Zelt«, frotzelt Paula und grinst vor sich hin.

Ich gebe ihr einen Knuff in die Seite. »Was soll das jetzt?«, will ich wissen.

»Ich traue Exfreunden grundsätzlich nicht«, sagt Paula schlicht.

»Na, die Banausen, die du dir immer aussuchst«, ziehe ich sie auf.

»Das neulich war eine Affäre, Annika«, antwortet sie belehrend. »Das ist etwas ganz anderes.«

»Aha, das beruhigt mich ungemein«, gebe ich zurück und schaue auf meine Uhr. »Die ersten Gäste dürften gleich ankommen, und ich muss mir noch ansehen, wie sich die Hostessen machen. Könntest du mit den Bühnentechnikern einen letzten Mikrofoncheck durchführen?«, bitte ich sie. »Ich werde mich mal vors Zelt wagen und gucken, wie die Sache anläuft.«

Vor dem Hauptzelt halten bereits die ersten Wagen, die für die nächsten zehn Wochen zwischen Flughafen, den Hotels der Costa Smeralda und unserer Eventstätte pendeln werden, um die erlauchte Schar der GID-Gäste hin und her zu shutteln. Ich lehne mich an eine Zeltstange im Eingang und beobachte die eintreffenden Gäste. Eine Gruppe Herren in kurzärmeligen, karierten Hemden und schwarzen Schuhen wird gerade an einem überdachten Vorzelt von zwei Hostessen in Empfang genommen und mit einem Drink und Namenskärtchen begrüßt. Einer der Männer mit halblangen, stark zurückgegelten Haaren beugt sich zu einer Hostess herunter, um sie besser zu verstehen, und legt dabei wie zufällig seine Hand auf ihren blanken Rücken. Es besteht kein Zweifel: ein Autoverkäufer.

Maja, die sich neben mich gesellt hat und die Szene ebenfalls beobachtet, funkelt mich an. »Wir haben es geahnt«, sagt sie böse, »diese rückenfreien Teile bescheren uns nur Tatschereien.«

»Wir lassen gerade Jacketts für dich und dein Team schneidern«, sage ich aufmunternd und verschwinde kichernd im Zelt. Als ob mich solche Probleme heute noch umhauen könnten.

Nach und nach füllt sich das Gelände. Menschenmassen, mit Notizblöcken, Fotoapparaten, Pressebroschüren und GID-Werbegeschenken bewaffnet, flanieren durch die Zelte. Manche stürzen sich wie halb verhungerte Bettler direkt aufs Buffet, andere stehen Schlange, um für ein Mitnahmefoto in den wieder blitzeblank gewienerten Daker-Vorführwagen Platz zu nehmen, auf deren Motorhauben sich jeweils eine Hostess rekelt. Rückenfrei, versteht sich.

Wie geplant, trifft pünktlich um elf der Vorstandssprecher ein, um auf der Bühne des Hauptzelts seine große Eröffnungsrede über die neue Dakar-Klasse im Speziellen und GID im Allgemeinen zu schwingen. Unter Blitzlichtgewitter steigt er galant aus dem Fond seines Wagens und geht mit großen, sicheren Schritten direkt Richtung Bühne, ohne es zu versäumen, auf dem Weg dorthin ein paar ausgewählte Hände zu schütteln.

Meine übrigens nicht.

Unter Applaus tritt er ans Mikrofon, legt seine gepflegten Finger auf die Seiten des Rednerpults und legt eine zugegebenermaßen ergreifende Rede über Globalisierung, Erfolg und die ambitionierten Ziele von GID hin. Nötige Schlüsselbegriffe wie soziale Verantwortung und Nachhaltigkeit fallen ebenso wie Ökologie und Wirtschaftlichkeit, sodass alle Beteiligten jedweder Couleur überzeugt und befriedigt nicken und sich ganz dem Feiern hingeben können. Kurz: Alles läuft genauso großartig und schwülstig an, wie man es von einem solchen Launch erwartet.

Glücklich und zufrieden blicke ich um mich. Weiter hinten entdecke ich Bräunlich neben Markus, die beide interessiert und zustimmend dem großen Papa lauschen. Ob Markus Bräunlich von heute früh berichtet hat? Ob überhaupt irgendeiner hier irgendetwas von dem morgendlichen Chaos erfahren hat?

Inzwischen kommt der Vorstandssprecher zum Ende seiner Ausführungen. Dabei versäumt er es nicht, ausdrücklich seinem treuen Mitarbeiter Herrn Bräunlich sowie dem Chef der Fireagency, Stefan Matzek, für ihr Engagement zu dieser gelungenen Veranstaltung zu danken, und bittet sie zu sich auf die Bühne.

Wie stolze Schulbuben steigen Matzek und Bräunlich grinsend und winkend auf die Bühne und ernten dafür freundlichen Beifall von der Zuschauermenge.

»So bleibt mir *last but not least* nichts weiter zu tun«, redet der Vorstand weiter und greift nach einem Sektkelch vom Tablett einer bereitstehenden Hostess, »als mein Glas zu erheben auf eine unserer größten Produktinnovationen, die ab heute weltweit eingeführt wird. Ich wünsche dem Dakar sowie allen Mitarbeiterinnen und Mitarbeitern von GID viel Erfolg mit unserer großen gemeinsamen Sache. Ich danke Ihnen allen.«

Er prostet der frenetisch applaudierenden Menge zu und nimmt einen Schluck aus seinem Glas. Stefan und Bräunlich bekommen ebenfalls einen Drink von der Bühnenhostess serviert und stoßen zufrieden an. Unten beim Volke wimmelt es nun wie auf Knopfdruck von Hostessen, die mit vollen Tabletts durch die Reihen laufen. Der DJ auf der Bühne spielt »We are the Champions« des leider verstorbenen Freddy Mercury, was der Laune jedoch keinen Abbruch tut.

Zur besten Mittagszeit ist die Party voll im Gange.

Erleichtert seufzend schlendere ich in die Cateringküche hinter der Bühne, um die Vorbereitungen für den Mittagssnack zu überwachen. Das Servicepersonal läuft geschäftig auf und ab, als hätte diese Küche nie andere Zeiten gesehen.

Mitten im Gewimmel steht im dunkelblauen Anzug Herr Schwartze, unser Key-Account-Manager Territory Süd, der höchstpersönlich damit beschäftigt ist, umständlich eine Flasche Champagner zu entkorken und das Gebräu in ein paar Kelche auf einem Silbertablett zu verteilen.

»Herr Schwartze«, begrüße ich ihn überrascht, »Sie sind ja auch schon angereist. Wie geht es Ihnen?«

Er guckt mich mit wichtiger Miene an. »Frau Herrmann, guten Morgen oder vielmehr guten Tag«, sagt er hektisch. »Ich bin ja so busy, busy, busy. Total im Stress, mit dem Neuwagen haben meine Mitarbeiter und ich wirklich alle Hände voll zu tun.«

Es gibt Menschen, bei denen man förmlich spürt, wie ihnen beim Aussprechen von Formulierungen wie »meine Mitarbeiter« einer abgeht, hätte doch auch ein einfaches »meine Kollegen« für ausreichend Klarheit gesorgt.

»Aha«, sage ich daher möglichst neutral. Schließlich habe ich in letzter Zeit auch ein bisschen geschuftet. Ich deute auf das Tablett. »Warum helfen Sie dann in der Küche aus? Die Hostessen sind angewiesen, den Key-Accountern alles zu servieren, was sie brauchen.«

»Aber die servieren heute nur Prosecco, Frau Herrmann, nur schnöden Prosecco«, erklärt Herr Schwartze mir eilig. »Der Vorstand verlangt etwas Besseres«, endet er und wischt mit einem Tuch geschäftig ein paar Tropfen vom Tablettrand. Wischen für den Vorstand macht sogar Herr Schwartze.

»Wollen die sich alle lieber mit echtem Champagner stärken?«, lache ich. »Das kann ich gut verstehen«, füge ich kollegial hinzu. »Ach, Herr Schwartze, schenken Sie mir doch auch mal einen kleinen Schluck Champagner ein, bitte.«

Au ja, das wäre jetzt genau das Richtige!

Ich strecke die Hand aus und will mir ein halb gefülltes Glas vom Tablett nehmen.

»Nein!«, ruft Schwartze aufgebracht. »Frau Herrmann, der Champagner ist für die Führungsriege vorgesehen. Ich werde in der VIP-Lounge damit erwartet.«

Erschrocken ziehe ich die Hand zurück, als hätte ich eine gewischt bekommen. Das glaube ich jetzt nicht. Ich mustere ihn prüfend, ob ich vielleicht doch einen Hauch von Scherz in seinem Gesicht erkennen kann. Aber da ist nichts dergleichen.

»Wie bitte?«, frage ich tonlos.

Schwartze nickt aufgeregt. »Es tut mir leid, Frau Herrmann, nichts gegen Sie, aber so sind die Regeln.« Er nimmt das Tablett und verlässt strammen Schrittes die Küche.

Bevor er in der Menschenmasse auf dem Weg zum VIP-Bereich verschwindet, sehe ich noch, wie ihm eine brünette Schönheit in roten Pumps und einem sündhaft kurzen Rock mit spitzen Fingern und einem umwerfend charmanten Lächeln ein Glas vom Tablett stibitzt. Schwartze grinst sie dämlich schmachtend an, wie Klein-Fritzchen den Weihnachtsmann beim Gedichteaufsagen.

Ich schnaufe wütend. Verärgert stelle ich mich an einen Zeltpfeiler und beobachte grimmig das Geschehen dieses Rudels von Aspiranten, Speichelleckern und Hierarchiegetreuen.

Nur weil wir ein neues Auto gebaut haben, feiern wir ein Fest, geht es mir durch den Kopf. Ja. Das Fest ist genauso absurd, wie es sich Riccardos Schwester vorgestellt hat. Mit einem Mal habe ich fürchterliche Sehnsucht nach Riccardo, suche mein Handy in der Hosentasche und rufe ihn an. Ich möchte einfach nur kurz seine Stimme hören, während er vielleicht gerade damit beschäftig ist, die Wasserstände am Staudamm zu messen oder Bodenproben irgendwo in den Bergen zu entnehmen. Leider geht er nicht dran. Nach sechs Mal Klingeln versenke ich das Handy wieder in meiner Tasche und lehne den Kopf an die kühle Metallstange der Zeltkonstruktion.

»Darf ich Ihnen vielleicht etwas anbieten?«, höre ich eine Stimme hinter mir.

Ich fahre herum.

Markus steht mit zwei gefüllten Gläsern vor mir und reicht mir eines davon.

»Was ist da drin?«, frage ich.

»Champagner natürlich«, sagt er galant. »Oder glaubst du etwa, ich würde der GID Edel-PR-Managerin etwas anderes servieren?«

Ich muss lachen. Stress und Anspannung der letzten Stunden fallen mit einem Mal von mir ab.

»Auf dich, Annika, und auf deine Arbeit«, sagt Markus freundlich. *»You've made it, congrats!«*

Ich kneife prüfend die Augen zusammen und fixiere ihn. Markus lächelt mich ungewohnt entwaffnend an. Daher strecke ich die Hand nach dem angebotenen Glas aus und proste ihm zu.

»Danke für alles Markus«, sage ich und lächele ihn an. »Das ist wirklich lieb von dir.«

20.

Wir haben den ersten Eventtag überstanden und in knapp einer Stunde auch den zweiten. Dann ist es sechs Uhr und damit Feierabend. Wie immer, wenn ich ein Messe- oder Eventprojekt zu bewältigen habe, ist für mich die Vorbereitungszeit die hektische Phase. Hat eine Veranstaltung erst mal begonnen, kann ich mich etwas zurücklehnen. Ich überprüfe dann nur noch, ob die Abläufe funktionieren, Waren nachgeliefert werden müssen und Gäste und Personal zufrieden sind. In diesen Tagen ernte ich die Lorbeeren meiner Arbeit. Ich muss nicht mehr wie das gebeutelte Schweinchen hin und her rennen, sondern übernehme die Kontrollfunktion. In solchen Zeiten kann ich nachfühlen, wie es Bräunlich sein Leben lang ergeht: nichts Nennenswertes tun, sich aber unglaublich wichtig fühlen. Wunderbar.

Daher sitze ich endlich mal allein in meinem Büroverschlag hinten im Hauptzelt. Zwar ist die Beschallung durch den Eventlärm monströs, aber hier habe ich ein paar Minuten für mich. Ohne Markus, der mir gestern zwar eine große Hilfe war, mich mit seiner ständigen Präsenz und dieser Ich-weiß-was-zu-tun-ist-Attitude jedoch nervös macht. Morgen früh reisen er und Bräunlich wieder ab, und ich freue mich darauf, dass vor Ort in den nächsten Wochen vielleicht sogar so etwas wie ein normaler Arbeitsalltag entsteht.

Was danach ist, weiß ich auch nicht. Sämtliche Gedanken an Riccardo und die Zeit nach Ablauf meines Sardinien-Projekts habe ich bisher geschickt ausgeblendet.

Ich scrolle durch meinen Posteingangsordner. Komisch, dass ich von ihm gar nichts höre. Ob er auch so viel zu tun hat? Wieder greife ich nach meinem Handy und drücke heute vielleicht zum dritten Mal auf Wahlwiederholung. Er nimmt nicht ab. Ob ihm etwas passiert ist?

Seufzend lege ich auf und mache mich daran, die Cateringplanung für nächste Woche durchzugehen. Von nebenan dröhnt das stündliche Spektakel des Dakar-Gewinnspiels von der Zeltbühne zu mir herüber, das ich irgendwie versuche zu überhören.

Paula kommt herein und legt mir eine Mappe auf den Tisch. »Hier der Ausschnittdienst von heute«, erklärt sie. »Die deutsche Presse behandelt uns gut und berichtet ausführlich über den Dakar. Nur so ein linkes Blatt aus Berlin fragt, warum man heutzutage immer noch Autos bauen muss, die fünfzehn Liter schlucken.«

Ich nicke. »Okay, danke«, sage ich und klicke mich weiter hoch konzentriert durch die Cateringliste.

Eine so große Champagnerlieferung für nächste Woche? Da reisen doch nur weitere Autoverkäufer und die ersten Endkunden an. Ich klicke auf die Korrekturfunktion in der PDF-Auflistung des Caterers, streiche den Champagner und schreibe »Bier und Prosecco« daneben. Das sollte für die wilden Gesellen reichen.

Paula steht immer noch vor meinem Schreibtisch.

»Ist sonst noch was?«, frage ich.

»Hm«, brummt sie.

Ich gucke hoch und mustere sie. »Ist der Genitalherpes nicht weggegangen?«, flüstere ich.

»Schlimmer«, stöhnt Paula und wirft sich dramatisch auf einen Stuhl neben meinem Tisch. »Annika, ich bin überfällig.«

Dieses Mal kapiere ich schneller als bei ihrer letzten Hiobsnachricht.

»Shit!«, rufe ich, »Ein Russenbaby zum Andenken an eine schlechte Nacht? Bist du wahnsinnig?«

Paula bleibt still und wirkt verzweifelt.

»Bist du sicher?«, frage ich.

Paula nickt. »Ich habe zwar keinen Test gemacht, aber ich bin *nie* überfällig, und ich fühle mich so … so *komisch.*« Jetzt heult sie los.

»Dieser Igor!«, schnaube ich verächtlich.

»Igor«, haucht Paula tonlos.

»Wie hieß der Kerl eigentlich?«

»Igor.«

»Nein, ich will wissen, wie er wirklich heißt.«

»Igor.«

»Ach, tatsächlich?«, wundere ich mich.

»Was ist denn an seinem Namen so wichtig?«, schreit sie mich an.

Ich zucke erschrocken zurück.

Ihre Nerven liegen ohne Zweifel blitzeblank.

»Paula«, ich rolle mit meinem Bürostuhl näher an sie heran und packe sie an beiden Schultern, »du musst einen Test machen.«

»Ich traue mich nicht!«, jault sie elend. »Ich weiß es doch sowieso. Ich könnte die zwei Striche auf dem

Stäbchen nicht auch noch ertragen.« Sie weint wieder.

Ich schlucke und ringe nach Argumenten. »Was soll ich bloß mit dir machen?«, frage ich blöd.

»Ach, weiß ich auch nicht«, winkt sie ab und putzt sich geräuschvoll die Nase.

Wir schweigen für einen Moment.

»Und du?«, fragt sie in die Stille hinein, sofern man in einem Festzelt von Stille sprechen kann. »Irgendwelche Andenken von deinem heißen Sarden? Wir beide haben ja seit Tagen nicht mehr in Ruhe gesprochen …« Sie putzt sich erneut die Nase und wartet ab.

»Du«, starte ich in ratlosem Ton, »alles wunderbar. Das dachte ich zumindest. Am Montag war er noch bei mir zu Besuch, aber seitdem«, ich zucke mit den Schultern, »habe ich praktisch nichts mehr von ihm gehört.«

»Wie kommt denn das?«, fragt sie und verzieht den Mund. »Ich hatte nicht den Eindruck, dass das Ganze nur eine kurze Sexaffäre war.«

»Ich auch nicht«, stimme ich ihr zu, »auch wenn ich selbst nicht weiß, wohin die Sache führen soll.«

»Hat er kalte Füße bekommen?«

»Und nimmt daher einfach nicht mehr ab, nachdem er mich am Wochenende sogar der gesamten Verwandtschaft vorgestellt hat?«, erwidere ich. »Das erscheint mir unwahrscheinlich.«

Paula legt den Kopf schief. »Mir nicht«, sagt sie. »Vielleicht mochten sie dich nicht und wollen dich nicht in ihren Familienverband aufnehmen.«

»Paula, bitte!« wehre ich ab, »Das sind doch keine Moslems.«

»Weißt du, wie die Eingeborenen hier ticken? Also *ich* nicht!«, beharrt Paula. »Sehr *religiös* sind sie zumindest. Vielleicht ist der schöne Sarde ja auch seit Urzeiten der Nachbarstochter versprochen?«

»Jetzt hör aber auf!«, rufe ich heftiger als gewollt. Mir beginnt, diese Diskussion ernsthaft an die Nieren zu gehen. »So einen Quatsch gibt es hier nicht. Wir sind in Europa.«

Wirklich sicher bin ich mir allerdings nicht. Ich trommele nervös auf der Tischplatte herum.

Paula beugt sich zu mir herüber. »Was ist es dann, Annika?«, fragt sie eindringlich, »Du musst es herausfinden. Vielleicht ist ihm ja auch nur etwas zugestoßen.«

»Ach, nur etwas zugestoßen?«, sage ich zynisch, »Dann geht's ja.« Ich lege die Hände ineinander und denke nach. »Wir beide machen jetzt den Deal der Wahrheit«, sage ich dann, »du besorgst dir einen Schwangerschaftstest, und ich leihe mir dein Auto und fahre zu Riccardo. Abgemacht?«

Paula seufzt ergeben. »Abgemacht«, sagt sie.

Es ist wie jedes Mal ein langer, langer Weg Richtung Nuoro, und bei jedem Kilometer, den ich fahre, werde ich unruhiger. Warum höre ich nichts von Riccardo? Seit wir uns kennen, senden wir uns mehrmals täglich E-Mails und SMS oder rufen einander einfach nur kurz an, um Hallo zu sagen. Im Event- und Ziegenchaos ist mir die Funkstille gar nicht richtig aufgefallen. Aber Paulas Überlegungen haben wie ein Schlag mit dem Zaunpfahl auf mich gewirkt.

Mit einem flauen Gefühl im Magen verlasse ich die

Schnellstraße und nehme die mir inzwischen schon heimisch gewordene Serpentinenstraße nach Nuoro. Ob ich ihn eben noch mal anrufe?

Quatsch, ich bin ja sowieso gleich da.

Es wird alles in Ordnung sein. Vielleicht war er beschäftigt. So wie ich. Vielleicht wollte er bloß nicht stören.

Oder?

Womöglich hat er sich mittlerweile das Gleiche gefragt, was Markus mir an den Kopf geworfen hat: Wo soll das mit uns hinführen? Wir haben nie darüber gesprochen. Warum auch? Was soll man einem Menschen nach so kurzer Zeit an Versprechungen und Zusagen abringen? Auf der anderen Seite stand die Frage immer unausgesprochen im Raum, je öfter wir uns gesehen und wie Seelenverwandte verstanden haben. Vielleicht sollte ich das Thema mal ansprechen?

Und wenn ihm doch etwas passiert ist?

Mit plötzlich klammen Händen biege ich von der Straße ab zu Riccardos Haus. Langsam lenke ich den Wagen an der Kirche vorbei, schalte den Motor aus und steige ängstlich aus.

Riccardos Auto parkt unschuldig in der Einfahrt, sein Wohnwagenanhänger gleich daneben.

Mit einem Mal kommt mir das alles samt der Ruhe hier oben bedrohlich vor.

Zögernd erklimme ich die Stufen zu seiner Haustür und klingele. Wie bei meinem ersten Besuch klopft mir das Herz bis zum Hals. Aber dieses Mal ist es anders. Ich verspüre eine diffuse Angst.

Niemand öffnet.

Ich gehe die Haustreppe wieder hinab und schlendere langsam zum Wohnhaus von Riccardos Großeltern hinüber. Der kleine, ungepflegte Innenhof liegt ruhig da, wie ich ihn vor wenigen Tagen zum ersten Mal gesehen habe. Unwillkürlich habe ich das Gefühl, beobachtet zu werden, und drehe mich um.

Ein paar Meter entfernt von mir sitzt Riccardos Großmutter Maria in der Abendsonne auf einer Bank und putzt Bohnen, die sich auf dem Tisch vor ihr in großen Plastikschüsseln auftürmen.

»Signora, buona sera«, rufe ich überrascht. »Wie geht es Ihnen?«

Die alte Dame senkt den Blick, legt wortlos das Küchenmesser neben der Schüssel auf dem Tisch ab, erhebt sich und verwindet schnellen Schrittes ins Haus.

Komisch.

Ob sie Riccardo holt?, frage ich mich.

Die Haustür wird von innen geschlossen, und zu allem Überfluss zieht sie nun auch noch mit energischem Schwung eine bunte Gardine vor ein kleines Ausguckfenster neben der Tür.

Nein, sie holt ihn nicht. Sie ist auf der Flucht vor mir, durchfährt es mich entsetzt.

Paula hatte recht. Irgendetwas liegt hier ganz, ganz schlimm im Argen.

Wie vom Donner gerührt stehe ich da und starre auf das verriegelte Haus, in dem die beiden mich vor wenigen Tagen noch mit so viel Herzlichkeit und Wärme empfangen haben. Kein Ton ist zu hören.

Plötzlich vernehme ich hinter mir ein Scheppern und

ein lautes Fluchen. Ich fahre herum und sehe weiter hinten im Schuppen Riccardo, der sich nach einer Kiste mit Metallteilen bückt, die ihm offenbar gerade heruntergefallen ist.

»Riccardo!«, rufe ich und laufe auf ihn zu. »Riccardo, *ciao!*«

Er zuckt zusammen. Offenbar hat er mich erst jetzt bemerkt. Sein Gesichtsausdruck verhärtet sich, als er mich sieht, seine Augen funkeln mich abweisend an.

»Annika«, sagt er nur, »*vattene* – geh!«

Ich bleibe erschrocken stehen, Paulas Worte schießen mir erneut durch den Kopf. Offenbar habe ich tatsächlich etwas gesagt oder getan, womit ich völlig daneben lag. Nur um Himmels willen, was?

»Riccardo, bitte, lass uns reden, was ist denn …?«

»Annika, geh! Ich will dein Geschwafel dazu nicht hören!«, brüllt Riccardo mit einem Mal.

Ich fahre zusammen, noch nie habe ich ihn auch nur ansatzweise verärgert oder gar so böse gesehen.

»Riccardo, ich …« Ich strecke beide Hände nach ihm aus und schüttele entsetzt den Kopf. »Bitte sag mir …«, setze ich hilflos erneut an.

»Ich sage dir gar nichts, und jetzt verschwinde endlich!«, brüllt Riccardo erneut und macht einen fast bedrohlichen Schritt auf mich zu.

Ich mache den Mund schnaufend auf und wieder zu. »Bitte, ich …«, flehe ich.

Er lässt die Werkzeugkiste erneut zu Boden fallen, läuft an mir vorbei und verschwindet in Richtung Hinterhof der Anlage.

Nach einer Schrecksekunde, rappele ich mich auf und

folge ihm. Ich laufe die kleine Kurve um den alten Schuppen herum und – stehe Angesicht zu Angesicht *nonno* Antonio gegenüber.

Ich schreie laut auf und trete ein paar Schritte zurück, woraufhin ich ins Stolpern komme und beinahe hinfalle.

Riccardos Großvater baut sich vor mir auf wie ein Elefantenbulle vor seiner Herde. Er ist unrasiert, wirkt ungekämmt und steht breitbeinig in seiner Pfadfinderkleidung vor mir wie ein Bandit in alten Zeiten. In der Hand hält er einen mannshohen, knüppelartigen Wanderstab, mit dessen Spitze er nun energisch auf den Boden schlägt, sodass der Asphalt unter uns knallt.

Erneut zucke ich verschreckt zusammen. »Signor Antonio …«, setze ich hilflos an.

»Runter von meinem Gelände!«, donnert es brüllend. Erneut schlägt er den Stock auf. »Weg mit dir«, brüllt er weiter, »verlasse sofort meinen Hof!«

Wie auf der Flucht drehe ich mich um und renne stolpernd und schnaufend davon. Als ich das Auto erreiche, drücke ich wild auf dem Schlüssel herum, um es zu entriegeln. Erst springt der Kofferraum auf, dann blinken alle Lichter. In Panik reiße ich an der Fahrertür herum, die schließlich nachgibt. Ich stecke den Schlüssel ins Zündschloss, fahre im zweiten Gang holpernd an, Kies knirscht unter den Rädern, endlich gewinne ich an Boden. So schnell ich kann, rase ich vom Hof.

Wie vom Teufel gejagt, heize ich die Serpentinenstraße herunter und schluchze verzweifelt vor mich hin. Was in Gottes Namen habe ich falsch gemacht? Was ist denn nur Schlimmes passiert, ohne dass ich davon etwas mitbekommen habe? Habe ich seine Großeltern beleidigt? Habe ich ihm wehgetan? Seine Verwandtschaft brüskiert? Was ist bloß geschehen?

Wie von Sinnen steuere ich den Wagen rechts, links, rechts durch die engen Kurven des Gebirges von Nuoro hinab, unfähig zu denken. Ein-, zweimal kommt mir ein Auto entgegen, dem ich im letzten Moment unter dem Hupkonzert meines Gegenübers ausweichen kann. Irgendwann dringt ein Klingelgeräusch, das mich irgendwie schon seit Minuten begleitet, bis in mein Gehirn vor.

Der Kofferraum ist offen.

Das Warnsignal, das seit meiner Abfahrt von Riccardos Hof ertönt, habe ich noch nicht mal wahrgenommen. Ich halte ein paar hundert Meter weiter in einer Parkbucht an, steige aus und schlage die Kofferraumklappe mit einem heftigen Schwung zu. Ich blicke mich um und habe das Gefühl, zum ersten Mal in den letzten zehn Minuten wieder Luft zu holen. Ich atme noch mal.

Das war mein Fehler.

Die Tränen des Schocks und der Enttäuschung schießen nur so aus mir heraus. Ich setze mich ins Gras, schlinge die Arme um die Knie und weine hemmungslos.

»Das kann doch nicht wahr sein!«, ruft Paula aufgeregt und läuft im Zimmer auf und ab. »Das glaube ich einfach nicht.«

»So ist es aber«, sage ich tonlos, kauere mich noch mehr auf ihrem Hotelbett zusammen und ziehe die Wolldecke enger um die Schultern. »Es war exakt so, wie ich es dir gerade erzählt habe.«

»Was hat die denn gestochen? Hast du denen das Tafelsilber geklaut, oder was?«, schimpft Paula weiter.

Ich zucke mit den Schultern. »Ich wünschte, das hätte ich«, sage ich, »dann wüsste ich jetzt wenigstens, warum sie so megawütend auf mich sind. So etwas ist mir echt noch nie passiert, dass man mich«, wieder kommen mir die Tränen, »wie einen räudigen Hund vom Hof jagt.« Ich weine leise.

»Klingt wirklich nach einer Geschichte wie bei erzkonservativen Moslems.« Paula lässt sich neben mich aufs Bett fallen und streicht mir über den Rücken. »Vielleicht haben sie herausgefunden, dass du keine Jungfrau mehr bist.«

»Sehr witzig«, schnaube ich. »Apropos, bist du schwanger? Hast du einen Test gemacht?«

»Die Apotheken hatten schon zu«, wiegelt sie resolut ab. Fehlt nur noch, dass sie ein »Papperlapapp« an die Info zu dem en passant gebrochenen Versprechen anhängt. Wahrscheinlich ist die Angst vor dem Ergebnis zu groß.

»Damit sind wir ja beide weiterhin in völliger Unklarheit über unser Leben«, fasse ich dramatisch zusammen. Dann werfe ich den Kopf aufs Bett und fange wieder an zu heulen.

»Hey«, sagt Paula sanft, »ich will auf dem Kopfkissen noch schlafen.« Sie reicht mir ein Taschentuch. »Nichtsdestotrotz: Ich kann das alles nach wie vor nicht glauben.«

»*Du* hast mich doch hingeschickt, weil du die schlimmsten Vermutungen hattest«, erinnere ich sie verheult an unser Gespräch, als ich noch dachte, meine Welt mit Riccardo sei in bester Ordnung.

»Ach«, wehrt Paula ab, »das war nur so. Das war nichts als eine Idee. Etwas, das sein *könnte*, aber nicht sein *muss*, verstehst du?«

»Ich verstehe. Dummerweise warst du damit näher dran, als mir lieb ist.«

»Geht mir auch so.« Paula steht wieder vom Bett auf und schreitet wie ein verdatterter Oberlehrer im Zimmer auf und ab. »Das kannst du so nicht auf dir sitzen lassen«, sagt sie dann und bleibt stehen.

»Wie meinst du das?«

»Ich meine, du hast nichts Besonderes verbrochen. Du hast keine Ahnung, was passiert ist, und jetzt liegst du verzweifelt hier herum. Ich finde«, sie erhebt die Stimme und bleibt mit ausgestrecktem Zeigefinger vor mir stehen, »du hast ein Recht auf eine Erklärung!«

»Ehrbare Worte«, schnaube ich, »und was mache ich nun damit?«

»Du fährst wieder hin und verlangst eine Erklärung. Ganz einfach.«

»Spinnst du?« Ich richte mich im Bett auf und blinzele Paula böse an. »Denkst du, ich bin bescheuert, oder was? Seit ich Riccardo zum ersten Mal gesehen habe, drehen sich meine Gedanken nur um ihm. Ich bin ihm nachgefahren, um ihm sein doofes Messer zu bringen, bin gesprungen, wenn er angerufen hat, habe brav *bella figura* vor seiner gesamten Verwandtschaft gemacht und bin mit ihm in seinem alten Fickcontainer über die Insel gegondelt«, rede ich mich in Rage. »Und nun«, komme ich zum Ende, »soll ich noch einmal nach Canossa kriechen, um mich erneut demütigen lassen? Diese blöden Sarden mit ihrem blöden Stolz! Wer bin *ich* denn, dass man so mit *mir* umgeht?«

Paula hat meine Rede mit unbeweglicher Miene verfolgt. »Die Demütigungsnummer hatten wir ja schon mit Bräunlich«, sagt sie trocken. »Irgendwie ziehst du das wohl an.«

»Danke sehr!«, brumme ich böse. »Ich nehme die Dinge eben nicht auf die leichte Schulter, so wie du irgendwelche Matzeks oder Igors.«

»Danke ebenfalls«, sagt Paula scharf. »Bitte nimm zur Kenntnis, dass ich deinen Kummer keineswegs auf die leichte Schulter nehme und mir sehr wohl meine Gedanken dazu mache.«

Reumütig schlage ich mit der flachen Hand auf das Kissen neben mir. »Tut mir leid, Paula. Bitte entschuldige, was ich gerade gesagt habe, das habe ich natürlich nicht so gemeint«, sage ich und stehe auf. »Es war ein Höllentag für mich heute. Ich gehe jetzt wohl besser ins Bett.«

Nach einer durchwachten Nacht bin ich am nächsten Morgen die Erste im ansonsten noch leeren Frühstücksraum. Mich hat nichts mehr im Bett gehalten, alleine mit meinen verzweifelten Gedanken. Kraftlos beschmiere ich ein Brötchen mit Butter, während mir eine junge Servierfee mit krausen Locken und großen, dunklen Augen aufmunternd lächelnd ein Kännchen Tee serviert. Wenn die wüsste …

Paula schläft noch. Ich wünschte, sie wäre hier, damit ich mich noch einmal bei ihr entschuldigen könnte.

Stress mit ihr ist das Letzte, was ich gerade brauche. Ich bin froh, dass sie hier ist. Sie wird mir schrecklich fehlen, wenn sie nächste Woche abreist.

Wie hypnotisiert gehe ich die Bilder vom gestrigen Abend im Kopfe noch mal durch. Während ich mir Marmelade aufs Brötchen streiche, denke ich nach.

»Hallo, Annika, darf ich?«

Ich zucke zusammen.

Markus steht vor mir. Er hat seine Laptoptasche geschultert und einen eleganten Rollkoffer in frühlingshaftem Schwarz dabei.

»Markus«, sage ich lahm, »Was machst du denn schon so früh hier?«

»Ich reise heute ab und nehme den ersten Flieger um kurz nach acht von Olbia«, sagt er. »Gleich kommt der Fahrer, aber als ich dich hier so sitzen sah, dachte ich, ich sage noch mal Tschüss und trinke vielleicht noch einen schnellen Espresso mit dir.« Er setzt sich zu mir an den Tisch. »Und, wie geht's?«, fragt er dann.

»Geht so«, sage ich, »anstrengend alles.« Mehr Infos bekommt er nicht.

Er nickt gewollt verständnisvoll und legt dabei die Stirn in Falten. »Du freust dich bestimmt, wenn das alles hier vorbei ist und du wieder nach Hause fahren kannst, hm?«, fragt er gönnerhaft.

Nach Hause, in die Kleinstadtprovinz. Dort, wo eine ganze Stadt gleich GID Company ist, sich dabei zwar international fühlt, aber kleinbürgerlich denkt, überlege ich bitter.

»Ja, ich freue mich«, lüge ich stattdessen.

Bitte keine weiteren Fragen.

Markus nickt zufrieden. »Ist doch schön, Annika«, sagt er. »Das mit der Speditionsrechnung bekommen wir bestimmt auch geregelt, und dann ist alles im Lot.« Er klatscht in die Hände und gibt dem Kellner ein Zeichen, ihm einen Kaffee zu bringen. »Vielleicht«, beginnt er dann ganz unschuldig, »hast du ja Lust, dass wir mal wieder zusammen essen gehen?«

Ich grinse ironisch. »Du meinst im Rossini, so wie früher?«, frage ich und kann den Spott in meiner Stimme nicht unterdrücken, »Dorthin, wo dich der Wirt *›caro mio‹* rufend umarmt und uns einen Amaretto ausgibt?«

Markus rückt unruhig den Zuckerstreuer auf dem Tisch zurecht. »Na ja, es muss nicht im Rossini sein«, weicht er zurück. »Wir könnten auch mal etwas Neues ausprobieren.«

21.

Es vergehen zwei Tage, die ich wie in Trance verbringe. Ich funktioniere wie eine Maschine, lenke mich mit meiner Arbeit ab und tue so, als amüsiere ich mich am Ende der Messetage in der Zeltbar mit einer Gruppe Automobiljournalisten, die keinen anderen Gesprächsstoff kennen als Blech auf vier Rädern, gewürzt mit einer Prise schöner Frauen. Ich finde ihre Unterhaltungen, unterbrochen lediglich durch ein paar Anmachversuche in meine Richtung, derart öde, dass ich mich frage, ob sie mein aufgesetztes Lächeln denn gar nicht entlarven wollen.

Ich fühle mich so platt, dass ich noch nicht einmal aufgeregt bin, als gegen Feierabend mein Telefon klingelt und mein Chef in der Leitung ist.

»Hallo, Herr Bräunlich«, sage ich monoton, während ich auf meinem Schreibtisch ein paar Unterlagen ordentlich stapele und den Rechner runterfahre.

»Frau Herrmann«, zu meiner Verwunderung schreit er zur Begrüßung gar nicht, »es *gab* ja doch eine von mir freigegebene Vergabeempfehlung von Ihnen für den Speditionseinkauf.«

Er fällt direkt mit der Tür ins Haus, und ich verstehe erst einmal gar nichts. Daher schweige ich und lasse ihn reden.

»In den Akten der Einkaufsabteilung ist ein Formular

aufgetaucht, datiert auf Januar, in dem Sie darlegen, warum Sie für dieses Projekt von der Spedition Schleyer abweichen. Ich selbst habe das Papier damals unterzeichnet«, erklärt Herr Bräunlich erstaunlich ruhig.

Stille.

Nein, so ein Formular kenne ich nicht, denke ich.

»Ich dachte, es würde ausreichen«, weiche ich wild fachsimpelnd aus, um Zeit zu gewinnen, »wenn ich mir vom Einkaufssystem die BANF freigeben lasse. Der Prozess dauert schließlich fast immer so lange, bis das jeweilige Projekt so gut wie über die Bühne ist«, erkläre ich weiter. »Die Beschaffungsanfrage haben Sie damals sogar freigegeben …«

Bräunlich atmet tief durch und ringt nach Worten. »Ja, das stimmt, allerdings hätte ich Ihnen die BANF gar nicht erteilen dürfen«, antwortet er. »Da ist mir wohl ein Fehler unterlaufen, bei den vielen Anfragen, die mich tagtäglich erreichen. Sie hätten mich darauf ansprechen müssen, wenn Sie einen Lieferanten aussuchen, mit dem wir sonst nicht zusammenarbeiten, erst recht, wenn er auch noch teurer ist als der bisherige.« Er zündet sich eine Zigarette an, ein Feuerzeug klickt mehrfach. »Nichtsdestotrotz, Frau Herrmann, Sie sind *nicht non compliant* vorgegangen, wenn Sie eine Vergabeempfehlung dazu eingereicht haben. Der Einkauf hat sie mir allerdings erst jetzt gezeigt. Ich kann mich leider auch nicht mehr daran erinnern, sie unterzeichnet zu haben.«

Mir ist, als hörte ich so etwas wie Unsicherheit und Reue in seinen Worten.

»Hm«, murmele ich, immer noch in Habachtstellung. Worauf will er wohl hinaus?

»Frau Herrmann«, ich höre, wie Bräunlich an der Zigarette zieht und den Rauch in die Luft pustet, »ich muss sagen, mir hat das Event in Sardinien recht gut gefallen. Sie haben da ja doch einiges auf die Beine gestellt, wirklich. Mit Unterstützung der Fireagency natürlich«, fügt er eilig hinzu.

War das womöglich gerade so etwas wie ein Lob?

»Da passieren einem natürlich auch Fehler«, fährt Bräunlich langsam fort. »Die Vergabe des Speditionsauftrags hätte besser ablaufen können, aber wenn wir hier in der Abwicklung Ihre Empfehlung übersehen haben«, er zögert, »dann trifft Sie keine Schuld.«

Ich glaube, ich höre nicht richtig.

»Okay«, stammele ich, »dann weiß ich Bescheid, vielen Dank.«

»Ja, das wollte ich Ihnen kurz sagen«, antwortet mein Chef. »Dafür muss auch mal Zeit sein, bei all dem Stress hier«, laviert er weiter herum. »Die Zeiten bei GID haben sich sehr geändert. Früher war das alles entspannter.« Er gibt so etwas wie ein Lachen von sich. »Seinerzeit waren wir in dieser Abteilung fünfundzwanzig Leute, heute verteilt sich deutlich mehr Arbeit als früher auf ungefähr zehn Köpfe.« Bräunlich raucht weiter.

Oha, der Beschwerdehahn geht auf, interessant.

»Heute hat übrigens Frau Weißensee ihren Abschied gegeben. Das übliche Spiel: Rationalisierung und Arbeitnehmerabbau. Sie wurde völlig überraschend zum Monatsende in den Frühruhestand versetzt.«

Ah, ich verstehe: Bräunlich ist betrunken von Frau Weißensees süßem Abschiedsfusel.

»Also, es ist alles nicht mehr so wie in den guten

alten Zeiten«, fügt er altklug hinzu und hüstelt bekümmert.

Ich hingegen bin froh, dass Frau Weißensee weg ist. Von mir aus hätte sie auch überraschend tot umfallen können.

»Aber nun haben Sie ja Herrn Schrader als Assistenten«, versuche ich, meinen Chef über den Abschied hinwegzutrösten.

»Ja, der Herr Schrader …«, Bräunlich zögert, »diese jungen Ambitionierten von heute setzen sich sehr hohe Karriereziele.«

Genau, Schrader will deinen Stuhl, denke ich. Ob Bräunlich das ahnt?

»Da müssen wir Alteingesessenen uns teilweise ganz schön umgucken«, fährt er fort. »Das haben wir ja heute bei Frau Weißensee gesehen.«

Ja, er ahnt etwas. Die guten alten Zeiten gibt es in der Tat nicht mehr.

»Hm«, murmele ich, um mal wieder etwas zu sagen, »so ist das …«

Bräunlichs allzu menschlicher Gefühlsausbruch irritiert mich mehr, als dass er mich rühren würde. Ich möchte ihn loswerden. Soll er doch alleine weiterpicheln und rauchen in seinem nun vorzimmerdamenfreien Büro.

»Sagen Sie, Herr Bräunlich«, setze ich vorsichtig an, »könnten Sie mir die Vergabeempfehlung für den Speditionsauftrag bitte noch mal für meine Unterlagen zuschicken? Ich habe das Papier gerade gar nicht zur Hand«, manövriere ich herum. »Würden Sie es mir kurz faxen?«

»Jaja«, Bräunlich klingt abwesend. Wer weiß, was er auf seine alten Tage raucht? »Ich habe den Scan per Mail bekommen und leite Ihnen die Datei gleich weiter.«

Ich höre ihn mit der Maus herumklicken.

»Okay, vielen Dank«, erwidere ich in einem Ton, mit dem man in der Regel Telefonate beendet. »Dann würde ich mal sagen, Herr Bräunlich, Ihnen noch einen schönen Abend?«

»Ja, Frau Herrmann. Danke sehr, auf Wiederhören.«

Er legt auf. Wenigstens hat er mir keinen schönen Abend gewünscht, sonst wäre ich wohl endgültig aus allen Wolken gefallen.

Ich lege das Telefon beiseite, drücke auf den Ein-Knopf meines Rechners und lehne mich abwartend zurück.

Wann und wo habe ich bitte diese Vergabeempfehlung geschrieben, die mich in der Sache offenbar gerettet hat? Ich kann mich an nichts erinnern. In der Tat: Ich habe es damals mit niemandem großartig besprochen, als ich Soru auf die Empfehlung der Fireagency hin den Transportauftrag gegeben habe. Das muss irgendwie im Tagesgeschäft untergegangen sein. Über den Rahmenvertrag mit Schleyer habe ich nicht weiter nachgedacht, als mir die Fireagency erklärt hat, dass nur Soru in der Lage sei, im Hafen von Olbia die Abfertigung der zig eingehenden Pkws zu regeln.

Ich öffne mein Postfach. Bräunlich hat Wort gehalten. Seine Mail ist schon da. Kommentarlos hat er mir die Mail von einer Sachbearbeiterin aus dem Einkauf weitergeleitet, die ihn heute Mittag erst auf die Existenz des Dokuments aufmerksam gemacht hat. Ich drucke mir den Anhang aus und beuge mich neugierig darüber.

Das Formular aus dem Januar enthält den knappen Satz »Exklusivvergabe an diesen Anbieter, da Beschaffenheit und Form der Ware den GID-Vorgaben entsprechen, was die Wettbewerber in dieser Form nicht leisten können.«

Ich stutze. Der Satz kommt mir bekannt vor, den habe ich tatsächlich mal geschrieben. Aber nicht im Zusammenhang mit dem Spediteur. Ich denke nach und betrachte das Papier genauer.

Ja genau, vor einem halben Jahr hatte ich Probleme mit einem Auftrag für Druckkugelschreiber samt Beschriftung, die wir mit dem Logo des neuen Dakar versehen wollten. Weil das Aussehen des Wagens damals noch streng geheim war, wollten wir einen Lieferanten aus der Stadt beauftragen, bei dem wir sicher sein konnten, dass das Logo in seinen Mauern blieb. Nicht dass ein Anbieter womöglich in China produzieren ließ und wir keine Kontrolle mehr über unsere Markenneuheit hatten. Der ganze Auftrag belief sich lediglich auf fünftausend Euro, und natürlich hatte Bräunlich ihn genehmigt.

Nun liegt eben diese Vergabeempfehlung vor mir, allerdings im Wert marginal auf zweihundertfünfundzwanzigtausend Euro erhöht. Es besteht kein Zweifel: Jemand hat das Kuli-Original-Papier genommen und es, sagen wir, »ergänzt«. An den Preis wurde vorne einfach eine Zweiundzwanzig angefügt, aus der Überschrift »Beschaffung von Werbemitteln« wurde »Transport und Beschaffung von Werbemitteln, Pkw, Eventzubehör«. Geschickt gemacht. Selbst bei genauestem Betrachten kann man keine Unregelmäßigkeiten im Schriftbild erkennen.

Da muss jemand lange mit dem Drucker herumexperimentiert haben, um die Ergänzungen genau dort hinzusetzen, wo er sie haben wollte.

Das kann nur Markus gewesen sein.

Puh.

Ich springe auf und laufe aufgeregt durchs Zimmer.

Markus hat mich gerettet. Er hat Wort gehalten und mich vor einer Abmahnung oder gar Schlimmerem bewahrt. Dabei hat er viel riskiert, und das nur für mich.

Ich verlasse mein Bürokabuff und marschiere in die Cateringküche, wo das Personal gerade zusammenräumt, die letzten Gläser poliert und wegräumt.

»Ist noch eine Flasche offen?«, frage ich eine dicke, kleine Sardin, die gerade mit dem Besen durch die Küche wirbelt.

Sie nickt und lächelt. »Da hinten im Kühlschrank, *bella*. In der Loungeecke der *capi importanti* – der wichtigen Bosse – sind heute viele schöne Sachen geöffnet, aber nicht ausgetrunken worden.«

Ich nehme mir eine Flasche edelsten Champagner aus dem Kühlschrank, schnappe mir ein Glas aus dem Geschirrkorb und sende einen mentalen Stinkefinger an Herrn Schwartze. Vielleicht werde ich das Etikett von der Flasche trennen und es ihm zu Hause mit Pattex an den Monitor kleben. Oder noch besser: mitten auf die Windschutzscheibe seines samstäglich gewienerten Autos.

Schon auf dem Rückweg in mein Büro habe ich ein halbes Glas Champagner intus. Ich lasse mich in den Bürostuhl sinken und greife erneut nach dem unheimlichen Dokument auf meinem Tisch.

Unfassbar!

Markus hat mir den Hals gerettet. Vielleicht sogar den Job. Bräunlich hat mich für meine gute Arbeit gelobt und sogar Reue für sein Verhalten gezeigt.

Ich schenke mir noch ein Gläschen ein.

Ja, ich habe es verdient, auch mal Glück zu haben. Klar, mir ist ein dicker Fehler passiert. Aber der ist nun aus der Welt geschafft … oder vielmehr aus der Welt gefälscht. Nach mir die Sintflut! Nun will ich weiter Karriere machen bei GID. Alle sollen wissen, dass ich das Millionen-Launch-Projekt für den Dakar organisiert habe. Ich ganz allein. Nur mit ein paar Bauern auf dem Schachbrett um mich herum.

Ich bin die Größte.

Und die Einsamste.

Drittes Glas her.

Riccardo fehlt mir. Mich hat noch nie ein Mensch auf Anhieb so fasziniert wie er, und dann schießt er mich wie ein Blitz aus heiterem Himmel ab. Niemals hätte ich das gedacht, und ich verstehe es immer noch nicht. Wenn ich nur daran denke, bricht es mir erneut mit lautem Knacken das Herz.

Ich trinke einen großen Schluck.

Stattdessen rettet mich mein Exfreund aus einer ganz miesen Situation. Ausgerechnet Markus, den ich vor einigen Monaten für ihn ebenso überraschend abserviert habe. Was allerdings eher an ihm lag, weil er die subtilen Zeichen davor nicht verstanden hat. Nichtsdestotrotz: Für ihn kam es überraschend.

Auf dem Blatt vor mir vermehren sich inzwischen die Nullen. Die gedruckten zweihundertfünfundzwanzigtausend Euro verschwimmen erst zu Millionen und dann zu Milliarden. Mein Kopf dreht sich, meine Arme werden schwer.

Umständlich fingere ich nach meinem Handy und wähle Enzos Nummer. Nach acht Mal Klingeln meldet er sich mit verschlafener Stimme.

»Feierabend, nun auch für mich«, sage ich, »Bitte holen Sie mich ab, ich möchte ins Hotel.«

22.

Heute ist der erste Tag, an dem auch Endkonsumenten aus ganz Europa zu unserer Präsentation zugelassen sind. Einigen davon bezahlen wir sogar Flug und Unterkunft, die meisten kommen jedoch auf eigene Kosten aus Neugierde und weil sie sich gebauchpinselt fühlen, zu diesem exklusiven Event eingeladen zu sein. Das sind in fünfundneunzig Prozent der Fälle Männer. Männer, die sich ein Auto im hohen fünf- oder gar sechsstelligen Bereich leisten können, sich dann aber auf der Jagd nach Ansteckern, Schirmmützen und Freibier benehmen wie ausgehungerte Wölfe nach einem langen Winter. Immerhin können die Hostessen aufatmen, was ihre nackten Rücken anbetrifft: Endkonsumenten sind in der Regel mit ihren Partnerinnen eingeladen, und die passen gut auf ihre Männer auf. Zwar haben Ehefrauen bei der Wahl des Familien-Pkws nicht viel zu melden (das hat unsere Marktforschung belegt), können im Ernstfall aber zum Risiko beim Geschäftsabschluss werden, wenn sie nicht entsprechend mit Kaltgetränken, Blumen und Komplimenten hofiert werden. Aber darauf sind wir vorbereitet.

Nicht umsonst habe ich mich heute früh schon um acht mit einigen Hostessen zum Tagesbriefing zusammengesetzt, um die heutige Schlacht zu besprechen.

Die ersten Interessenten treffen gegen zehn Uhr ein und lassen sich mit Espresso und einem späten zweiten

Frühstück bei Laune halten. Ein Pianist klimpert live gemächliche Klaviermusik, die Stimmung ist gut. Der einzige kurze Unruheherd entsteht in einem Seitenzelt, wo eine Hostess heimlich zwei besonders charmante Besucher mit einer Dakar-gebrandeten Regenjacke beschenkt. Dies beobachtet prompt eine Gruppe anderer Gäste, die natürlich sofort auch eine Jacke wollen oder, noch schlimmer, der Ansicht sind, dass sie das *Recht* haben, auch eine zu bekommen. Abgesehen davon bleibt alles ruhig und entspannt.

Um die Mittagszeit verkrümele ich mich mit ein paar Sandwiches in mein Messebüro und blättere lustlos durch die neuesten Pressemeldungen über den Dakar. Ich bin erschöpft, der Champagner von gestern fordert seinen Tribut. Also lege ich die Artikel beiseite, um ein bisschen im Internet zu surfen. Langsam könnte ich mich mal damit befassen, wie ich meinen Sommerurlaub verbringen will. Eine Reisebegleitung habe ich nun definitiv nicht mehr.

Kauend klicke ich mich traurig durch irgendwelche Sport- und Aktivangebote in einem Klub auf Ibiza und male mir die Partys nach dem Abendessen aus, bei denen jeder auf der Suche ist, um bloß nicht alleine ins Bett gehen zu müssen. Zu allem Überfluss kommen mir wieder die Tränen.

In diesem Moment klopft es sachte an meine Bürotür.

Dabei möchte ich so gerne allein sein, wenigstens für einen kurzen Moment. Fast bin ich versucht, mich kurzerhand unter dem Schreibtisch zu verschanzen, aber das geht natürlich nicht. Daher gebe ich keinen Mucks von mir und warte in geduckter Haltung ab.

Es klopft erneut, dieses Mal etwas bestimmter. Die Tür öffnet sich. Es ist Paula, die vorsichtig durch den Türspalt linst.

»Annika?« Besorgt betrachtet sie mein schon wieder verheultes Gesicht.

»Ja?«, brumme ich unwirsch zurück.

»Darf ich reinkommen?«, fragt sie aufgeregt. »Ich muss dir was erzählen.«

»Was gibt es denn?« Wieder eine Halbschlägerei um irgendwelche Regenjacken? »Wo warst du eigentlich heute früh?«, will ich dann wissen.

»Genau darum geht es«, sagt sie atemlos und setzt sich mir gegenüber. Sie macht ein Gesicht wie ein alarmierter Wachhund.

»Oh Gott, bitte keine Neuigkeiten mehr«, stöhne ich. »Bekommst du nun ein Kind von Igor?«

»Nein«, Paula wischt meine Frage weg wie eine lästige Fliege, »das ist Schnee von gestern. Alles in Ordnung. Aber das hier musst du dir anhören.« Sie senkt die Stimme und macht eine Kunstpause. »Ich war bei Riccardo«, verkündet sie.

…?

»Du warst wo?«, schnaufe ich entsetzt und stütze mich mit butterweichen Armen auf der Tischplatte auf. Mein Magen zieht sich zusammen. »Wie denn das?«, stottere ich.

»Enzo hatte die Adresse in Siniscola noch in seinem Navi«, antwortet sie. »Im Rathaus haben wir dann ein bisschen herumgefragt, und schon hatten wir ihn«, erzählt Paula weiter.

Meine Gedanken rotieren. Ich staune. Enzo, diese

Tröte. Ich wäre niemals auf die Idee gekommen, den um Hilfe zu bitten, aber da hat er sich ja geradezu brillant geschlagen. Nur was wollte Paula von Riccardo?

»Und dann?«, frage ich atemlos.

»Wir haben uns am Empfang einfach nach Riccardo durchgefragt, und irgendwann stand er dann endlich vor mir. Die Leute dort waren sehr hilfsbereit«, informiert mich Paula. »Ein sehr schöner Mann, dieser Riccardo«, fügt sie bewundernd hinzu.

»Was um Himmels willen wolltest du von ihm?«

»Ein Erklärung«, antwortet sie schlicht. »Ich habe ihm gesagt, dass ich wissen möchte, was zwischen euch vorgefallen ist, weil du so happy mit ihm warst.« Sie schweigt für einen Moment.

»Und?« Gleich schüttele ich sie, wenn sie nicht sofort anfängt, flüssig und ohne Unterbrechungen zu berichten.

»Er hat behauptet, du hättest mit ihm Schluss gemacht.«

Mir klappt die Kinnlade runter, ich kann nicht anders. »Was?«, rufe ich entsetzt.

Paula nickt. »Ich wollte es erst auch nicht glauben. Ich habe immer wieder den Kopf geschüttelt und ihm erklärt, das könne nicht sein. Aber dann hat er uns die E-Mail gezeigt, die du ihm vor ein paar Tagen geschrieben hast. Darin stand, dass du dich nicht länger mit ihm treffen möchtest, weil du dich voll auf deine Karriere konzentrieren willst und die Sache mit euch sowieso keine Zukunft hat.«

»Wie bitte?«, hauche ich.

»Außerdem«, Paula gerät ins Stocken und sucht nach

Worten, »hast du hinzugefügt, dass er im Bett leider die größte Niete ist, die dir je begegnet ist, und du inzwischen jemand Fähigeren getroffen hast«, erzählt sie.

Ich pruste ungläubig.

»Du hast«, fährt sie sichtlich peinlich berührt fort, »mit den Worten geendet: ›Nichtsdestotrotz danke für das nette Intermezzo. Deinen Landesgenossinnen mag das ausreichen.‹«

»Danke … für das … nette Intermezzo«, stammele ich wie vom Donner gerührt. »Spinnt der?«

»Annika, ich habe die Mail *gesehen*«, sagt Paula eindringlich. »Absender Annika Herrmann, daran gibt es nichts zu rütteln.«

Ich rappele mich in meinem Sitz auf, greife hastig nach der Maus und klicke wild drauflos.

»Wann soll das gewesen sein?«, frage ich hektisch. Ich weiß zwar nicht, was ich in meinen eigenen Mails überprüfen will, aber ich muss jetzt irgendetwas tun.

»Nee, nicht von deinem Web-Account«, Paula guckt mir über die Schulter, »die Mail kam über die Firmenadresse.«

Ich schaue sie wütend an. »Glaubst du im Ernst, ich beende eine private Affäre per E-Mail über meinen Firmen-Account?«

»Ehrlich gesagt, weiß ich gar nicht mehr, was ich noch glauben soll«, sagt Paula. »Los, sieh nach!«

Ich klicke durch die Ausgangspost, darunter haufenweise Mails an Riccardo. Mit der Trennung von privater und Firmenpost habe ich es zugegebenermaßen doch nicht so.

»Weißt du den genauen Tag?«, frage ich.

»Es war am Starttag des Events«, nickt Paula.

»Da hatte ich auch jede Menge Zeit, um E-Mails zu schreiben«, schnaube ich. In der Tat, es gibt an diesem Tag fünf Ausgangsmails. Drei davon an Paula und zwei ganz kurze an die Administration der Hostessenagentur.

»Aber ich habe die Mail gesehen«, insistiert Paula. »Sieh noch mal genau nach. Ist sie vielleicht in einen anderen Ordner gerutscht?«

Gehorsam klicke ich mich durch zwei öffentliche Ordner des GID-Netzwerkes und mache schließlich den Papierkorb auf.

»Das Ding ist leer!«, schreie ich entsetzt.

Paula zuckt mit den Achseln. »Ist doch normal, oder nicht? Leert der sich nicht automatisch bei jedem Neustart?«

»Nein, um Himmels willen, nein!«, rufe ich erschüttert. »Ich bewahre über lange Zeit Ideen im Papierkorb auf, die ich vielleicht noch mal brauchen könnte.«

»Bist du irre?«, fragt Paula. »Dafür gibt es Laufwerke.«

»Auch private Fotos und so«, jaule ich und klicke in dem leeren Papierkorb herum, als gäbe es dort noch etwas zu holen.

»Gib mal her«, sagt Paula mütterlich, schnappt sich den Rechner und sucht sichtlich routiniert irgendwo unter *Einstellungen* und *Optionen* herum, wofür ich mein Leben lang mit weinlicher Stimme das Helpdesk anrufen müsste.

»Hier, ich hab's«, sagt sie nach wenigen Augenblicken und schiebt mir das Gerät über den Tisch. »Dort ist ein Häkchen unter »bei Neustart Papierkorb entleeren«.

Ich mache ein blödes Gesicht. »Das stammt nicht von

mir, Paula«, sage ich. »Ich habe letzte Woche noch ein paar Bilder angeschaut, die ich dort abgelegt hatte.«

»Ab-ge-legt, im *Papierkorb*«, spottet Paula und vertieft sich wieder in die Karteikarten auf dem Bildschirm. »Dann war jemand an deinem PC«, stellt sie fest und schiebt den Laptop zurück auf den Tisch.

»Klar«, sage ich langsam, »Markus.« Ich schaue auf. »Er war am Vormittag des ersten Eventtags in meinem Büro. Mit meinem Laptop.«

Paula zuckt ungerührt mit den Schultern. »Aber der hat ja dein Passwort nicht«, sagt sie ruhig.

»Doch«, sage ich kleinlaut und knete meine Finger, »ich habe es ihm gegeben.«

»Was hast du?« Paula wird laut. »Sag mal, Annika, was machst du eigentlich für wilde Sachen?«

»Es war eben ...«, beginne ich jämmerlich. »In der Nacht ist doch hier der Überfall passiert, die Polizei kam und fing an, das ganze Projekt infrage zu stellen, dazu überall der Ziegendreck und die Verwüstung ...« Ich reibe mir über die Schläfen. »Ich war so froh, dass Markus mir geholfen und die Abwicklung mit der Polizei übernommen hat ...«

»Und danach ist er in dein Outlook gegangen und hat Einstellungen verändert?«, fragt Paula ratlos. »Warum?«

Wir blicken uns an. Die Ungeheuerlichkeit liegt in der Luft.

»Weil er davor Riccardo eine E-Mail in meinem Namen geschrieben hat. Er kannte ja sogar seinen Namen«, stelle ich leise fest.

Wir schweigen eine Weile.

»Aber warum?«, fragt Paula erneut in die Stille hinein.

Ich schüttele den Kopf. »Keine Ahnung«, sage ich schwach.

»Will er dich wiederhaben?«

Ich denke angestrengt nach. »Er hat vielleicht ein paar Andeutungen in diese Richtung gemacht, aber ich dachte nicht …«

Er hat sogar richtig etwas riskiert, um meine Gunst zurückzuerobern, fällt mir plötzlich ein. Er hat Unterlagen gefälscht, um mir zu helfen. Er hat eine E-Mail gefälscht, damit Riccardo sich von mir abwendet. Der Mann schreckt wirklich vor nichts zurück.

»Puuuh«, schnaufe ich.

»Was?«, fragt Paula.

Die Einkaufssache kann ich ihr unmöglich erzählen. »Markus hat mir kürzlich im Job sehr geholfen«, flüstere ich daher nur.

»In Jobdingen hilft er dir, in Liebesdingen schadet er dir«, fasst Paula zusammen. »Du darfst dir aussuchen, was dir lieber ist.«

Ich starre auf die weiße Pappwand meines Arbeitsverschlages. Was ist mir wichtiger – mein Job oder Riccardo? Darf ich mich das überhaupt fragen, bei einem, den ich erst seit kurzer Zeit kenne, während ich seit Jahren diesen gut bezahlten und trotz allem recht sicheren Job innehabe? Mit Markus waren GID und Zweisamkeit vereinbar. Wäre die Sache mit Riccardo weitergegangen, hätte ich irgendwann eine Entscheidung treffen müssen. Oder Riccardo. Einfach wäre das weiß Gott nicht geworden. Selbst wenn es die große Liebe zwischen uns geblieben wäre: Riccardo hätte unmöglich zu mir in mein Kleinstadtkaff mit GID-Herrschaft ziehen können. Was hätte er dort tun sollen?

»Ich weiß es nicht«, seufze ich lahm, »ich bin gerade komplett durcheinander.«

»Dann lasse ich dich jetzt mal alleine«, sagt Paula sanft und steht auf. »Nimm dir Zeit, ich werfe den Laden heute Nachmittag mit dem Verkäufer- und Endkonsumentenvolk auch ohne dich.«

Ich bin wieder in der kleinen, einsamen Bucht, in der ich Riccardo zum ersten Mal gesehen habe. Passenderweise mit einem nagelneuen Dakar, den ich mir kurzerhand vom Shuttle-Service-Fuhrpark geborgt habe und der mir auf der sandigen Buckelpiste zum Meer genauso gute Dienste erwiesen hat, wie es die Werbung verspricht.

Dieses Mal habe ich sogar einen Badeanzug dabei und versichere mich, bevor ich schwimmen gehe, dass dort auch wirklich niemand herumschnorchelt. Ich tauche den Kopf tief unter Wasser, als würde das meine Gedanken durchspülen.

Was soll ich denn jetzt bloß machen?

Ich könnte die Sache einfach auf sich beruhen lassen, das Projekt hier zu Ende bringen und in den Schoß des Unternehmens zurückkehren. Zum ersten Mal in meinem Leben habe ich offenbar Frieden mit Bräunlich geschlossen und vielleicht sogar so etwas wie seine Anerkennung gewonnen. Durch ein gefälschtes Dokument, mit dem mein Exfreund einen Fehler, der mir tatsächlich passiert ist, ausgebügelt hat. Ganz schön dünnes

Eis. Aber was will ich von einem Exfreund, mit dem es bereits einmal schiefgegangen ist und der mir auf die mieseste Art und Weise etwas zerstört hat, was gerade erst begonnen hat? Gar nichts.

Kurz entschlossen schwimme ich zurück ans Ufer, krame mein Telefon aus der Strandtasche und rufe Paula an.

»Ja?«, antwortet sie fröhlich. Im Hintergrund dröhnt lärmende Bühnenaktivität rund um den neuen Dakar und was man nicht alles Tolles damit anstellen kann.

»Sag mal«, beginne ich, »wie hat Riccardo eigentlich reagiert, als du darauf beharrt hast, dass die E-Mail nicht von mir gewesen sein kann?«

»Er war schwer verunsichert, wie wir alle«, antwortet sie. »Er wirkte enorm traurig und irgendwie auch beschämt, der Arme«, fügt sie hinzu. »Ich hatte mehrfach Angst, er würde auf den Gängen des Rathauses in Tränen ausbrechen.«

»Hm«, sage ich.

»Er hat immer wieder auf seinem Handy die E-Mail geöffnet und Enzo und mich ratlos angeschaut«, berichtet Paula weiter. »Mehr kann ich dir dazu leider nicht erzählen. Ich würde sagen, nun liegt es an dir …«

»Hm«, sage ich wieder. »Danke. Dann will ich mal weiter nachdenken.«

»Mach das, Annika«, sagt Paula. »Ich hoffe, ich sehe dich nicht zum Abendessen.« Sie legt gut gelaunt auf.

Dass Riccardo vor Paula kurz davor war, in Tränen auszubrechen, rührt mich. So habe ich ihn kennengelernt. Ein offener Mensch, immer ehrlich. Einfach authentisch.

Eigentlich etwas, das mir in meinem GID-Leben gar nicht mehr begegnet, wo jeder nur versucht, sich mit allen Mitteln ins beste Licht zu rücken und andere zu übertrumpfen. Immer mit der Angst im Nacken, eines Tages selbst übertölpelt zu werden. Wenn man nicht gerade betrunken und mental völlig am Boden ist, wie Bräunlich gestern, und dann für einen Moment die Hosen herunterlässt und ehrlich redet. Nur: Wie oft kommt so was schon vor?

Ich will in dieses Haifischbecken gar nicht mehr zurück.

Das ist nicht das Leben, das ich führen will. Allein bei dem Gedanken schüttelt es mich innerlich.

Ich möchte was Neues machen. Irgendetwas, wofür mir die Rentenkasse ratlose Briefe schreiben wird. Etwas, wonach das Einwohnermeldeamt nicht mehr weiß, wo ich bin, und ich die Krankenkasse mit irgendwelchen ausländischen Belegen zuwerfe, die sie nicht bezahlen wollen.

Ich will in den Tag hineinleben und noch mal von vorne anfangen. Womit, weiß ich noch nicht.

Aber ich möchte es mit Riccardo tun.

Kurz entschlossen stehe ich auf, ziehe mich an und eile zu meinem Auto. Nein, ich werde ihn jetzt nicht anrufen. Zu groß ist die Angst, dass er nicht abnimmt. Ich werde ihn im Rathaus stellen, so, wie es Paula getan hat. Vor seinen Kollegen kann er mich nicht davonjagen, so wie auf seinem Hof.

Ich steige ein, starte eilig den Motor und gebe Vollgas. Ich rase nach Siniscola, wie es meinem sonst so defensiven Fahrstil nicht entspricht.

Die Stadt erwacht gerade von ihrer Siesta. In ein paar Geschäften werden die Fensterläden hochgezogen, an einem Blumenladen gerade ein paar Pflanzen als Kundenlockvögel vor die Tür gestellt.

Wie von Sinnen heize ich durch den Ort, hupe ein paar Hausfrauen in Puschen zur Seite, die so lahm über die Straße schlendern, als hätten sie nichts Besseres zu tun, und komme im Halteverbot direkt vor dem Rathaus zum Stehen. Ich springe die Stufen in den zweiten Stock hinauf und klopfe an die Bürotür von Riccardos Kollegen Massimo, wo ich schon einmal stand, bevor alles begann.

»Ah, wieder eine hübsche Deutsche. Bestimmt für Riccardo. Kommt ihr jetzt täglich vorbei?«, scherzt er, als ich sein Büro betrete und er mich erkennt.

»Wenn es sein muss, ja«, sage ich resolut. »Könnten Sie mir bitte sagen, wo ich ihn finde?«

»Der ist außer Haus, *signorina*«, antwortet Massimo und greift nach einer Mappe mit ein paar abgehefteten Tabellen und handschriftlichen Einträgen. »Signor Pittu ist heute in Posada in der Wetterstation. Er repariert dort ein paar Messgeräte – auch wenn es in diesen Monaten keinen Niederschlag zu messen gibt«, fügt er hinzu.

»Könnten Sie mir den Weg erklären?«, bitte ich ihn.

Vor der Tür setze ich mich auf eine Bank und beobachte für einen Moment das Treiben um mich herum. Ich möchte es jetzt tun, ganz egal, wie mein Gespräch mit Riccardo ausgeht. Ich will klare Verhältnisse.

Ich rufe Markus an, der sofort am Apparat ist.

»GID Company, Schrader«, meldet er sich so professionell multinational, dass er sogar seinen Nachnamen amerikanisch ausspricht.

»Hallo, Markus«, sage ich.

»Hey, Annika, na, wie läuft's?«

»Du hast eine Vergabeempfehlung für mich gefälscht«, komme ich direkt zur Sache.

»Na ja, so kann man es nicht ... Annika, ich kann gerade nicht frei ... Kann ich dich heute Abend anrufen?«, windet er sich wie ein Aal.

»Du hast ein Formular für mich abgeändert und es dem Einkauf untergeschoben, um mir in der Speditionssache aus der Patsche zu helfen, und mich so vor Bräunlichs Abmahnung gerettet«, wiederhole ich, »aber ich möchte das nicht.«

»Hä?« Ich kann sein Erstaunen praktisch mit den Händen greifen. »Was meinst du damit?«

»Es ist nicht in Ordnung, dass du Dinge hinbiegst und zurechtfälschst, wie sie dir am besten in den Kram passen«, erkläre ich. »Ich will mit diesem verlogenen Weg, den du da gehst, nichts zu tun haben.«

»Was soll das jetzt, ich ...«

»Was das soll?« Jetzt werde ich laut. »Ich weiß nicht genau, was du noch oder wieder von mir willst, Markus, aber spätestens mit der E-Mail an Riccardo bist du Meilen zu weit gegangen.« Weil sich ein paar Passanten zu mir umdrehen, merke ich, dass ich gerade gebrüllt habe.

»Hey, Annika«, kommt nun ganz der cool zurechtgecoachte Markus wieder zum Vorschein, »lass uns das in Ruhe besprechen, wenn du wieder da ...«

»Besprechen?«, schreie ich weiter, »was gibt es bei

deinen miesen Touren und egoistischen Aktionen denn bitte zu besprechen? Nichts! Lass mich bitte ein für alle Mal in Ruhe. Ich hoffe«, füge ich mit plötzlich ruhiger Stimme hinzu, »aus tiefstem Herzen, dass ich dich nie wiedersehe.«

Bevor er darauf antworten kann, lege ich auf.

Ich zittere am ganzen Körper, bin aber im Kopf so klar wie selten zuvor.

Als Nächstes rufe ich meinen Chef an und habe prompt Glück. Auch er ist sofort am Apparat.

»Guten Tag, Herr Bräunlich«, beginne ich geschäftig und lasse ihn erst gar nicht zu Wort kommen, »ich möchte mich zu dem Papier äußern, über das wir gestern gesprochen haben: Es stammt nicht von mir. Es ist eine Fälschung. Ich habe nie eine Vergabeempfehlung für den Speditionsauftrag geschrieben. Ich hatte es damals vergessen und einen Fehler gemacht, ohne mir dabei irgendeiner Schuld bewusst zu sein. Jedenfalls ist das Formular nicht von mir.«

Stille in der Leitung, ich höre Bräunlich schnaufen.

»Aber die Unterschriften darauf sind Originale«, wendet er dann erstaunt ein.

»Es handelt sich um eine Überschreibung einer Vergabeverordnung für Druckkugelschreiber«, erkläre ich, »nichts weiter. Ich war das nicht. Schauen Sie sich in Ihrem Team um, wer das Ding gefälscht und in den Einkaufsunterlagen abgelegt haben könnte. Ich war es nicht – denn ich war nicht da. Ich bin seit über einer Woche in Sardinien«, schließe ich.

»Frau Herrmann, jetzt mal ganz ruhig«, stottert Bräunlich, überrumpelt wie nie zuvor.

»Ich bin ganz ruhig«, unterbreche ich ihn. »Das ist übrigens nicht alles. Hiermit kündige ich.«

»Wie bitte? Frau Herrmann, lassen Sie ...«

»Nein, ich lasse gar nichts mehr«, unterbreche ich ihn scharf. »Ich möchte von GID und, mit Verlaub, vor allem von Ihnen nichts mehr hören und sehen. Mir waren ihr jämmerlicher Führungsstil und Ihr cholerisches Benehmen seit Jahren ein Graus, und wissen Sie, was? Deshalb gehe ich, denn ich brauche das alles nicht. Ich schicke Ihnen die Kündigung in den nächsten Tagen schriftlich hinterher. Foltern Sie Ihr Team in Zukunft ohne mich.«

Herr Bräunlich schweigt, offenbar sprachlos.

»Leben Sie wohl. Endlich mal«, schließe ich salopp und lege auf.

Geschafft!

Ich bin klatschnass geschwitzt vor Aufregung und fühle mich geradezu high. Wie herrlich ist es, anderen mal so richtig und ohne Rücksicht auf Verluste die Meinung sagen zu dürfen? So etwas habe ich noch nie gemacht. Nie zuvor hätte ich mich das getraut.

Toll war's.

Fast so erhebend wie Sex mit Riccardo. Aber nur fast.

Riccardo.

Wer weiß, was gleich kommt. Wenn ich Pech habe, stehe ich bald ohne Job, ohne Verbündete und ohne die Liebe meines Lebens da. Mich fröstelt es kurz bei der Idee, doch dann schiebe ich den Gedanken schnell ganz weit weg von mir. Erst mal handeln, danach sehe ich weiter.

Dynamisch springe ich von der Bank hoch und gehe zu meinem Wagen, der nach dieser kurzen Zeit bereits ein Knöllchen an der Windschutzscheibe hat. Ich nehme es und werfe es betont trotzig in den Rinnstein, anstatt es brav und mit gesenktem Kopf in meiner Brieftasche verschwinden zu lassen wie all die Jahre in meinem gutbürgerlichen Leben zuvor. Sollen sie den lästigen Strafzettel doch zu GID schicken. Annika Herrmann wird dann bereits über alle Berge sein!

23.

Die Bucht von Posada ist so flach wie Holland. Mehrere Kilometer weit zieht sich die mit buntem Gestrüpp und Schilf bewachsene Schwemmebene ins Land, um dann urplötzlich in ein gigantisches Bergmassiv überzugehen.

Ohne die beeindruckende Landschaft auch nur eines Blickes zu würdigen, kurve ich die Strandstraße entlang und gelange zu einem zipfelförmigen, macchiabedeckten Berg, auf dessen Gipfel schon von Weitem eine kleine Hütte mit einer Reihe von Antennen und Gerätschaften zu erkennen ist. Ich schalte in den ersten Gang und röhre den Hang hoch. Auf halber Berghöhe endet die Straße auf einem kleinen, runden Plateau. Als ich Riccardos parkenden Wagen erkenne, ist mit einem Mal die alte Angst wieder da. Mein Magen sinkt auf Kniehöhe, als ich mit wackeligen Beinen aus dem Auto klettere, um den Rest des Weges zu Fuß zu bestreiten.

Ich spähe zu dem Gipfelhäuschen empor, das keine dreißig Meter Luftlinie von mir entfernt steil den Berg hinauf liegt. Von hier unten ist kein Riccardo zu sehen.

Mit Schwung stapfe ich auf dem Trampelpfad los. Schon nach wenigen Metern komme ich außer Atem. Die Junisonne steht selbst um diese Zeit noch hoch am Himmel, und es ist brüllend heiß. Ich bleibe stehen und schaue ins Tal. Links von mir liegt die Ebene zum kristallklaren Meer, flankiert von einem langen weißen Sandstrand, rechts von mir türmt sich Berg an Berg zu einem beeindruckend hohen Gebirge bis zum Horizont auf.

Ich reibe mir über die feuchte Stirn. Ein leichter Wind weht. In der Ferne höre ich ein paar Vögel schreien. Sonst ist alles still. Am Fuße des Berges steigt Rauch auf, wie bei einem Lagerfeuer. Vielleicht verbrennt ein Bauer ein bisschen Gestrüpp, denke ich und marschiere keuchend weiter den Berg hoch.

Von oben aus der Hütte höre ich ein Poltern. Riccardo! Gleich werde ich bei ihm sein und ihm alles erklären. Wie wird er wohl reagieren? Beherzt stapfe ich weiter. Hoffentlich wird alles gut.

Ein erneutes Poltern. Die Tür des Häuschens öffnet sich, Riccardo kommt heraus und stellt einen Werkzeugkasten auf der Mauer vor ihm ab.

Jetzt oder nie.

»Riccardo!«, rufe ich zu ihm hoch.

Wie schon bei ihm zu Hause auf dem Hof erstarrt er für einen Moment, als er mich bemerkt.

Jetzt nur keine Chance verstreichen lassen.

»Die E-Mail war nicht von mir!«, platze ich heraus.

Er lacht bitter und macht eine wegwerfende Handbewegung. »Geh nur zu deinem fähigen Hengst mit dem Herpes«, ruft er zurück, eilt schnellen Schrittes zurück in die Wetterstation und knallt die Tür hinter sich zu.

Wieso Herpes? Was soll denn das jetzt schon wieder?

Erschrocken bleibe ich stehen. Ich stütze mich kurz mit den Händen auf den Knien ab, um zu Atem zu kommen, und schaue wieder hinab ins Tal.

Die Rauchfahne ist deutlich größer geworden. Komisch, ich habe sie doch erst vor einer Minute entdeckt, und schon …

Macht nichts, ist weit weg, außerdem habe ich für so etwas jetzt keine Zeit. Da oben wartet eine viel größere Herausforderung auf mich. Weiter geht's.

Nach ein paar Schritten werfe ich erneut verstohlen einen Blick über die Schulter und schreie vor Schreck laut auf. Ein Feuer arbeitet sich den Berg entlang, sowohl in die Höhe als auch in die Breite. Mit bloßem Auge kann ich die Flammen sehen, die offenbar schneller vorankommen als ich hier oben zu Fuß. Auch der Rauch kommt näher, die ersten Schwaden erreichen bereits das kleine Plateau, auf dem Riccardo und ich geparkt haben.

Unwillkürlich fange ich an zu rennen.

»Hilfe, Riccardo!« brülle ich. Es sind noch ungefähr zwanzig Höhenmeter bis zum Haus. Der Rauch hat mich fast eingeholt.

»Riccardo! Hilf mir!« schreie ich noch mal.

Erneut wird die kleine Hütte geöffnet, Riccardo steht in der Tür.

»Annika«, brüllt er, als er mich sieht, »um Himmels willen, du musst weglaufen!«

»Die Mail an dich war nicht von mir!«, brülle ich verzweifelt.

»Annika, weg da! Renn zur Seite! Nicht höher kommen, lauf zur Seite!«

Mit beiden Armen wild gestikulierend deutet er Richtung Meerseite.

Ich verlasse gehorsam meinen Pfad und renne nach

rechts, um auf die andere Bergseite zu gelangen. Die ersten Rauchschwaden erreichen mich. Ich muss heftig husten, und meine Augen tränen, während ich durch die flache Macchia renne und renne. Entfernt nehme ich die Schmerzen an den wohl schon verkratzten Beinen war.

Da stolpere ich über eine Wurzel, falle hin, spüre einen stechenden Schmerz in meiner rechten Hand, rappele mich auf und renne weiter. Ständig begleitet von dem offiziersartigen Gebrüll, das Riccardo oben auf dem Gipfel von sich gibt.

»*Avanti*, Annika, um den Berg herum, lauf zur *fascia taglia fuoco.*«

Brav laufe ich zum Feuerschnitt. Was immer das sein soll.

Wieder falle ich hin, wieder rappele ich mich auf und stolpere hastig weiter. Inzwischen muss ich ein gutes Stück geschafft haben, denn der Rauch hat nachgelassen. Der vom Meer kommende Wind trägt den Qualm von mir weg, sodass ich wenigstens halbwegs atmen kann.

Mit zusammengebissenen Zähnen springe ich weiter über Büsche und hohes Gras. Pflanzen reißen mir die Haut an den Beinen auf, meine Hand schmerzt bei jedem Sprung unermesslich, irgendwo verliere ich einen Schuh und laufe dennoch weiter.

Plötzlich endet die Macchiavegetation. Ich stehe auf einem mehrere Meter breiten Sandstreifen, der sich vom Tal bis zum Gipfel zieht, als hätte jemand mit einem Rasierer einen geraden Cut durch die sonst wild bewachsene Mähne gezogen.

Die *fascia taglia fuoco.*

Von oben kommt, halb laufend, halb rutschend, Riccardo zu mir herabgeschossen, wie bei einer Schlittenfahrt. Sand wirbelt auf, Schotter kullert an mir vorbei. Als er mich erreicht, packt er mich und zerrt mich auf der anderen Seite des Sandstreifens zu Boden.

»Hab ich dich«, sagt er keuchend und reibt sich mit dem Ärmel übers Gesicht. »Hier bist du in Sicherheit.«

Ich liege halb auf ihm und sage gar nichts. Dann spüre ich in meine Arme und Beine hinein, um zu verstehen, was noch dran ist und wo ich verletzt bin. Die Schmerzen sind überwältigend. Ich ziehe die Hand hinter Riccardos Taille hervor. Der Daumen ist bereits stark geschwollen, die Handfläche blutet.

Vorsichtig richtet mich Riccardo auf. Ich stöhne vor Schmerzen auf.

»Was machst du denn für Sachen?«, flüstert er.

»Die E-Mail war nicht von mir, ich schwöre es dir«, stammele ich. »Ein Kollege hat sich in meinen Account eingeloggt und ...«

»Psst, sprich jetzt nicht«, sagt Riccardo. »Ich rufe dir einen Krankenwagen.«

Während er mich im Arm hält, fingert er mit der freien Hand sein Telefon aus der Hosentasche hervor und wählt eine kurze Nummer. Von ferne höre ich bereits das Dröhnen anfliegender Canadair-Löschflugzeuge, die ich in den letzten Wochen schon ziemlich oft gesehen habe.

»Im Feuerlöschen sind wir Sarden fix.« Riccardo blickt zum Himmel, legt das Telefon beiseite und tätschelt mir behutsam die verschrammten Knie. »Die Ambulanz kommt gleich. Dann muss ich dich wieder wegschicken. Ins Krankenhaus«, fügt er hinzu und lächelt mich schüchtern an.

»Aber danach bitte nicht mehr«, flüstere ich jämmerlich. »Schick mich nicht noch mal so weg.« Tränen treten mir in die Augen, und ich muss heftig schlucken, um nicht direkt loszuheulen.

Riccardo zögert. Dann nimmt er mich in die Arme und drückt mich an sich. Für einen zeitlosen Moment halten wir uns in den Armen und schweigen.

»Was sollte das eigentlich mit dem Hengst und dem Herpes?«, frage ich in die Stille hinein.

»Tante Elena hat dich in Olbia in der Apotheke gesehen, wo du ein Herpesmittel gekauft hast. Das hat sie meiner Schwester erzählt. Weil du den nicht im Gesicht hattest, war sich meine Schwester sicher, dass du etwas mit einem anderen Mann hast. Als Krankenschwester weiß sie so etwas. Am nächsten Tag kam dann deine E-Mail.«

Mir stockt erneut der Atem.

»Um Himmels willen, Riccardo, ich schwöre dir, es gibt keinen anderen. Das Mittel war für meine Freundin. Ich bitte dich, das musst du mir glauben.«

Er schweigt für einen Moment und verzieht den Mund.

»Annika, ich war so schockiert, es war schrecklich«, setzt Riccardo an. »Trotz allem konnte ich aber die Quintessenz verstehen. Du hast dein Leben, in einem Land, in dem ich noch niemals war. Du hattest ein Stück weit recht mit deiner E-Mail: Wie um alles in der Welt könnte es zwischen uns weitergehen?«

»Geröstete Schweine vergraben, illegal Seeigel exportieren, Survival-Touren in den Bergen anbieten – uns wird schon etwas einfallen, Riccardo«, antworte ich hastig.

Von Weitem ist das Martinshorn eines Krankenwagens zu hören.

»Du und ich«, rede ich weiter, »wir können es schaffen. Und noch etwas: Es war nicht *meine* E-Mail!«, betone ich das wichtige Detail erneut.

Am Fuß des Berges hält ein Krankenwagen mit Blaulicht. Zwei Sanitäter steigen aus, entdecken uns und machen sich daran, mit einer kastenförmigen Tasche bewaffnet, den Sandstreifen des Berges hochzuklettern.

Riccardo streichelt mir über den Kopf. »Wir könnten auch Gemüse anbauen oder frisch gefangenen Fisch verkaufen«, spinnt er weiter. Jetzt lacht er zum ersten Mal und schaut mich an, wie er es immer getan hat.

Ich möchte für immer so angeschaut werden.

»Am liebsten würde ich dir jetzt etwas schrecklich Kitschiges sagen«, gestehe ich und kämpfe wieder mit den Tränen.

»Was denn?«

»Ich traue mich nicht.«

»Ich liebe dich?«

Ich nicke.

»Hätte auch von mir kommen können«, sagt Riccardo und küsst mich.

Endlich.

Die Sanitäter haben uns erreicht und stehen erschöpft keuchend vor uns.

»Sich eine staubtrockene Feuergefahrenzone für ein Techtelmechtel auszusuchen, ist nicht gerade das Intelligenteste, was man tun kann«, bellt uns einer der Sanitäter böse an.

»Es war nicht für irgendein Techtelmechtel«, antwortet Riccardo gelassen. »Es war für etwas ganz, ganz Großes.«